培红"感恩·励志"系列小说选集

明月声箫

杨培红　著

光明日报出版社

图书在版编目（CIP）数据

明月声箫 / 杨培红著 . -- 北京：光明日报出版社，
2019.2

ISBN 978－7－5194－4886－8

Ⅰ.①明… Ⅱ.①杨… Ⅲ.①长篇小说—中国—当代

Ⅳ.①I247.5

中国版本图书馆 CIP 数据核字（2019）第 022503 号

明月声箫

MINGYUE SHENG XIAO

著　　者：杨培红

责任编辑：郭思齐　　　　　　　责任校对：赵鸣鸣
封面设计：中联学林　　　　　　责任印制：曹　净

出版发行：光明日报出版社

地　　址：北京市西城区永安路 106 号，100050

电　　话：010－63131930（邮购）

传　　真：010－67078227，67078255

网　　址：http：//book. gmw. cn

E － mail：caomeina@ gmw. cn

法律顾问：北京德恒律师事务所龚柳方律师

印　　刷：三河市华东印刷有限公司

装　　订：三河市华东印刷有限公司

本书如有破损、缺页、装订错误，请与本社联系调换，电话：010－67019571

开　　本：170mm×240mm

字　　数：207 千字　　　　　　印　　张：16.5

版　　次：2019 年 4 月第 1 版　　印　　次：2019 年 4 月第 1 次印刷

书　　号：ISBN 978－7－5194－4886－8

定　　价：58.00 元

序 言

声音，来自向往光明的思想

——读杨培红"感恩·励志"系列小说选集《明月声箫》

  这是青青翠竹，如同其人给人的印象，也如同翻开小说集《明月声箫》。"感恩·励志"系列小说选集《明月声箫》，选录了作者新近发表的 15 篇短篇小说和一部长篇小说《明月声箫》。

  故事发生的时间，大多在 20 世纪末至当下，正值社会从封闭保守到改革开放的转型期；故事发生的地点，是地域特色鲜明的川东北深丘大地。鲁迅先生说，只有民族的，才是世界的。这句话对文学创作而言，是根，是血，是 DNA。四川盆地东北部曾有一个迷失了的国度——充国，她经历了春秋战国两个时期。西充位于盆地中部偏北，是嘉陵江与涪江的脊骨地带，面积仅 1100 平方公里，人口约 64 万。就是这样一个小县，人们的生活习惯、思维方式、言谈举止，特别是方音俚语，不说跟周边的大城市重庆、成都、南充、渠县、广元、巴中等相去甚远，就连跟直线距离不超过 30 公里的顺庆、南部、阆中、仪陇、盐亭也有很大出入。我们甚至怀疑，这儿也许就是那个从巴国分离出的神秘小国——充国的祖籍地。秦砖汉瓦，岁月流淌；唐诗宋词，历久弥香。独特的人文，绵延的山水，淳朴的民风，孕育出这里厚重的文化内涵。作者蛰伏在生活的底层，平视城市和乡村，借笔下人物的命运，透视社会现实。故事一个又一个，虽是一些红尘俗事、风土变迁，却也悲欢离合、富有哲理，且不事雕琢，娓娓吟来，散发着泥土的芬芳，折射出村镇的叠影和时代的嬗变。

有人说，作家不是做糖果点心的，更不是为人化妆的，他是一个拿着手术刀的、身负重任的解剖师。在乡村叙事中，不应给人物贴标签或下定论，因为每一个人都闪耀着人性的光亮，哪怕是在尘埃里，哪怕是在泥淖中。如关于留守妇女跟不公命运和残酷自然抗争的《生命的夏日》，随着情节的推动，我们体验到了人类的诚实、善良、尊严、虔敬和悲悯，结尾处戛然而止，留给读者以细嚼余味，使我们依稀看到在乡村的转型时期，作家努力为底层打造精神家园的良苦用心。

情感的假面舞总在不停地跳跃，让我们静默下来，摘掉假面，心怀怡然，凝神审视。在经历了太多的无奈后，人与人的关系变得复杂和微妙，作者的"感恩励志"系列小说《书法家》《西瓜皮》《车技》《开锁》《前嫌》，分别从不同的侧面，勾画出一幅幅活灵活现的市井生活图；而关于农村青年生活的《桃红》，和描写农村留守孩子生存和生活状况的《苞谷鲜嫩嫩》，及《一个香蕉皮的故事》《羊杂米线》等，又为我们展现了一幅新时代农村画卷。还有掺夹着暧昧、愚昧、荒唐和无奈的《垭口，一株黄桷树》《分房新篇》，也不乏纯真、善良、悲悯和正义。

生活在社会底层的人们也在苦苦追寻幸福生活和生命的尊严，《玫瑰二婶》如同透过历史厚厚墙壁的激光，投射在新世纪的照壁上，审视着今天，也映照着未来。貌似平静的农村，在日常伦理的冰层下，荷尔蒙暗流涌动，成就了《生命的夏日》《街角，一爿书摊》，让人们领悟到人性的复杂和多变。

时间滴滴答答，生命里最重要、最美好的那些片段和区域，也会渐行渐远；于是，作者睥睨红尘，虔诚地记下了那些细枝末节。长篇小说《明月声箫》以鲜活的语言，叙写了以杨石兵为代表的农村娃，在乡村与城镇一路不屈行走的故事。他们在承受命运所赋予的艰难时，又筑梦远方，保持了心灵深处那份淳朴和对生命及其尊严的坚守，是对父母、对生活、对时代无悔的吟唱。

都在活着，都并不简单和洒脱，于是心向光明——

红尘扰扰，谁自逍遥？清风把盏，明月声箫。

程芳

2019 年 3 月

目录

苞谷鲜嫩嫩 …………………………………………… 1

桃红 ……………………………………………… 7

前嫌 …………………………………………… 12

生命的夏日 ………………………………………… 15

垭口,一株黄桷树 ………………………………… 22

书法家 …………………………………………… 27

开锁 …………………………………………… 29

羊杂米线 ………………………………………… 32

一个香蕉皮的故事 ………………………… 34

西瓜皮 ………………………………………… 36

憨哥 …………………………………………… 38

小镇生活 ……………………………………… 41

玫瑰二婶 ……………………………………… 44

车技 …………………………………………… 47

分房新篇 ……………………………………… 49

明月声箫 ……………………………………… 51

后记 …………………………………………… 252

苞谷鲜嫩嫩

太阳滚坡的时候，庄稼地里一片静寂。

桃花河边的这一坝苞谷苗，生长得蓬蓬勃勃。暑气还没退，又没丁点儿风，烘热得很。苞谷秆儿哨兵般纹丝不动，叶片儿静静地低垂着。桃花河两岸虔诚而庄严。

毛毛背着书包，悠悠然出现在河边。书包挺漂亮，由几块红白相间的皮革镶嵌而成。里面塞着一本小人画《阿 A 爬山记》。要是有人碰见，毛毛会昂着头挺起胸理直气壮地回答："到姥姥家去呢。"姥姥住在桃花河流去的地方，没有人会怀疑的。

毛毛在河边转悠着，黑亮的眸子鹰隼般地扫描着株株挺拔的苞谷苗。苞谷丰满得很，挂着长长的胡须，沉甸甸的，翘得像牛角。毛毛咕咕咕地咽了一通口水。

这一坝苞谷，是胡子爷爷的责任田。胡子爷爷有一个争气的儿子，在城里种子公司工作，给胡子爷爷捎回一小袋种子，说是什么良种，外国进口的。如今全村人的苞谷还只是破土的苗苗，胡子爷爷的苞谷就已经挂上了红红的胡须。

"哥，我要吃苞谷，苞谷……"

这是妹妹的声音，微弱得很，像来自遥远的地方，又好像来自苞谷地那深邃的密匝匝处。毛毛心虚了，没有了先前的自信和神气。

要是妈妈在就好了！毛毛眼里差点滚出泪水，伤心地想。

早晨，东方天际刚吐白，妈妈就忙忙碌碌地收拾起了行李，吩咐毛毛说，爸爸长年在外打工，妈妈要到爸爸那儿去，说不准明天还是后天才能回来。当时毛毛正在困被窝，听说妈妈要去县城了，就一骨碌翻身嚷着要跟去，肥肥的屁股把那薄薄的被子撅得老高。妈妈神色仓皇，还是很耐心地说进城不是去玩，爸爸在建筑工地干活，出了工伤事故，毛毛乖乖，在家看好屋，看好妹妹。毛毛是个听话的孩子，隆起的被盖又瘪了下去。妈妈不放心，又交代了一遍，还说如果遇上麻烦，就找胡子爷爷。毛毛摸摸身边的妹妹红红的脸蛋，像鸡啄米似的点了无数个头。妈妈回头看了三眼，待被子彻底瘪下去了，才无奈地扭回头，匆匆离开了。

毛毛虚汗出了一身，脑壳倒清醒了不少。胡子爷爷真好玩，六十多岁，身板硬朗，田间地里样样行，天南地北门门知。毛毛他们最爱缠在胡子爷爷身边，听他大嗓门地神吹。毛毛印象最深的是下面这个故事：

桃花河的下游是黄河。黄河是条泥沙河，黄河是条天上河。黄河一旦缺口失水呀，那可不得了。当初国民党几十万大军，打不过共产党的小米加步枪，夹着尾巴逃跑时，用飞机坦克大炮炸了花园口堤坝，结果黄河水像脱缰的野马，排山倒海，雷霆万钧。房屋、树木、庄稼、山峦、牲畜，一切东西灰飞烟灭，大地变成汪洋大海。有不少的人被黄河水冲到渤海，冲到了太平洋，随着汹涌的波涛，又冲到太平洋那边的美国，冲到了美国的旧金山上。结果《纽约时报》上刊登了黄种人尸骨漫山遍野的消息，丢了中国人的脸，丢了老祖宗的脸。该剐的国民党，是真正的垮民党，让小日本的铁蹄踏入中国，烧杀抢掠。还是共产党好，带领人民赶走了强盗，打倒了欺压劳苦大众的黑恶势力，亿万中国人获得了解放，挺起了腰杆，当家做了主人。人民像个大家庭，互相关心，互相帮助，一方有难，八方支援……

毛毛他们听得目瞪口呆，父母们拖着声音吆喝"回家吃饭"也不理。然而最有趣的，还是胡子爷爷那稀稀疏疏的胡子。

胡子爷爷走路的时候，胡子迎风而动，飘飘洒洒，很有一种小人书上说的仙风道骨的味儿。在他讲故事的时候，胡子一翘一翘的，好像在助兴；而在他激动的时候，胡子又会索索地颤抖，让人忍不住想笑。

有一次听故事，毛毛想入非非开了小差，手痒痒得慌，就悄悄地伸手过去，想摸胡子。

"啪！"的一声，大手打在小手上，清脆却不疼痛。

胡子爷爷一巴掌拍下，横眉怒骂："狗崽子，小心打断你的狗爪爪。"

于是大家就"咯咯咯咯"地大笑起来。听人说胡子爷爷脾气犟得很，发起怒来像一头公牛；可是，毛毛从没有看见胡子爷爷公牛过。

毛毛把眼光移向远处。桃花河上浮起一层薄薄的带状水汽，朦胧迷人，远处房顶上长出了炊烟袅袅的尾巴。

河边有一块斜斜的绿茵茵的草地，是毛毛他们的乐园。今天中午，毛毛经不住伙伴们轰轰烈烈的诱惑，带妹妹来到河边。河水清亮，金色的太阳从头顶干干净净地直射下来，河面闪烁着光怪陆离的波影，就连绿茵茵的草地也染上了一层耀眼的色彩。几条小鱼调皮地蹿出水面，划了几个漂亮的小圈儿。一只精致的小鸟，在那婆娑的柳树上轻松而醉心地欢叫。一声"跳哟"，毛毛他们便扑噗噗地扎进水里，巴掌大的鱼儿就被抛上岸，落在了草坪上，落在了妹妹的眼皮下。妹妹乐得直跺小脚，小手张牙舞爪地乱抓。忽然"扑通"一声，妹妹跟着一条鲤鱼，活蹦乱跳地栽进了河里……

"叽叽叽……"有昆虫在河边凑热闹了。

远山在浅亮的苍穹下，勾勒出几条淡淡的墨色。

毛毛翻开《阿A爬山记》，里面写了阿A这样一个故事：

"阿A爬山了。

阿A来到山脚，发现路旁有一棵非常高大的苹果树，红艳艳的苹果压弯了大树的腰，一直垂到地上。几个熟透了的苹果落在地上，散发着诱人的香味。阿A脑子里打起了小九九，心想：何不趁现在背几个苹果到山顶，到时好好庆祝一下，还可解渴呢。

于是，阿A就在苹果堆里拣来拣去，拣了好几个大大的红苹果。接着，他又开始爬坡了，可是，越爬越累，越爬越慢……

结果，阿A口冒白沫，直喘粗气，累得趴在地上动弹不得了……"

毛毛有点瞧不起阿A。他想，阿A真笨，不动脑子，可以先吃苹果啊，有了力气，不就可以继续爬山么？

"苞谷，苞谷……"妹妹两片薄薄的嘴唇颤了颤，梦魇般地吐出了一丝声息。

妹妹浑身精湿，昏沉沉地睡了一个下午。毛毛闯祸了，摸摸妹妹的额头，热热的烫手。毛毛记起妈妈的话，用冷毛巾给妹妹搭在额头。远远流去的桃花河水，信息流不到姥姥那儿。毛毛又去找胡子爷爷，可是胡子爷爷在哪儿呢？到处都没有他的身影。

"苞谷，苞谷……"毛毛明白了，妹妹想吃苞谷。

毛毛有点瞧不起自己了，阿Ａ爬山笨，自己也聪明不到哪儿去，妹妹生病了，自己咋就没有办法了呢？毛毛想啊想，忽然记起了绿豆稀饭，只要自己一生病，就打心眼里渴求绿豆稀饭。妈妈再累再忙，也要把香喷喷的绿豆稀饭端到面前。这东西比穿白大褂阿姨手中的针药还灵，毛毛每次吃了，病儿就会好上一大半。

毛毛终于记起了桃花河边的这一坝苞谷地。中午摸鱼时，妹妹不是眼皮直直地盯着苞谷瞅了半天么？

妈妈是不会回来了，胡子爷爷呢，毛毛也没找到。

"苞谷，苞谷……"妹妹终于醒了，嘴里要的仍是苞谷。

毛毛犹豫了，但最终还是背上书包上路了。

老师，原谅我吧！妈妈，原谅我吧！胡子爷爷，对不起了。毛毛不再犹豫，倏地窜进庄稼地，寂静的河边有了簌簌簌簌的响声。

"妈的，天未黑定就出来了！明天老子上街花两毛钱，回来让你吃个四仰八叉。"

河岸，传来了苍老却如洪钟的声音。

糟了，是胡子爷爷！毛毛不禁毛骨悚然，背上冷飕飕地透过一股寒气，额上渗出了一层细密的汗珠。

脚步声响了，越来越密，越来越近，稳稳地踩在毛毛稚弱的心尖。毛毛被吓破了胆，尿湿了裤子，怀里的苞谷扑簌簌直往下掉。

胡子爷爷不再认为是耗子、夜猫子什么了，更不会冤枉两毛钱再去街头买耗子药了，他几大步窜过来，像拧起一只小鸡似的把毛毛拎了出来。

"是你？"胡子爷爷瞪着一双浑浊的老眼，牙齿咯咯咯地响。眼下正是青黄不接的时候，馋猫们痒痒的喉咙里早伸出了手，没想到最先想一饱口福的竟是村里的乖乖儿毛毛。

毛毛噤若寒蝉，眼睛直勾着脚尖。先前的充分准备和自信倾刻间荡然无存。

胡子爷爷的胡子开始翘了，既而颤颤栗栗。此刻，煞是好玩的胡子一点也激不起毛毛的兴趣。不，毛毛此刻纯粹是讨厌胡子了，毛毛此刻知道什么叫胡子爷爷公牛了。

五块鲜嫩嫩的苞谷零散地躺在毛毛脚边，压在爬山的"阿A"身上。胡子爷爷弓起腰，捡起一块苞谷，拨开顶部的青皮，指甲一掐，乳白色的嫩浆便渗流下来。晚风轻拂，甜香诱人。毛毛口内生津，要不是小嘴轻闭，准会发出挺响的咕隆声。

"走，找你妈去！"胡子爷爷一攀毛毛的臂膀，毛毛站立不稳，趔趄着重重地摔在地上。

胡子爷爷一把拉将起来，说："走呀！"

毛毛没有喊，没有叫。他好委屈，泪珠儿嗒吧嗒吧地直往下掉，落在那胖胖的苞谷上，继而又溅开了一朵朵小小的水花。

"妈妈……妈妈不在家……"毛毛好伤心。一提到妈妈，毛毛的泪水就汹涌而出。他想起了老师教的歌：世上只有妈妈好，没妈的孩子像根草……

"妈妈不在家？"胡子爷爷呼呼呼地火气终于熄了。

毛毛抽抽噎噎地结巴了半天，什么都说了，结果什么都没说清。

胡子爷爷似乎明白了，一边用书包装着地上鲜嫩嫩的苞谷，一边吼着："还不快走！"说完又转身在地里掰了两块大苞谷。

胡子爷爷变得年轻了，拉着毛毛的手，大步流星地朝毛毛家走去。那长长的胡须随着河边晚风轻轻拂动，很有点仙风道骨的味儿。

暮色越来越浓了，村子里已经有人上了灯，稀稀疏疏、朦朦胧胧而又闪闪烁烁，多么宁静、祥谧、甜美的山村的夜哟！

桃　红

———————————————

　　看来，六月桃红的时节，不再似桃红想象般的美丽。

　　最近这几个月，桃红一直心事重重。

　　桃红和柳青在深圳认识。他们一个在服装厂上班，一个在园林干活。元旦休假，两个单位组织员工郊游，俩人不期而遇。萍水相逢后的几句交谈使他们得知对方是老乡——四川西充的。于是，柳青在同事那儿要了这位长发及腰女孩的电话，并给对方拨了过去。当时，对方没搭理。桃红在公司不说是一只凤凰，也算半只孔雀，根本没接这个身材细高个的电话，连手机响了都没瞅一眼。

　　柳青推了推鼻梁上的眼镜，红着脸走了。

　　其实，桃红对这个"眼镜"还是有好感的，觉得他除了身体稍显单薄外，眉目清朗，皮肤白皙，有点书生样儿；要不，为啥在对方走后不多久，她还是把号码存进了自己的手机？

　　那以后，对柳青一两次没话找话的简短问候，桃红总是爱理不理，两人似乎没有什么交集。

　　春节很快就到了，各地打工的人儿像候鸟一样各自飞回了老巢。大家各回各家，各找各妈，倒也相安无事。

春节转瞬即逝，人类历史上在和平时期少有的人口大迁徙又在中国大地上演了。桃红有些失落，这个春节，父母煞费苦心地托人给她介绍了一门亲事，相面后，她却毫不犹豫拒绝了。再过几天，桃红也要像其他候鸟一样准备南归，面对大包小包的东西，无意间想到了柳青。这一两个月，那死鬼咋就没电话呢？于是翻出号码，小心翼翼地拨了过去。

还好，电话那头有了动静，是柳青的声音，有点激动："我还说你踢了我呢？"

桃红的小心脏有点失律，自欺欺人说："咋会呢？在等你电话呢！"

对方好像没听见，说："我已经辞工了，没打算再出去。"

"你啷个的哦？换地方了？跳槽了？……"桃红大惊，热情骤减，脑海里发出一连串惊问，跟着又冒出一句，"你要结婚了么？"

"结啥婚啰，八字没得一撇。"柳青在电话那头，不紧不慢地说，"我不想到哪儿去了，只想留在老家，经营这一弯百多棵桃树。"

这个春节，柳青没闲着，核实了先前打听到的消息，趁柳家咀村委会组织坝坝宴的机会，把那荒草丛生的几十亩桃林租了过来，平地、除草、剪枝、撒药、施肥……这桃林原本有一个主子，外地的，因到处非法集资，欠下一屁股债，丢下这个烂摊子，逃之夭夭了。

桃红有点落寞，自言自语地说："守着大城市不待，神经病……"忽觉失态，立即给自我圆场，打趣想，一头脑壳进水了的猪么？

"你来看看啊，柳家咀这地方可好了，桃树壮着呢……"柳青肯定没听见，只管再三再四地邀请，"西充又不大，交通也方便，走西古公路，个把小时就到了……我在路边等着。"

时间还早，反正无事可做，充国香桃园也算出名，只当是观光旅游吧。桃红这么一想，心里宽慰了许多，就一个人悄悄赶来了。

桃林紧邻西古公路，柳青早已等在路边，待桃红一下车，就迎了上去。

两个年轻人在桃林里转悠起来。

柳家咀位于山腰，似白头山脸侧嘟出的一截长长的嘴巴。这儿地势开阔，从下到上，共四层，下松上紧，层层错落，如同天然垒砌而成的不规则金字塔。几百棵桃树整齐有序地霸占着这一方领地。

柳青说："你来早了。花开时节，这儿好看得很哦。"

桃红嘟着嘴说："我是来早了……"

柳青没有察觉，问："花开的时候，桃红的时候，你都可以回来，到时回来看看不?"

桃红脑袋一扭，一头秀发飞扬起来，说："花开的时候，我不得回来；桃红的时候，我也不得回来；桃熟的时候，可以考虑哦……"

柳青有点懵，憨憨地笑着说："到时包你满意哦，说话算数不?"

"到时……到时，全部由你做东哦!"桃红笑了，脸蛋笑成了一朵桃花。

"那就是我家房屋，走，去坐坐，喝口水!"

顺着柳青手指的方向，桃红的眼睛射向不远处的一桩两层楼的房屋，白墙青瓦，鲜亮醒目，墙壁上还依稀可见有几幅乡村民俗壁画：有以桃树桃花为背景、嫁接了杜牧笔下的牧童，有齐白石手中的龙虾、郑板桥身边的青竹、李可染放养的水牛……更远处，浅丘起伏有序，沟壑纵横似画。桃红仿佛看见了一阵春风吹过，桃花竞相绽放，醉霞绯云，曼妙斑斓……

桃红没有去喝口水，也没去坐坐，不到一个小时，两人便各自东西。

春汛汹汹，桃华灼灼，成千上万亩的桃花阵，强烈地诱惑着七县八地的游客。卖水果的，卖烧烤的，卖小吃的，卖土特产的……在乡村公路旁摆起了长龙。

"我这儿的桃花最绚丽的哦，是最佳取景点，拍照的游客可多了……"桃红身在深圳，请不到假，只能想像着电话里柳青喜悦洋溢的显摆，翻看着微信里传递过来的一张张照片。

照片里，柳家咀桃林花开成阵，红红白白，如烟似霞，和青山碧水搭配成了一幅优雅别致的色彩画。

照片里，男男女女眉开眼笑，在地边，在地央，在树下，在树上，三五成群，有的自拍，有的婚拍，有的群照……

照片里，来来往往的游客像过节似的络绎不绝。桃树下的泥土，有的簇新平整，有的板结如铁。很明显，这"铁"是游客千脚万步踩炼的成果。桃红有些心疼了，心想，这真是头猪了，一头没有思想的猪，要是我来经营，非收费不可。若要进园，不多，一人十元……桃红掰起手指，桃花节按一个月算……每天进园按五六十人算……

照片里，树下的泥土上，开挖的沟渠里，红的、白的、粉的花瓣，密密匝匝，有的还未曾落地，飞舞在半空。难道是风雨春归二月天的"桃花雨"？不对，游客们不是穿着新崭崭的休闲鞋么？不是没打雨伞么？透过照片深处，桃红定睛发现，有几个顽童正双手抱着桃枝，似乎在用力地摇晃……旁边，大人们手握相机，专注地定格拍摄。

原来"桃花雨"是这样产生的。桃红依稀看到了桃树花枝乱颤，落红飞泪，心里掠过一丝悲凉。猪头，脑袋进水了的猪头……看来，我不得回去自寻烦恼了，一个正常人，怎么能跟猪头混杂一起呢？

五月桃红，桃红没有回去。

六月桃熟，桃红不想回去。

"你回来看看就知道啦。几万斤香桃，不看后悔一阵子，不尝后悔一辈子哦……"大家都说不清是多少次邀请和被邀请了。

桃红到底是有主见的桃红，她想看看究竟。在六月桃红的季节，她硬是撒谎，千里迢迢请假回来了。

柳家咀的桃子，因气候温和，土地肥沃，降水丰富，无霜期长而形似蟠桃，白里透红，味道清香，口感脆酥。大道边，停放着一批又一批前来拖货的小车、货车，牌号来自成都、重庆、西安、巴中、广元、南充、遂宁、广安……

柳青笑意盈盈，汗水涔涔，忙得不可开交；手机时不时响，原来是外地客户咨询，指名要他家的桃子……

桃红终于看不过，手脚麻利地做起了下手，帮着客户摘桃、装箱……

太阳快要下山的时候，山村恢复了宁静。

桃红搞不清柳青为啥有这么多客户，远的、近的、知名的，还有不知名的？

这有个啥嘛？桃花节期间，到我这片桃林来观光的，我分文不取，还做向导。游客们要了我的电话，都说这片地的位置好，桃子肯定错不了……再说，他们踩踏了我的地，自身还过意不去呢？柳青自信满满地说。

"娃儿们摇花，你就不担心少挂果？"桃红疑虑重重。

这有个啥？他们大都是留守儿童，平时少有大人陪同，难得有这样一份快乐。难道你不觉得他们天真烂漫吗？其实，果子是不得少挂的，当时桃花已经开始谢了，摇摇树枝，不会影响挂果的；即使有点影响，那耐打的花朵结出的果子也是大个的。

柳青不以为然，侃侃而谈，忽地，话锋一转，拉着桃红的手，像商量更像是命令："你就不出去了，和我一起经营这片桃林，如何？譬如，搞个大型农家乐，食宿游乐一条龙；譬如，闲时设计几十套时装，在花开时节，给游客们备着，应时摄影拍照……"

桃红猝不及防，一下慌了神，心房打鼓噗噗直跳，幸亏有夜幕遮掩，才不见人面桃红。

小溪边，一阵风吹来，桃香弥散在山村原野的角角落落……

前　嫌

钥匙钻进锁子眼里。

一拧，没动。

再使劲一拧，发出脆裂的一声。啊！断了。

晦气！他觉得真他妈的晦气。他想今天下午的会议要迟到了，于是就眼巴巴地望着她每次回家要走的那条胡同。

胡同里出现了不少人，并且来到了他家门口。以前他是这些人中平等的一员，半个月前时来运转，提升为厂里一个小小的科长。

大家很随便一句"怎么呢"的询问，就弄清了缘由，于是都驻足不前且显得很热心地为科长出谋划策。

有人提出合理利用时间，趁科长等她的当儿应弄出锁眼中露出的那段星光亮色的断匙。大家都显得很主动。

用指甲抠。

用镊子夹。

用铁丝钩。

甚至，运用了物理学的震动原理。

但，一切都无济于事，枉费心机。

有人就装模作样地摇摇头准备离去，这时候小张一步三晃地悠来。

他不负众望，回到二楼拿来了一瓶晶亮的液体，在铁丝的一端沾上少许后插进锁眼里，转眼就牵出了那截令大家咬牙切齿的断匙。

大家就很感激小张，也很感激小张那瓶晶亮的液体。有人断言那是一瓶"法国夜巴黎亿能胶精"。

"捣娘的，死了！"科长眼里冒火。

大家蓦地愣过神来。

就在科长愤愤然的骂声顺着胡同传播的时候，胡同口出现了科长的她秀丽的身影。

她的出现反而使科长暴跳如雷失去了当科长半个月来所修炼的涵养，她来到科长跟前麻利地把自己颀长的身体上上下下一阵仔细按摩，然后孩子般恍然大悟地眨动妩媚的双眼，说：

"忘了，我记起钥匙挂在车床上了。"

下午重要的会议无论如何要迟到了，科长想。这时候赶回厂里去取钥匙几乎不成事实，因为骑车来回至少也得花二十分钟。于是科长不断地张大嘴恨不得把她吃了而又不知如何下口，于是抑制不住手痒想去刮她两个耳刮子。

科长这一念头刚一闪现时小张又帮他解了燃眉之急。小张借来一只凳子，放在门前，一脚端上去，疼得凳子扭曲着身体"吱吱"直叫，然后扬起手一掌击在门楣上方的小窗上。

大家眼睛里出现一片惊异的神色：我们这么多人，这么多脑袋，这么多思想，咋就没想到有这么一处活动机关？

反正门楣上方的活页窗一开缝，问题就彻底解决了。科长泥鳅般窜进屋，顾不上午饭，抓起公文包和有关资料就开会去了。科长的她兔子般蹦进房间时没有忘记对小张报以灿烂的一笑。她却永远也不会知道小张还免了她两个耳刮子的皮肉之苦。

　　会议一结束，科长春风满面地赶回小屋。

　　此刻，她正勇敢地站在方凳上一上一下地挥舞着钉锤。他不动声色而莫名其妙地看着她把一颗、二颗、三颗……一共八颗雪亮的钉子牢牢地钉在门楣的活页窗上。

　　他把双手插进长长的头发里寻问嘟个的时候，她却神秘地莞尔一笑，要他先去看看别个家再说。他丈二和尚摸不着头脑地来到邻居家，发现他们的活页窗都已不再"活"而变得死死的了。大家都不说缘由，脸上却挂着深不可测的微笑。

　　她见他回屋时依然一脸迷惑就笑他木榆脑壳，就把樱桃小嘴嘟在他耳边悄悄地告诉了秘密：

　　"难道真的忘了？小张曾是三只手。"

生命的夏日

鬼的夜。

光浑愤愤地骂。

世界依然热烘烘的。

光浑胡乱地往肚皮里填了几块粗糙的火烧馍，又早早地摆在地上四仰八叉。旱烟贼亮贼亮的，像荒山墓冢里的磷火。身子滚滚的烫，篾席依旧摊在石板地上，床是无论如何也不敢沾染的。

屋子黑咕隆咚，没有了白日的丑陋和残破。当他还是娃娃时，爹娘就为他留下了这份财产。

终究会改变的。光浑时常这样想。

四张眼皮两两相搭，下意识地闭着了，稍许却又不自觉地裂开了一道缝儿，便看见了黑漆漆的夜。

这是令人心烦意乱的日子，还仅仅是初夏，就让人领略到了日头的淫威。整个白天，天上没有一丝云彩，白晃晃地跳跃着好多好多太阳。地面灿灿烂烂，无端地令人生出许多烦恼。田间地里，手指宽的"嘴"惨兮兮地张着，那是饥渴的嘴。

秧要插，苗要灌，一年的生计，全靠这几天死去活来的忙碌；庄稼却似霜打的茄子。光浑的脑壳便生生的疼，脸盘上二寸宽的肉口子有了白皮。他下意识地抿了抿嘴唇。

等会儿要去偷水了。光浑提醒自己。

村子龟缩在白头山宽阔的怀里。白头山连绵起伏十余里，却白白地没有滋生出一条小河。人们在山湾湾最深处横着砌了一条宽宽的土堤，凭空拦住了白头山雨季的涓涓流水，村子里的五口井，就一字儿摆在堰堤脚下。

去年秋季，山湾堰里还有滢滢一塘水。荷花为了捕鱼，打开水窟窿，两天两夜，水哗哗哗哗地流了个精光。老天也是作孽，整个秋季、冬季和开春过后，不见一场透雨。于是来年断了水，五黄六月少了水，人们就咬牙切齿地恨荷花。

山湾堰是荷花承包了的。

记得前年冬天，村里召开人民大会。

人群，黑压压一片。

凉凉的一塘冬水，似乎热热地烫了人们的手，于是没人敢承包。大家大眼望小眼地胡球乱扯，胡球取笑。半晌，荷花从角落里直直地站起来，声音脆脆地揽下了山湾堰。

五百块钱，五年。

欧——人们倒吸了一口冬日的空气。

嗖嗖嗖，嗖嗖嗖。

一百、两百、三百、四百、五百。

欧——五百块！很让人们兴奋和激动了一阵子，也很让人们揶揄嘲笑了一番。

荷花大大方方地签了字，按了手印。男人也在会场，冲出细细的鹅颈项，干瞪着眼。于是人们又有了空前的兴奋。

荷花住在山湾湾深处，当年花枝招展地过门来时，男人只有十七岁。男人急急地伤了阳，成了废物点心，瘦瘦的像个瘪三。荷花一口气下了三个崽，面皮依然白嫩，腰肢依然柳细。走起路来忽悠忽悠的。男人们觑在眼里，猫抓在心里，苍蝇见了血般地哄去了不少。没有人敢确凿肯定一些事，但暗道儿很是沸沸扬扬了一段时间。

掰着手指头过去了三百六十五天，荷花在去年冬季第一次捕捞了大塘。

多少斤？不知道，反正堰堤上挤满了白花花的大背篮。

多少钱？不知道，反正有人说荷花关了门点钱，"嗖嗖嗖嗖，嗖嗖嗖嗖嗖"的声音响了半个上午。一段时间，人民患了兔子眼毛病，厉害得瞳孔里有旺旺的火星。

还有四年呢！兔子眼对兔子眼，"嘘嘘嘘嘘"有了好多好多的话题。

长年累月地风蚀雨浸，塘堤破损了不少，在捕捞后的严寒冬日，荷花把山湾堰放了个敞口朝天，然后请人用工，堰堤旧貌换新颜，结结实实、宽宽敞敞。

水？水？

人们需要的是水，现在人们计较的也是水。

平日积聚的怨与恨，嫉与妒都化成了一股股胀气，蛙肚般一鼓一鼓的，常常一歇下活儿，便无端地扯长声音指桑骂槐。光浑没有那份涵养，袖子一挽，邀上两个小光棍，咚咚咚地把门砸得山响。据说荷花缩在屋角颤颤抖抖，男人蜷缩在床头一动不动。

想起这事，光浑就有了一丝快意。石板地渐渐地退了凉，光浑又烧上烟，内心似乎像火一样得烫，莫名地滋生出一种复杂的感情。

晌午，光浑给棉苗追完肥，乘凉在堰堤的一棵榆树下。破草帽曲了边儿，呼呼地在手中晃来晃去。一挑大粪桶，刚才还湿漉漉的，片刻又出现了干涸的白来。

日头毒辣透顶，世界金星溅眼。这棵榆树，在往年一湾滢滢的水把它滋养得枝繁叶茂，青春朝气，现在却像病入膏肓的老头，铜钱大小的叶子卷了筒，枝条无力地倒垂着。人们诧异地恐慌着世界末日的到来。

远处有女人扭着腰肢，很好看，滑稽的是她挑着大粪。女人的腰肢扭啊扭，结果扭出了异样的感觉，似乎那沉重的大粪压折了那扭啊扭的腰肢，以至于垮成了一堆净净的肉体。

女人从堰堤那头扭过来。光浑的眼珠夺眶而出，认出女人正是荷花，牙齿就咯咯地响。哼，狗娘养的！一团唾沫劲射地球，有一小团尘土飞扬起来，稍许湿迹便消失了。荷花肩压大粪，颀长的大腿匀称地运动着，蓝花衬衫的风纪口敞开着，前颈的开口忽闪忽闪地一开一合。

荷花路过榆树边，露出讪讪的相，红红的脸蛋，红红的汗珠儿，红红的"迎春花"。光浑的眼珠子就直了，恍惚发现了初夏晨风余晖中一枝带露的芙蓉。

光浑的血液畅畅快快地在周身流动。

自己的男人夹不住卵子，这背担扛抬之类的活儿，也就不可避免地压在了荷花肩头。这女人，奔波劳碌，不但没使她身子憔悴，反而增添了她迷人的风韵。光浑的喉头一滑，口水咕咕咚咚地响得吓人。

荷花娘家背景宏大，五次三番地怂恿荷花，与其伴着个活男人守寡，不如大路朝天，各走半边。荷花把头摇得像个拨浪鼓，一头秀发凌乱地披散着，继而静静地说，开初婚姻是你们相的，我不愿，歹说好劝地硬逼成了；但几年相处，他对人还不错，心眼也好。现在是不顶事了，却拖着三个崽，你们又要拉我走，做事可不能昧了良心，我可得做一回主。

旱烟熄了，世界属于夜。光浑的眼睛竟上了潮，白日的暑气正在渐渐消逝，石板则完完全全地凉了。

光浑又想该去偷水了。

鬼天一毒就是半个多月。半死不活的禾苗似乎可以狠心不管，可人类鼻子下面横着的一张嘴却亏待不得。山湾在堰底枝枝丫丫地画了个地图，堰堤脚下的五口水井差不多成了枯竭的废坑。只有井底，才缓缓地渗出丝丝清凉，这是生命之水。

人们抢早抢晚地候水，堰堤上遛遛儿地排成长蛇阵。男人小孩下井去，瓢子咣咣咣地撞击着井石，嗡嗡嗡地回旋到世界上。人们心焦而麻乱。女人是下不得井的，女人身子不干净，会污染井水。听祖上谣传，村子里原有六口井，曾有李寡妇挑水时桶沉井底，用竹竿绑了镰刀去钩，结果偷鸡不成倒费米一把，便偷偷地下了水井。结果被人发现，精光光地剥了衣服，结结实实地连人带井埋了。这是很早以前的故事，被一代一代地传说，似乎成了真实的故事。

堰堤下一天到晚都有人候着，大人没空，小孩替着；小孩没空，空桶霸占井底。人们白天寻死觅活地忙，晚上又为了节约那鬼见怕的电，就草草地打发饥肠辘辘的肚皮，早早地睡去见周公了。

凑热闹的事光浑是不干的。正如同他说的，一切都会过去的，一切都会改变的。光浑挑水是在下半夜，那时候，每口井里都渗有水，不用下井，梦中的人是不会跟他抢的。

光浑穿了拖鞋，挑上水桶，带上手电，烧上旱烟，便走进了黑。

春夏交替之季热闹得很，猫在叫春，狗在叫草，就连不知名的虫儿也在唧唧地低吟浅唱。

头顶没有月光，没有星光，四周是夜，没有一点白天的忙乱和恐慌。光浑心满意足地走着，喉咙有些痒，很想高吼几句或是乱嚷些什么，但他捂了捂嘴巴，终究静静地走着。荷花就住在附近，要是听见，岂不是自讨苦吃么？

五口水井就摆在堰堤脚下，那是五口生命之井。

光浑来到第一口水井。井口有些湿，想想今夜可能失眠了，时间尚早，这是断黑前人们挑水时留下的残迹。他把光线投入井底，水井不深，照面的是赤裸裸的基石，还有潺潺流向井窝儿的涓涓细线。

光浑心里一惊，背上竟渗出不少臭汗，弹掉了嘴角的香烟屁股，匆匆地窜向第二口井。

捣他娘。

二口、三口、四口，居然都是一个货色，一手电下去，照面的全是湿漉漉的井窝儿。

是谁呢？光浑的脑子活跃起来。张三？李四？王二？麻子？不对，都不是。他将村里的人一个个罗列，居然全没挂上号。村里有劳力的，都跑外了，说这叫劳务输出。听说荷花的瘸三男人目前也走了，在县城托人找了一个看门的活儿。村子里管用的壮实男人只有他光浑了。光浑不跑，他曾跑过，南征北战。要力气，光浑有的是，要知识要技术，光浑这辈子不行。挣钱不费力，费力不挣钱。跑了几年，只够打牙祭和来来往往的路费，于是干脆不跑了。如今村里有的只是女人、儿童和跑不动的老人，这些"38""61""99"部队成了村里的主力军。

光浑颓然地挪动着脚步。

夜似乎更深了，手电光只能照一方晕圆的世界。几株苞谷苗，静静立着，不见了白日的垂头丧气。

第五口井到了。一手电横扫过去，井沿上竟搁着一只水桶。

谁？光浑几步射过去。

井底是一团昏黄不定的煤油灯光。一个人蹲正在井底，没有察觉上面来人，依旧不紧不慢地用瓢子掴着井水。瓢子撞击着井石，声音碰着石壁折折曲曲地来回上升，最终在井口上方正中呱啦呱啦地小响。

那人终于抬起头，黑发便零散地披挂着，于是光浑看见了一张惊骇得扭曲变形的脸孔。

是她，荷花！

荷花惊恐万状，嘴巴愣愣地张着。井里萦绕着丝丝烟雾和水汽，手电光又昏花了她的眼。她什么也看不清楚。

"狗杂种！"光浑心里狠狠地骂。

荷花慌慌张张地攀着水井四壁的窝儿，蓬头垢脸地上来了。

"你倒好，腿杆长，被你搞了。"光浑血如潮涌，捏紧的拳头差点送了出去。

荷花的足足爪爪没法安顿。

"五口井全废了。五口井!"光浑提高了嗓门，"你……"

光浑的咆哮还没结束，荷花的手便堵在了他的嘴边。

"哼?"光浑的鼻子一歪，搬开荷花白嫩的手，顺手"啪"地扇了一个耳光。

"别，别嚷——"荷花踉跄了几步，又扑上来，抱住了光浑的腿，乞求地说，"别嚷，求求你。"

荷花又深又黑的眼底，跳跃着两颗闪烁不定的星星。

光浑不自在起来，以至于有些惶恐，身子却有些躁。夜越发变得安宁，知趣地不再言语。先前叽喳叽喳凑热闹的雀儿也悄然无声了。

荷花哭了，肩头一上一下地耸动起来。有冰凉的泪珠溅在光浑结实的胸口。光浑热血沸腾。

"不得已呀。孩子他爹得了痨病儿，一个月前把他送了出去，说给人守大门，终究比困在家里白吃白喝强。这儿一向缺水，村里人都怨我造孽放了堰塘。大白天轮不上我家吃水，只有晚上出来。阿大今晚着凉了，明天又是大忙，我想多挑一点儿，没想到碰上了你……"

夜，好静好静的夜哟……

起风了。好爽好爽的风哟……

咕嘎，有人开门的声音。大概是欣赏这凉风阵阵的难得的夏日的夜。

风声紧了，几个闷雷滚瓦而过。"哗哗哗哗，哗哗哗哗"开了山洪。

一切都会过去的，明天还该做点什么。光浑下意识地想，这辈子不得光混了，得做点正事了。

做什么呢? 光浑有点想不下去了。

这时候，他一翻身，进入了周公的世界。

垭口，一株黄桷树

从娘肚子里一落地，父亲发现她是个女孩，又看到她脸上有一块黑斑，便暴跳如雷，吼叫着要把她甩了喂狼。母亲死死拉住咆哮不止的丈夫，一直嚷叫："冤孽啊——"就昏了过去。

她三岁才会说话，并且口吃。老人们说那是落地时被她父亲的吼声吓出来的；更糟糕的是，她脸上那块黑斑竟随着岁月的流逝慢慢地扩散开来。于是"黑妞"的绰号便在人们嘴里叫响起来。

在小黑妞稚嫩的记忆中，父亲的凶悍和母亲暗地里的哭泣几乎占据了所有时间。她始终忘不了父亲的那句老调："女孩子家读什么书？认得钱就可以了。"这句话断送了她进学校的可能。除此以外，令她念念不忘的就是山垭口那株黄桷树了。

黑妞常常背着一个小背篮，去黄桷树背后的白头山上捡柴木。

每一次，小篮子里总是装得密匝匝的，什么芭茅杆啦，柏树丫啦，当然最多的还是黄桷树的枝桠，压得她喘不过气来。回家后，父亲见到满满的背篮子，胡子眉毛也会笑起来。父亲一顺心，小黑妞心里就会快乐一阵子。这时候，小黑妞就会打心眼里感谢大黑哥呢。要不是大黑哥帮忙，她一个小女孩咋能弄这么多好柴呢？

大黑比黑妞长两岁，住在黄桷树的那一头，跟小黑妞家遥遥相望。大黑三岁时，父亲一场伤寒病花去了家里不少钱，但还是丢下母子俩走了。半年后的一天夜晚，母亲跟着一个外地来的卖货郎跑了。

后来，大黑就跟着隔壁的叔爷过日子。叔爷对人很好，每次赶场回家都要给大黑带一个圆圆的大锅盔，过年时还要给大黑缝一身新衣服。大黑很听话，叔爷喊干什么，他就干什么，而且都做得好好的。可是大黑始终弄不懂，为什么叔娘的鼻子眼睛总是不对劲？听人说，叔娘娘家很富，叔娘嫁给叔爷后后悔得不得了，嫌他家穷，几次闹着要离婚。有时候，叔娘还莫名其妙地冲着大黑出气，好像大黑欠了她什么似的。背着大黑，叔娘总要跟叔爷斗嘴，斗嘴的原因好像也和大黑有关。叔爷总是让着叔娘，叔娘有时候扯着叔爷的耳朵，有时撕心裂肺般号啕大哭。叔娘好凶，大黑很怕她，在她面前，大黑总是规规矩矩，话也很少说。

大黑没有上过学校，可他很聪明，叔爷教他认了不少字。叔爷说大黑如果进学校，也许会考上大学。大黑不但没有进成学校，反而成天背着叔爷家的背筐子。因为捡柴，大黑和小黑妞常在一起。吃过早饭或者中午饭，大黑总是坐在街沿上，望着对面小黑妞家。只要小黑妞背着篮出门，大黑也就背着小筐子、拿着镰刀匆匆上路。这是他们的暗号呢，谁人也不知道。后来叔爷叔娘总算知道了，知道了也没什么。记得叔娘对叔爷说："长大了，让他讨她去。"叔爷嘴巴一裂，嘿嘿笑了。

岁月如梭，一晃大黑十五岁了。那一天，叔娘和叔爷闹翻了天，起先是说，后来是吵，再后来就打上了。大黑明白是怎么回事，一赌气回到隔壁原来的家，他成了孤儿，病了。叔爷请来了医生，总算把病治好了，可是却留下了后遗症，憨头憨脑的，不再是从前那个活蹦乱跳的大黑了。黑妞经常偷偷来看他，每次都从家里的鸡窝

23

摸来热鸡蛋悄悄地拿给他补身子。真是奇迹，只要黑妞来了，大黑就高兴，就跟原来的大黑一模一样了。大黑很勤快，而且有的是力气，哪家有什么困难，他都乐意帮忙，重活儿、麻烦活儿，他都不怵火。

人们打心眼喜欢这个小伙子，但也打心眼里为这个小伙子惋惜。

一晃又过去了两年，垭口那株黄桷树经过几载风雨的洗礼，越发苍劲葱郁了。不同的是，黑妞也长大了，成熟了，肩膀变得浑圆，胸脯也挺起来把衣服绷得紧紧的；可就是那块黑斑让她始终无法出嫁。不是没有人说媒，前两天就有人给她作"红娘"呢。

当时后屋里的黑妞，满心欢喜以为是大黑请的媒人来提亲，哪知介绍的对象竟是大黑叔娘的亲兄弟。那人黑妞见过，脸上有疱疮，因偷窃进过监狱，出狱后不知走了哪门子狗屎运，很短时间就带着一沓钞票，把叔爷请进了茶楼……黑妞心中时麻乱一团，头晕目眩，倒在了床上，枕头被泪水湿了一大半。

她想起了那个晚上，邻村演电影，她和大黑事先约好时间，在黄桷树下见面，然后俩人一起去看电影。黑妞匆匆吃过晚饭，早早地来到垭口，徘徊在黄桷树下。月色很好，不一会儿，大黑喘着粗气儿，也来到了黄桷树下。他敞开汗褂脱下衣衫，露出了黑黝黝结实的肌肉。

黑妞不好意思地用手指绕着发梢儿。

黄桷树茂盛的枝叶在月光下洒下了一大片阴影，笼罩着大黑和黑妞。

"嘿，你在想什么？"她问。

"什么也没想。"他眼睛望着东山上的月亮。

"骗人，肯定又在想——"她话没说完，倒自个先笑了，"肯定在想妈妈了。"

他也忍不住笑了，偏过头对她说："耳朵凑拢来，我悄悄告诉你。"

她果然把身子移了移，凑过耳朵去。他把嘴唇撮拢，慢慢地移向耳朵。就在接近的那一刹那，嘴巴忽然转了方向，在黑妞脸上结结实实咬了一口。她一惊，蓦地脸上一片红，随即反应过来，拎着小拳头，不停地擂在他结实的肌肉上……

第二天，大黑趁叔娘不在家溜进了叔爷家，央求叔爷到黑妞家提亲。叔爷一口应承下来。

晚饭时，叔爷在桌子上把大黑的婚事对叔娘讲了。叔娘说还可以，只是家里没有一文钱，并说黑妞父亲认钱不认人。后来声音小了，好像在提她娘家的兄弟。大黑起先在隔壁还听得清清楚楚，后来就模糊了。过了好一阵，叔爷和叔娘的声音又高起来了，那是吵架斗嘴的声音。"哐啷"一声，盆子落到了地上，好像还骨碌碌地滚了一圈。"啪！"叔爷可能在拍桌子。

结果，叔爷没去黑妞家提婚事。

第三天，叔娘早早地起了床，不知何故又和叔爷斗了几句嘴，"嘭"地一声摔门，脸红脖子粗地回娘家去了。叔娘走了，大黑心里很不是滋味，他为叔爷感到难过。半下午，叔娘居然回来了，风尘仆仆地，也顾不上喝口水，歇口气，就窜向了对门的黑妞家。

第四天，晨光初露，叔娘又回了一趟娘家。

晌午时分，叔娘顶着毒日，又兴致勃勃地赶回来了。

这几天叔娘的举动使大黑彻底糊涂了。他不知道叔娘葫芦里到底卖的什么药。叔爷见着他，似乎也在绕着弯儿尽量躲着走，好像干了什么对他不起的事儿。不几天，一条爆炸性新闻就在黄桷树村传开了——黑妞马上要出嫁了！大黑急得像热锅上的蚂蚁，可是，他毕竟势单力薄，太无能为力了。叔爷又和叔娘斗了回嘴把门"哐啷"一声摔，从此不回家了。真格的，叔爷也远走高飞了。

黑妞出嫁的日子到了。这天一早，天空片片白云，霞光灿烂，村里人都说黑妞挑了个好日子。接亲的队伍来了，黑妞从房间里被人夹了出来，发结上扎着鲜红的绸带，身穿雪白的衣裳。在看热闹的人们眼里，黑妞漂亮极了。然而就在黑妞上轿的时候，天气却骤然变坏，刚才还晴空万里的天空竟飘起了毛毛细雨，还刮起了阵阵旋风。

太反常了，还从来没有见过这天，怕是要出事呢。老人们悄悄地叨念着，恐惧感袭击着每一个参加婚礼的人。轿子装着黑妞走了。乌云漂移、蔓延着，天空像是咽了墨水的纸由暗变黑，风一阵紧似一阵，雨幕抖动着，越来越密，越来越大。轿子上了垭口，风越发厉害了，呜呜地鸣着。黄桷树经受不住狂风大雨的突然袭击，"呼——呼——"地发出了哭声，那哭声似乎还拖着长长的尾音儿。

抬轿的男人要求歇一歇，说风太大了，路滑，轿子太重，松口气再走。走在前面的红娘可不依，抬头看看天，要求继续赶路，说时候不早了。可是大家都不自觉地站住了，谁也不想挪动脚步。于是队伍便在垭口附近找了一个背风的地方歇了。

当有人提出要不要新娘子也出轿来舒展一下筋骨时，人们却发现黑妞已经死了。黑妞死在轿子里，很安详。

黑妞死后，埋在了离垭口不远的一片墓地里。

垭口那条大道，走的人更少了。知道这故事的人，宁愿多走一点路，绕过这垭口；可垭口上的那株黄桷树，却依然如故，而且一年比一年茂盛。

每当黄昏时，黄桷树村的人便看到在垭口那株黄桷树下，孤零零地站着一个人。

书法家

二班的罗罗是名噪全校的"书法家"。

一提起书法，同学们自然会想起罗罗。有些同学对他崇拜得五体投地，甚至连个别老师也把他当成了学习的对象。

今年，学校新来了一位资助老师，也擅长书法，对书法颇有造诣，传说在省级书法比赛中还得过三等奖。他向学校建议举办一次书法展览，结果，一拍即合。资助老师要求每人交去一版毛笔字，然后选出像样的展出。同学们积极性很高，罗罗也兴致勃勃地挥笔。点、横、撇、捺；起笔、行笔、收笔⋯⋯一一规范，无一走样，拿出了看家本领。

罗罗写完这版字时，人群围住了他，掌声、叫好声、"啧啧"赞叹声淹没了他。

"比柳公权写得还好！"一个同学夸张地说。

"你小子果真不赖。""小胡子"把那版字端端正正地贴在了黑板上，旁边还加上评语："未来书法家作品选登。"

几天后，书法展览开始了。在去参观的路上，大家议论纷纷，有的说第一张作品是罗罗的，有的说显眼的地方肯定是罗罗的，有的甚至愿意为此打赌当孙子。到了展览室，同学们惊得睁大了眼睛：第一版竟然没得罗罗的，显眼的地方不是罗罗的，最不显眼的角落里也没有罗罗的作品。于是，罗罗的眼睛、鼻子乃至每根头发都成了无数条直线的交点，同学们眼睛瞪得溜圆，上下颌排斥得可以塞进去鸡蛋。而罗罗呢，只管专注地欣赏展出的作品，似无事一般。

同学们愣了片刻，变得活跃起来。

"嘿嘿，还是外地老师有慧眼，有人不是一贯认为我写得很差么？"一个同学见自己的作品被展出，兴奋地说。

"哼！样子倒还装得挺正经。"不知谁甩出一句，嘴里跳出的唾沫洒了罗罗一头。

"嗯！基础本来就不行嘛。我一贯就认为他……""小胡子"不屑地斜视了罗罗一眼，他的作品也被展出了。

同学们似乎觉得罗罗变了样，由一个美丽的少妇，一下变成了瘪嘴的老太婆；或像一个精干的小伙子，一下变成了拔光了牙的糟老头，于是一句句含沙射影的话辐射着令人口干舌燥、嗓了冒烟的热喷涌而出。

罗罗没有计较，而是继续欣赏作品，嘴角上挂着笑。

发奖大会上，资助老师兴奋地说："好的作品，不只是展出的这些。在我校展出之前，恰巧遇到市里举办书法比赛，罗罗的作品被我送去参加比赛了，今天上午接到通知，罗罗获得了一等奖……"

"小胡子"们听了，再次睁大了双眼……

开　锁

　　吃过早饭，小王衣冠楚楚，准备去开会。在门口，他发现鞋油用完了，便匆忙到对门邻居李姐家去借。

　　"砰！"突然出现的一阵风，把门给严严实实地关上了。小王可急坏了，没带钥匙，家里还放着很重要的文件，今天上午要交呢。小王忙找李姐帮忙。李姐当时正拿着手机通话，二话没说就出了门。

　　弄清情况，李姐就想到一个人，对小王说："可以找楼上的他帮忙呀。"

　　小王不解："他是干什么的？"

　　李姐伸出三根指头，比画了一下。

　　小王吓了一跳："小偷？！"

　　李姐点了点头，说："小刘最近刚从监狱出来，他应该能帮忙。"

　　"可是……"

　　"别再可是了，那文件不是对你很重要吗？"

　　于是俩人上了楼，敲了敲门，门开了。

　　李姐说："小刘啊，你看，小王家的门被一阵风给关上了，他没带钥匙，家里还有一份很重要的文件今天上午要交呢，你给帮忙开一下，行不？"

小刘说："对不起，李姐！这个忙我可帮不了，你们还是找别人吧。"

小王急了："哥，你就行行好，帮帮我吧，这对我真的很重要呀！"

李姐也劝道："小刘，你就帮一下忙吧。"

"李姐，你是出了名的热心人，我该帮你。可是你们知道吗？在我刑满出狱那天，看守所的李警官拉着我的手说：'小刘啊，出去了可就不能再回来了呀！'我当时就发誓，这辈子要再干这事，我就烂手烂脚。"

"小王啊，要不就算了吧，人家也怪不容易的。"李姐对小王眨眨眼。

"李姐，我容易呀？好不容易找了份工作，现在就要被这阵风刮跑了，我招谁惹谁了？"小王恳求道："哥，我求你了，你就帮我一次吧。"

小刘犹豫了一会儿，说："好吧。不过，李姐可得为我作证，我这是为了帮忙才干的呀。"

"嗯，你这是在做好事呢。你需要什么工具，我回去拿。"

"你头上的发卡。"

李姐惊奇地取下发卡，递给小刘，然后，和小王在一旁唠叨。再转身时，小刘已从房里走了出来。

"小刘啊，这么快呀。"

小刘不好意思地摸摸头："没办法，习惯了，这一套组合动作得完成呀。"

小王谢过小刘，就进门收拾东西去了，小刘也就上楼回家去了。

李姐走回自己的家门，突然发觉有什么不对。对了，刚才不是把手机带出来了吗？怎么没了？这时，小王出来正要下楼，李姐忙问："小王，你瞧见我家手机了吗？我刚才出来还在呢。"

"没呀，我没看见。"

"到哪儿去了呢？我明明带出来的嘛。"

"难道是……"

他们被自己的猜想吓坏了，于是眼睛都盯着楼上。

这时，小刘下楼来了，对李姐说："李姐，我忘了还你发卡，给。"

"刘啊，你看这都是街坊邻居，低头不见抬头见的，你要有什么困难就跟我们说嘛。我的手机忘了地方了。"

"李姐，我没拿。"小王说，"李姐，通个话，就知道它在哪儿了。"

"对！"

"丁零零……"手机铃响了，循着声音，手机躺在李姐家门楣上方平时盛牛奶的匣子里。李姐顿时满脸通红。

小刘头也不回地走了。

事情弄清了，小王急着去公司，李姐也准备回家。

突然，一阵大风刮来，"砰！"门关上了。

李姐大声地喊："小王啊，我家的门也被风给关上了，我没带钥匙！"

羊杂米线

"丁零零……"铃声骤响，早班终于结束了！

不等铃声完全消失，小 C 就侧着身子，溜出了大门。

昨晚由于赶作业，小 C 只吃了一小块面包，今天早读，头晕晕的，肚皮空空的，通往粉馆的这一小段路，就显得格外漫长。小 C 心里盘算：今天，我一定要吃羊杂米线！前几天广告宣传单上介绍，有家粉馆开张，羊杂米线肯定好吃。

小 C 气喘吁吁地冲进粉馆："老板，来二两羊杂米线！多少钱？"

"六元。"老板头也不抬，忙着手中的活儿。

小 C 站在那里焦急地等待，觉得肚皮快贴着脊梁了。

老板娘把米线在沸腾的水里淘两下，倒进碗里，放在了柜台上。

小 C 看了看，皱了皱眉头：分量这么少，也要六元？工厂门口的餐馆，一碗米线才四呢！又瞟了一眼，暗自纳闷儿：怎么只有这么点儿底料?！那汤，似乎也像是用白开水勾兑的，传单上明明写着"价廉物美"，这不是坑人吗？平时大都只吃馒头稀饭，一元钱管饱，今天好不容易下决心来尝尝，六元钱却不够塞牙缝的！难道是传说中的黑店？小 C 眼里闪过一道亮光，站起身，端着碗，快速走向柜台。

"老板娘，香菜和葱花在哪里？我要放一点。"

老板娘忙拿筷子。

小C摇摇手，拒绝了，说："我自己来。"

小C白白的手掌伸进篮子里，抓了一大把嫩绿的香菜和葱花的混合物，放进碗里，似乎还嫌不够，又抓了一次。碗里，白白的羊杂米线顿时变成了绿色的"小海洋"，还冒着白气。碗中物膨胀了不少，似乎快要溢出来。小C小心翼翼地用双手捧着碗，嘬着嘴，沿着碗边儿，喝了一圈，然后颠着碎步，在邻座惊异的目光中回到了餐桌。

"老板娘，差点野山椒！"

"各人放吧。"

小C舞动勺子，一大勺野山椒就进了碗里。"哼！果然是黑店！连辣椒味儿也没有。"小C想。于是，又将勺子伸向了辣椒碗，舀了一勺，才慢慢地品尝他心中的"羊杂米线"。吃着吃着，小C眼角的余光发现临近的柜台上没人，于是，他又偷偷地梭下一个油干，放进碗里，继续享用……

"老板，收钱。"小C极不情愿地递上六元零钞。

老板笑了笑，招呼别人去了。

趁老板转身的时候，小C顺手拿了一卷餐巾纸，走出了粉馆，闷闷不乐，边走边想：乡下老家的米线，一碗才三元呢！

一个香蕉皮的故事

　　　　　某年某月某日　　　　天气：晴

　　艳阳高照，正如我的心情。今天是我的生日，作为一个香蕉皮，我很高兴能来到这个世界。

　　我出生在一个干净的楼道里。作为一个香蕉皮，我是幸运的，我没有被丢进垃圾桶，我可不愿意待在那令人发呕的地方。这个楼道干干净净，没有苍蝇，没有臭味，多好啊！为此，我要感谢那位吃掉我并把我随手乱扔在这里的恩人。为了表示感谢，我在此立誓：我愿意下辈子再做一只香蕉，做人类口中的香蕉。现在，我之所以用这篇日记记下我的承诺，主要是想证明我不是一只忘恩负义的香蕉。

　　这里是我的天堂！

　　我的地盘我做主，伙伴们，为我欢呼吧。

　　　　　某年某月某日　　　　天气：晴转阴

　　其实，这里的环境并不似想象中那么好。

　　昨天清晨，我还在睡梦中，便被重重的开门声吵醒了。睁开眼，原来是主人要晨跑，还看了我一眼。我心里一惊，难道要把我丢进垃圾桶吗？我才刚过一天的好日子啊！于是，我在心里默默祈祷：就当没看见我，去跑你的步吧！别管我，千万别管我！

　　或许是我的祈祷被刚刚睡醒的上帝听见了吧，那人嘴里嘀咕了一声，便把我踢到了对面那家人的门前。虽然暂时解除了危机，但那一脚可不轻，踢得我颀长的腰身折弯，撞在墙上，头晕眼花的。再看看自己现在的处身之地，都怪那脚不准，没有让我来到一个好点的居所。可能过不了多久，我的酸痛背疼病就会好的。

　　伙伴们，为我祝福吧！

某年某月某日　　　　天气：阴

　　自从上次被踢了一脚之后，我又连续被踢了几脚。今天，我暂时安身于楼道旁边。

　　我开始后悔了，我不想待在这里了。人们经过我的身边，全都大步流星地上班去了。这里太寂寞了，连一个陪我说话的伙伴都没有。虽然这里比垃圾场干净，但总觉得冷。谁能帮帮我呢？我不想再待在这里，我想和伙伴们在一起。他们现在在哪里呢？再等等吧，或许会出现一个红领巾，把我丢进垃圾桶里。

　　伙伴们，为我祈祷吧！

某年某月某日　　　　天气：雨

　　时间如光，又过去了几天。我被人踢到了一个光线暗暗的角落。听说这几天小区要检查卫生，我暗自庆幸：苦日子就要熬到头了。

　　可是，一连几天，就是没有人把我丢进垃圾桶。

　　伙伴们，咋办？

某年某月某日　　　　天气：雨

　　这可能是我的最后一篇日记了。

　　我终于等到了这天，来了一位清洁工。可是，我已经变成一摊软软的烂泥了。

　　伙伴们，当时外面下着雨，天哭了。

西瓜皮

"啪!"一块西瓜皮从天而降,砸在不远处的路中央。

王二闻声瞟了一眼,收回目光。

下午,阳光不烈,却有些闷。离天黑还早,王二有些无聊,于是在不远处买了一块西瓜,坐在路边的石凳上,悠闲地啃着。忽然他找到了一件好玩的事——看谁踩到那块西瓜皮。

路上的行人不多,但也不少,有男的,有女的,有老的,有少的,可是就是没人踩到这块西瓜皮。

"他们为什么都不踩上这块西瓜皮呢?"王二有点失望。

就在这时,有位衣冠楚楚的男士来了,昂着头,挺着胸,迈着大步。

王二眼冒绿光,紧紧地盯着。

三米、两米、一米……

"嗯?!"他的皮鞋底竟然紧贴西瓜皮擦过去了。"就差那么一颗米,你的步子就不能小上那么一点点?"王二眼睁睁地望着那背影消失在远方。

跟着,王二的桐籽米眼睛又是一亮,一位 MM 过来了,穿着时鬟，娉娉婷婷，步子不大，但有些急，显然没有注意到西瓜皮的存在。看着 MM 那娇媚的面容，修长的身姿，王二动了恻隐之心，想上前提醒，但终究脚下生根。

三米、两米、一米……

不歪不斜，西瓜皮竟然横卡在高跟鞋中间的空隙处。MM 看了一眼，皱了一下眉头，匆匆走开了。"怎么这么巧呢?"王二极其失望。

夕阳西下，就在王二打算回去的时候，一位步履蹒跚的老人来了。老人大约七十岁，一脸沧桑。王二看得十分清楚，老人脚上套着一双鞋底极为光滑的塑料平底鞋。

王二有种不祥的预感，老人如果摔一跤，不摔个残废，也会造成重伤，搞不好还会落个半身不遂。"唉，我还是提醒他一下吧。"王二想。可是时间来不及了，三米、两米、一米……

王二立马起身，一个箭步冲上去。刚一跨脚，就听"扑通"一声，王二重重地摔在地上，并溜出很远，像一次美丽的飞行，又像狗儿抢屎。听见响声，老人住了脚，看着王二。

王二半天才爬起来，摸摸被擦破的手和脚，愤怒地低下头去，原来是不小心踩上了自己吃完随手乱甩的一块西瓜皮。

天黑了，星星调皮地眨着眼睛，紧盯着人间。

憨　哥

憨哥生活在川东北苕乡的一座大山脚下。

拼搏几十年，丈量地球几十圈，憨哥都没有走出群山的怀抱。如今胡子八叉，在蹉跎岁月中练就了一身"憨气"。实话实说，憨哥是没有子女、没有存折、没有地位的"三无"大龄单身，年轻时，靠卖力气求生，据说后来收养过两个子女，巴心巴肝地养了几年，却被人带走了。如今，憨哥干不动重活儿了，生活窘迫。但幸运却被他赶上了，国家有政策，憨哥成了五保户，一个月百来块钱的生活费全由国家掏。

村主任说他是上辈子积德，命好。

憨哥听了，嘿嘿地笑。

前几天，阳光明媚，憨哥去赶场，穿着别人送他的衣服，"衣冠楚楚"。年轻时为多找几个活儿，他走路都放跑，而今年龄大了，他却不慌，独自一个人走在刚刚修好的水泥大道上，悠悠闲闲。

到了场上，肚子空了，憨哥找个馆子，坐了下来。

老板娘冲过来，笑中带怒地吼道："憨子！看你那副行头，就不像吃饭的，不吃就走。走，走，走，赶快走哦！"

"哪个说的？来几个大点的肉包子。"憨哥一点不急，憨憨地笑。

老板娘脸上就堆满了笑，心想：嘿，今儿硬是怪哦！

包子上了桌。或许真的饿了，憨哥吃得快，竟噎着了。说："拿瓶水，老板娘。"

"百事还是矿泉水？"老板娘忙着，头都不抬一下，又似乎在逗他。

"怕我不付钱吗？"

"老娘还怕你？"老板娘一脸不屑。的确，老板娘不怕。憨哥虽憨，但酒水饭食从未赊欠过。

"百事！搞快点……"不知为啥，憨哥今天不叫水，却随口叫了一听百事可乐。其实他从未喝过百事可乐。如果说老板娘把百事可乐说成百事是简省，那么憨哥则是信口乱接。百事拿来半天，憨哥都没撬开瓶盖。旁边一小孩，看不下去了，夺过百事，"啪"的一声拉开拉环，把百事递还给了他，然后接过憨哥给的一个包子，到旁边看书去了。憨哥才晓得，喝百事还要拉拉环。嘿，硬是怪哦，还有机关。

饭饱水足，憨哥打了一个嗝，过去付钱。

"五块！"老板娘依然忙着手中的活，头都没抬。

"我给你放在台子上哦。哦！对了，你帮我看一下，这上面写的啥？"憨哥把刚才那个百事的拉环递了过去。

"就你事多。"老板娘有点不情愿。

小孩丢下书，又过来帮忙了，随即吼了一句："中奖了，五万……"

老板娘两眼放光，冲过来，吼："哎哟，哟喂！憨哥，清早出门踩狗屎了嗦？中奖了，中奖了！"

憨哥晕。憨哥有钱了。

自打中了奖，憨哥成了远近的名人，背后有了议论："看，就是那个憨哥，中五万的那个。鬼捣的，人要是走运，挡都挡不住。"反正，憨哥是咸鱼大翻身，就连村里的媒婆，都天天想着给他介绍一门夕阳红婚事。

某天中午，憨哥在午休。突然地动山摇，仿佛世界末日。憨哥依旧酣睡，醒来一打听，才晓得地震了，6.5 级。

其后几天，天高云淡，地朗风清。村上开大会，号召大家为灾区捐款。大家你二十、我三十地捐了。憨哥掏出那五万存折，眼都没眨，一下丢进了捐款箱。

村民不解，一片哗然——

"全捐了?!"

"为什么呢？为啥那憨子全捐了?"

"脑壳进水了。"

其中又冒出一个声音："那家伙原就是憨的嘛!"

小镇生活

放假这天，天气很阴。小五心情很沉重。

老师发下来的成绩单上，赫然印着小五在班上的名次：32。小五心里很不是滋味，说老实话，自从父亲扬言要不远千里从广州赶回老家来整顿一番，小五还真的努了一把力。他每天咸菜白面馒头加自来水，连午休都辞了，挤出一大把时间看书做题问同学，忙得不亦乐乎；可皇天负了有心人，成绩不但没上去反而还往下栽了好几名儿，能不让人郁闷吗?!

放学后，小五没去网吧，没去溜冰和逛大街，而是径直到了车站，上了回小镇的汽车。

回到小镇以后，小五有说不出的自由，觉得小镇可以让人释怀。

回到小屋，小五发现阳台上的芦荟居然还没死，反而长大了些，长绿了些。上次回来打球穿的鞋还放在阳台上。小五闻了闻，发现依然很臭，就使劲摔在地上，地板发出了沉闷的响声。躺在床上，小五开始听磁带。小五用的是父亲在他 10 岁生日时给买的复读机，放上 Jay 的磁带，长期没有清理的磁头使得声音变得很浑浊甚至有些歇斯底里，反而有了刀郎的味道。

电话响的时候，小五正在听《斗牛》。小五一直都怀疑 Jay 到底"懂不懂篮球"。电话是阳子打来的，叫小五去打球。搁了电话，小五又穿上那双从买来就一直没洗过的鞋，哼着《斗牛》去了小镇的学校。

球场上人很多，但大多是老弱病残散步的，说是能延年益寿。小五一眼就看见了阳子。阳子光着膀子套着"76 人"的球服，浑身上下蔓延着一种古铜色，很是和谐。阳子向小五挥手打招呼，叫他等着，因为球场暂时没位。

小五对着一个穿着黑色背心戴黑色眼镜的人说："纪老师，你儿子在那边到处找你呢，说是要上厕所没纸。"

纪老师急忙说："小五，你上场吧。"

小五想都没想就上场了，因为这结果他早想好了。小五和他们三对三斗牛，对方一个家伙忒不老实，老是快速上篮，令小五防不胜防。小五火了，一个反手上篮，把那家伙晃了一大跟头。惹我你就死定了，小五想。

天黑的时候，小五收了场，全身上下已经没有了丁点儿人样。打球就是小五的生活，他喜欢那种由于剧烈运动而产生的身体快要散架的能让人忘记一切的感觉。

第二天是逢场天。小五站在人群中看着来来往往的行人，发现自己是那么的渺小。这个看着自己长大的小镇，现在除了多了些店铺以外也没什么变化，到处依然有斑驳的墙壁和脏脏的街道。小五认为小镇落后的一个显著标志就是买不到正版的磁带。整个小镇小五只爱去两个地方：一家小音像店和一家小餐馆。小五喜欢送一些盗版磁带到那家小餐馆里，送给和他一样喜欢 Jay 的他初中时喜欢的女同学刘夏。需要解释的是小五并不是为了追她，小五只是在怀念。

小五 12 点准时到了刘夏家。阳子前一天告诉小五，初中的几个同学叫他们去聚聚。

小五到刘夏家一眼就看见了阳子、刘夏和一头金发的李强。小五问李强：

"你小子把头发弄成这样，老师不管吗？"

李强说他早不读书了，马上要去深圳混，这不，找你们道别呢。小五怔了一下。李强又说初中时的五十多个同学现在只有二十个在读书。

小五在初中时是荣光的，动不动就考第一，班上其他同学跑得比狗还快都追不上他。可初二的时候，小五的姥爷去世了，这对小五的打击相当大。从那以后小五说自己长大了，而他认为的长大就是沉默，所以小五后来一直很低调，包括他的成绩。可是沉默并不代表没朋友，小五有一大帮死党，都是很死的那种。小五说他相信友谊，他认为他的弟兄们都是出类拔萃的，可现在一个个背井离乡，显得很没出息。

阳子说："小五你学习咋样？"小五说我已经决定好好学习了。小五说这话的时候面无表情。阳子说他准备考体校，数理化压根儿不是他那种智商能接受的。小五只是笑着说好呀好呀。

刘夏问小五："信收到了吗？"小五说收到了。李强和阳子一听就起哄了："什么关系呀，还暗地里写信。"小五说："没什么的，大家都是朋友对不对，刘夏？"

刘夏连忙说："就是就是。"

是的，他们只是在怀念。

吃晚饭的时候，小五父亲打电话回来问成绩，小五回答得很痛快，父亲在电话那头训斥得也很痛快。末了，小五说："爸爸，我已经决定好好学习了。"（马万致）

玫瑰二婶

老爷子暗地里去排八卦。

在白头山的土地庙里，他吓得浑身抽筋，原来未过门的二婶，克夫又克父。

于是二婶要到我们家做媳妇，老爷子一千个不答应。

二婶和二伯是学校里的相好。老爷子一共种了五个崽，二伯喝的墨水多，吸收的精髓也最多，容貌极像老爷子，块头硕大，满是肌肉疙瘩。二婶是一朵玫瑰，个儿高挑，走起路来闪闪动动的。因为过分相好，二婶肚皮里便有了果实。

二婶托人来说亲，老爷子把来人骂了个狗血喷头：媒人是条油嘴狗，东边吃了西边走。

二婶到底能。某个春日雨后的上午，彩霞满天，二婶英姿飒爽地过来了。老爷子觑着二婶挺起的大肚子，几天长吁短叹之后，莫名其妙地大病了一场。花了百把块钱后，老爷子干脆不理二伯，跺跺脚说只当没播二伯这块种。

我们家族看起来比较庞大，但在村子里却算不上老几。后来我们能在村子里排上号，还得感谢老爷子，感谢老爷子头顶那块红艳艳的疮疤。二伯不识相，老爷子不理他，他偏偏要赖着老爷子。结果老爷子头顶那块红艳艳的疮疤，恰到好处地继种在了二伯的头顶。

于是全村的男女老嫩，像喊老爷子那样，戏谑地喊二伯：透亮。后来又有人别出心裁地美其名曰："大亮""小亮"，以便加以区别。

这事二婶开头还蒙在鼓里，只当人们在喊老爷子。后来二婶终于知道了，和善地警告了他们。

大家也嘻嘻地笑，果然喊的人少了。奇怪的是，我们家族似乎在村子里算得上老几了。

可是也有人健忘，把二婶的话当着耳边风飞了。

有一天上午，门前桉树上的喜鹊叫喳喳的。村干部陪同政府领导检查生产，中国伙食安排在二婶家。官老爷降临平民百姓家，终究是件不寻常的殊荣。二婶决定捞出家底尽最大努力来款待，包括梁上那块平日舍不得吃的陈年腊骨。

小侄子"人来疯"，没有包着的小屁股白生生地在人前人后晃，结果被二婶叫到厨房里，片刻，小屁股上就有了红棱棱乌兮兮的一道道巴掌印。

酒足饭饱时，客人红光光的脸上撕开了一道油晃晃的大嘴——

"透亮……"

二婶顿时火冒二丈。记得当时她像被人抢走了崽的狮子一样地咆哮起来。全村人都来看热闹。客人的脸变成了酱油瓶，一阵白，一阵紫，一阵红，煞是好看。当时，夕阳挂在西山，羞红了脸。

奇怪的是，从此以后，远山八里都没人乱叫了。我们家族在村子里真正算得上老几了。

一个月后，老爷子从城里老大那儿赶回来，据说是二伯漏去的信。老爷子上气不接下气，拐杖在二婶秀气的鼻梁前戳了不知多少次。

二伯也冲二婶发火，头顶的疮疤扑扑地跳，红艳艳的，光彩夺目，像秋日的晚霞，更像一朵久开不败的玫瑰。

当天晚上，二婶肿着一双兔子眼回了娘家。

老爷子忧心忡忡，回老屋的时候，闪失了手，跌下村里前两年才修的升钟湖支渠，渠水汤汤，老爷子命归黄泉。

以后，二婶跟二伯三天一小吵，五天干一架，关系淡薄起来。

再以后，二婶和二伯离了婚。

二婶不愿看到众多的白眼，一个人悄悄走了。那天清晨，原本灰蒙蒙的天空，忽地挂上了一片诡异的橘红。

车　技

他早早地结束了晚饭，借辆自行车去串门了。

他想趁此机会给她露一手——骑车。在这个小小的工厂里，会骑车的人不多。他和她关系不错，她还不知道他会骑车。

她晚饭迟。她总爱倚着门框吃晚饭。今天她穿着一件红衬衣。这些他"侦察"好了。

"丁零丁零……"他像歌手弹琴般轻晃着自行车的铃铛。仓库、办公室、花台，皆飘向身后去拾取他撒下的一片清脆铃声。

该准备了！前面是篮球场。篮球场右侧是女宿舍，一个红红的影儿正倚着门框。

调整表情，面带温文尔雅的微笑，与左边的人打着可打可不打的招呼，绝不正视右面，但他眼右角酸得发疼。那个红影儿越来越清晰了，轮廓娟秀，是她！

"丁零丁零……"铃铛按得脆响，吸引了不少目光。红影儿歪过头来，怔怔地看他。

他心里很得意。是时候了！右腿偏离脚踏，在车架后划着，自行车斜着身子，缓缓滑行。忽又坐稳了，丢了车把，双手抱在胸前，腿上蹬出蛮力。自行车风驰电掣，路上行人惊惶躲避。他瞟见红影儿看得呆了。

"哈，哥儿这一手……"就听"扑通"一声，车儿连人冲进篮球场旁边的烂泥凼里。

他挣扎着爬起来，满脸泥污，一身臭水。

过路的、打球的、吃饭的围拢过来。

他想发火，但眼角瞥见那个红影过来了，他没了怒气，只感到无地自容，脸颊火燎般烧得厉害。

"真倒霉!"红影儿甜脆的声音。

他吃了一惊，拿手背抹抹眼睛，心里却又好生庆幸：

"天哪，幸好不是她!"

分房新篇

三年零三月又三天终于过去了。

一幢贴着亮闪闪瓷砖的教师限价房，终于矗立在学校操场旁边。

虽说是限价房，明眼人都知道，暗含福利成分哦！

看熟了破桌旧椅四壁斑驳冷坛破庙般的教师们，竟然觉得这幢洋房如同宫殿一般辉煌。

这时候，最触动每个人神经的问题莫过于：谁能在洋房里占有一席之地？

申请住房的有三十户人家，而大楼只有二十套房间。学校领导很精，深知得罪了谁都不成，于是请求文教部门。文教部门更鬼，花了三天时间召开了三次会议，批准书记、校长、主任、后勤等大小官员十户人家搬入新房，剩下的十套房间，由学校做主。这一招真绝，既笼络了领导，又显示出上级的英明果断，还有尊重下级权利的表现，一箭三雕。

剩下的二十户人家，一部分是年岁大，教龄长，没功劳有苦劳的"老革命"；一部分是工作不久文凭显赫，面临终身大事的接班人。

　　学校召开了一次大会，专题讨论分房议题。结果会议没讨论出个所以然。

　　领导开始做教师的思想政治工作。

　　后勤摆出当前的棘手问题；校长阐明建房意义；书记宣扬先人后己精神；主任要求大家别影响了教学。

　　最后，意料不到的情况出现了。申请住房的教师们，个个面部表情轻松愉快，甚至可以插科打诨，一致同意无记名投票解决问题。

　　结果，二十张选票上写着二十个不同的名字。

明月声箫

（情节纯属虚构　切勿对号入座）

1

父亲老了。

父亲在给自己准备另一条路了。

父亲从乡下打电话来了，在落叶飘零的隆冬时节。

石兵明显地感到父亲老了，心里蓦地涂上了一层悲凉，如同窗外霜花凝露寒气逼人的天气。

"石兵，我的钱哪个也不能用，你妈也不能用，我要用来修坟。"父亲语气坚定，一字一顿。看来在说这话之前，他是经过一番认真考虑的。在已经长成的七十个生命年轮中，父亲是少有这种凌厉惊骇之语的。

石兵姓"杨"，在"百家姓"——"赵钱孙李周吴郑王冯陈褚卫蒋沈韩杨……"里，"杨"排在第十六位，不很显眼，但在家乡，"杨"可是大姓，全村七百多号人，大家或散住或聚居，都在白头山宽阔的怀抱里。

散住主要分布在白头山两翼之下，一个是竹林湾，一个是水塘边。

聚居则集中在杨家大院。杨家大院位于白头山脚下正中，是一座木质混合承重式的三合院建筑，坐西朝东，中间有一块长方形的坝子，是生产队的晒场，也曾用作集体开会、放电影。晒场前面原有一块牌坊，民国后期被毁，在原址上生产队建了两间小屋，一间是打米做面的机房，一间是杨三的窝。晒场的左右两边，各有两间对称性的矮屋，又称厢房住着几户人家。其中，先前左边就有一间是石兵出生前，爸妈公婆叔侄共挤一堂的老房，右边有一间是小鹏家的老房。晒场后面是几间一字型排列的、中间高两边低的房屋，正中一间是祠堂，又称陶屋，高大宽阔，为叠梁式头拱建筑，顶部为双坡式挑檐结构。门楣上方是一块题有"忠尊勤俭"字样的木匾。祠堂正门一块尺高木槛的外左侧，立着一块严重风化的镇宅石碑。石碑中间錾刻"太乙真人石敢当天尊神"；两边磨损脱落，但依稀可见"天师□千千兵马""普庵□万力神将"等残缺不清的字符。祠堂两边各有三间耳房，密匝匝地挤居着一些老老少少。村里赤脚医生杨二公在年少时听老人们说，在同治和光绪年间，这儿还住着大户人家，开设有酱油房、绸庄、药铺、五谷粮仓，还有书场，也曾热闹；在宣统和民国时期，战祸不断，人丁渐少，庄铺解散。新中国成立后，祠堂被官方没收，成为生产队的保管室，储存粮草和农具。"文革"时，大破"四旧"，祠堂旁的厢房、耳房拆了不少，只有祠堂空荡荡地坚立。那"太乙真人石"，也成了生产队拴牲畜用的一枚定桩，长年累月竟在腰上勒出了一道道凹进的痕迹。

此地村民七成姓"杨"，因此被称作"杨家湾"。

在 20 世纪五六十年代，人们战天斗地，沿山顺沟，靠铁锤、背篼、扁担等原始工具和肩扛手抬，在川东北荒凉的浅丘地带，硬是"强攻"出几条蛇形公路。于是，白头山脚下，一条碎石公路蜿蜒着从竹林湾背后过来，又从杨家大院前面直直地走过，一头连接着斯波场和充国县城，一头延伸到中林场。更远处一条大路过去还有祥龙场，杨家湾成了两乡之界，便小有名气，连充国县的交通图上都榜上有名。

父亲习惯叫他"石兵"，听着亲切而又熟悉，用充国话说，叫"巴适"。石兵传承了父亲这一习性，上课抽问，也常常省去学生的姓，如女生"刘倩倩"，石兵叫她"倩倩"，她惊讶而激动地站起来，满眼惊喜。如女生"黄婷"，石兵叫她"婷婷"，她莞尔一笑，露出一口苞米般排列整齐的小细牙，甭提多高兴了。又如男生"刘博"活泼好动，石兵叫他"博博"，他规规矩矩地站起来，高兴得如同捡到了一块金元宝。石兵猜想，爱他们的爸妈或者公婆，也许就是这样叫的吧。

记得小时候，父亲叫石兵为"兵娃"。每到吃饭或者睡觉的时间，那"兵娃，兵娃"的声音便在家乡身后白头山宽阔的胸膛里回荡。"娃"是小的意思，是昵称；"兵"呢，石兵是个男孩，可能父亲希望他性格坚强吧。而且在20世纪那个特殊的年代，"兵"又是天下流行的词汇，是政治的产物，是革命接班人的记号，更是父母对孩子对家庭的一种殷殷祝福，远远超过了当今年轻人口中流行的两个词汇——"囧"和"菉"。

2

杨家湾村地处川东北充国县一个偏僻的角落。

前后各有一座大山，一座叫白头山，一座叫金子山。

石兵家后来的"老屋"就位于杨家大院和竹林湾之间。以此为参照点，老屋背后是白头山，老屋前面是一条深沟，深沟被小路和路边不多的桑树横着切成了一块一块的水田。在童年的记忆中，田里是一汪一汪的水，现在却干瘪瘪的，似瘦削的乡下老人冬天龟裂的手。水田的尽头是一条浅浅窄窄的小河，从中林乡逶迤而来。平时蓄着半米见宽的水，水清且浅，有小鱼追逐，有杂草丛生，水底长长的草叶顺着流水摇曳着曼妙的身姿；而今常常干涸，少有涓涓细流，伙伴们一跳就过去了。小河那边有一座小丘，丘的那边半坡上，一字形坐落着五间石木土房，那是村里的学校。学校下面是一坝田野，田野的尽头稀稀拉拉地散布着一些房屋，更远处，也就是学校的前方是一座大山——金子山，叫金子山并不是因为它出产金子，而是因为此处土地贫瘠、多沙石、色呈红黄而得名。

金子山和白头山差不多一东一西、一前一后地对峙着，杨家湾村就处在这两座大山四围的狭长地带。

清晨，当太阳从金子山巨大的臂膀上探出笑脸时，万道霞光就会照在老屋和背后的白头山上，乾坤朗朗，新的一天便开始了。男男女女便从祠堂里领出农具，陆陆续续地上山。傍晚，运行了一天的太阳公公顺着白头山逶迤而出的巨大右臂悄悄向后滑落，片片晚霞布满天空，金子山巅也就有了红黄的光晕。而在其"胸部"上方、"颈部"下方的三角形地带，"农业学大寨"几个白色的大字分外耀眼，此时，鸟儿归巢了，人们也从白头山的角角落落钻出来，扛着扁担锄头，收工下山。

白头山又叫"八台山"，高大巍峨，绵延横亘，远近闻名。当初年少不更事，石兵问父亲其取名缘由，父亲没有正面回答，眼睛盯着老屋后面的高大山峰，有点"囧"，抛出了两个问题：

"这山高不高？"

"这山油不油？"

在兄妹三个的印象中，父亲性情欠柔，可能天下父母在自家孩子眼里都是威严的吧。石兵说山高，但不懂"油"的意思，又不敢追问。长大后，白头山的印象才在脑海里明朗起来。

石兵家的老屋后面是一块菜地，其旁是一条弯弯曲曲的上行小路，穿过一片竹林，便是一块坡地，生长着一片郁郁葱葱的柑橘林。路边有一小块地，呈斜立的三角形，名叫尖角地，至今都还是石兵家的。柑橘树枝繁叶茂，其中有三棵，位置向阳，秋忙时节，累累硕果缀满枝头，红得像灯笼，人行其下，幽香扑鼻，常常不由自主地抬头张望；当然也有不怕事的，瞅机会跳起或是捡起土疙瘩，弄下几个柑橘来。小时候，父亲指着这三棵树，说一棵是弟弟的，一棵是妹妹的，一棵是石兵的。石兵不解，问母亲。母亲说秋天那柑橘卖了就是你们的学费钱。于是大家便对柑橘树有了好感，在父母锄草、施肥、打药时，特别卖力地打下手。记得有一回，石兵和弟弟上山捡柴，路过尖角地，同时尿急。怎么办？两人夹着尿，小跑着不约而同地冲向自己的那棵柑橘树，掏出小鸡鸡，瞄准树根，很细心地浇灌。小路蛇形而上，便见一片开阔的土地——牛转地，顺势而上，又是一片开阔地——山夹坪；再上，是蛮子坟；再上，是一片密密麻麻的条形土堆——坟地，杨家湾众多的先辈忙碌一辈子后便永远地在这儿栖息。顺次而上，随着白头山主峰的收缩，块块土地由大到小，由"肥"到"瘦"，参差错落，直到山巅，共八台，故又曰"八台山"。

站在白头山巅观望，川北的群山层层叠叠，一浪碾着一浪，直伸天际。

山巅由几块天然的巨石垒成，远远看去，形似一个封建吏治时代的官帽。其中一侧的石壁，不知何年何月被人凿凹进去一大段，还像模像样地雕琢了三尊菩萨——观音菩萨、天藏王菩萨、地藏王菩萨。可能是菩萨显灵吧，其脚下的山坡，虽然背阴，但柏树、松树、梧桐树等生长得郁郁葱葱；而它的正面差不多光秃秃的，就像一位沧桑老人肃然别过脸去，不给关照。在石兵的记忆中，逢年过节时，"噼里啪啦"的鞭炮声常常伴着山巅缭绕不去的缕缕青烟成为一道亮丽的风景。在那个特定的时代，人们尽管起早摸黑地干活，平常却连饭都吃不饱，于是八台山的边边角角头头巅巅不再留下树木，不再留下野草，所以，巍峨的八台山没了野鸡，没了野兔，更不用说狼崽之类的了。在白头山伸出的长长双臂上，矗立着几个"馒头"，"馒头"上只留下稀稀拉拉的柏树、梧桐树、桑树，以及一丛一丛的荆棘，远看，光秃秃的，就如同一位老人掉光头发的脑袋，故曰"白头山"。

3

上小学时，还是集体生产时期，父母忙着挣工分，一早起床就"出工"了，只留下还在床上困觉的妹妹、弟弟和石兵，妹妹和弟弟还小，瞌睡比石兵还大，于是赖床不起。现在回想，假设他们起床了，三五岁的孩子能做什么呢？那时候，石兵被一种无形的力量逼着起床，做着每日必做的事。

他的第一件事是煮饭，站在用石头和泥土垒成的灶台前，个头跟锅一般高。有时炒菜，看不见锅里，就站在小板凳上，不知摔过多少次，被烫伤多少回。煮得最多的是红苕稀饭。家乡特产红苕，在川东北乃至全国都首屈一指，故称"苕乡""苕国"。《大百科全书》记载：红苕又叫红薯、山芋、地瓜等，属多年生双子叶植物，草本，其蔓细长，茎匍匐地面；块根，无氧呼吸产生乳酸，皮色发白或发红，肉大多为黄白色，但也有紫色；除供食用外，还可以制糖和酿酒、制酒精。每年夏末秋初，白头山不再"白头"，换上了翠绿的新装，漫山遍野，苕叶铺地，微风拂来，绿浪盈眼。红苕成熟了，小的似拳头，大的似脚板。红苕是家乡的主食，如同北方人的馒头。父辈们的做法有多种，通常是蒸红苕打菜汤，蒸红苕干饭，煮红苕稀饭，烫红苕醪糟，推红苕凉粉，还有晒苕干，推苕面，炒苕丝，做苕面蒸馍和苕面汤圆，等等。"能屈能伸娇滴滴，不夭不艳郁苍苍。舒叶抽藤酿粉浆，山乡奉献半年粮。"这是当地的民谣，故充国又称"苕国"。白驹过隙，眼睛一眨，老母鸡变鸭。当今科学研究发现，红苕富含蛋白质、淀粉、果胶、氨基酸、膳食纤维、胡萝卜素、维生素 A、B、C、E 以及钙、钾、铁等 10 余种微量元素，成为抗癌的最佳食品，被世卫组织评为"十大最佳蔬菜"之首。"昔日果腹粮，今朝桌上馐。"红苕已成为国字号的国家地理标志产品。

煮饭时，石兵从那不多的苕块里专捡那滑滑溜溜长条形的家伙，凭感觉凭经验，嚼在嘴里不掉渣。红苕加酸菜加半勺米，把一口径约 30 厘米的鼎锅煮得满满的。早饭吃剩的在上午饿了的时候还可以再热热，用来填充肚皮，家乡人称之"打幺台"。这是充国特有的现象，一天可以吃上四顿，城里人可没有这种殊遇。

煮饭最麻烦的是寻找欠缺的柴火。家乡多的是竹林，石兵只能捡竹叶烧，竹壳是稀缺的，因其比竹叶硬，于是被老家的张嫂、李嫂、何妈、马妈、王婆、李婆等早早地捡了去做鞋底或存放家里作逢年过节时的柴火用。记得煮饭时把火引燃后，在灶孔里塞进满满的柴草，然后一阵风似的房前屋后到处找柴，找到了一把柴就匆匆地跑回去，放在灶孔里。记得当年老家院坝前有一棵高大的梧桐树和一棵枝叶婆娑的歪脖子土桃。在深秋或严冬时节，时不时掉下一些枝叶，于是院坝前的小沟里便躺着石兵的"宝贝"。小沟那边是公路，公路边常有一些棍儿，石兵兴奋地捡了，但距离灶房太远，等赶回时，有时灶孔里的火也熄了。于是重新点火，可能柴草是湿的吧，不见火苗，便把嘴巴凑拢去吹，浓烟喷涌，灰尘扑面，呛得人双眼流泪，咳嗽不止；继续吹，"呼"的一声，火燃了，吓人一跳，急忙缩头，可惜迟了，头发被火燎了，黄黄的一大片。煮一顿饭，常常要花去半个钟头。父亲是不准孩子们上山去偷枝伐叶的，人们说父亲忠厚老实，做事认真，待人和善，又识得几个字，便推他做了"官"——队长。那年月，既然是"官"，本人就得以身作则，儿女就得规规矩矩。

树色苍苍枝叶满，朱红浅紫入青田。暮春时节，田野里桑苗青青，那藏在其中的一粒粒黑桑果更是撩拨着孩子们饥饿的胃口。

石兵和弟弟站在屋中央——有人告了"恶状"。

母亲扬着一撮桑条，气呼呼地："究竟摘了人家的没？"

"摘了。"

"没摘。"

兄弟俩几乎异口同声，只不过各自吐词不同。

"你还说没摘！"看着幺儿黑黑的嘴唇，母亲的桑条甩下去，对方随即跳起来，发出惨叫。

"上坟烧报纸，你糊弄鬼啊！"母亲绝不宽贷，桑条又落了下去，"叫你叫，我叫你叫……"

有时候看见别家大人小孩在路头路尾顺手牵羊地带回柴草，石兵不服气。父亲没有多说，瞪着眼，干干地抛出两句："这叫不干净！你跟谁比？从小偷针，长大偷金！"

4

第二件事是扫地。

父亲一共五姐妹，上有二哥一姐，下有一弟，也就是说父亲排行第四。

俗语云："皇帝爱长子，百姓爱幺儿。"父亲既不是长子，又不是幺儿，在众多姊妹的中间，当然受"夹"了。记得母亲说她嫁给父亲后，还亲眼看见当了丈夫后来还当上了爸爸的父亲挨公公烟头脑壳。母亲说，在石兵一岁半时，公去世了；三岁时，婆也去世了。公公婆婆是什么模样，有什么性格，有什么癖好，石兵不得而知。五个儿女长大后，除去出嫁的姑姑和远上陕西谋生后入赘当地的二爸，其余三个儿子得服侍老人家。前面说过，父亲夹在中间，位置未站对，也很老实，于是经常挨训乃至挨打。听说公公爱吃叶子烟，用得最多的打人工具是那个铁做的小小"烟脑壳"。有时一家人在一起为吃饭穿衣或一个话题而意见不合时，公公就一烟脑壳敲在父亲的头上。肉长的脑壳经得起铁敲么？于是父亲的脑壳上长出一个疙瘩——"乌包"，十天半月才慢慢散去。长期下去，脑壳上就有了大块小块的疙瘩，人们便给他起了绰号，路头路尾响亮地叫。在这里石兵是不会写出这绰号的，稍有良知的读者也不会到处打听这绰号是什么。为此母亲和公公有了不少吵闹。写到这儿，石兵不知道母亲讲的故事是不是真的，只是鼻子一酸，两行辛辣的泪水就不听话地滚了出来，滴到废旧的稿子上，浸润了一大片，字迹逐渐模糊起来。公公婆婆，石兵不怪你们，你生儿育女五个，像天下所有老人一样尝尽沧桑，那是那个时代特有的悲剧。泪眼蒙眬中，石兵依稀看见了父亲——一个年轻的儿子年青的爸爸在那个贫穷年代的"囧"相。这时，一串滚烫的泪水又争先恐后地涌出，滴到了石兵的手上，滑落到稿纸上，再也收不住了。今天的孩子，在长大的过程中远远没有 20 世纪那个年代那么艰难和惨烈，但是请你相信，假如你出生在那个年代，你的意志会更加坚强，你读书会更加努力。

　　树大分丫，儿大分家。在母亲的吵闹和强烈要求下，大家庭最终各自"独立"。大家拆掉了祠堂边那间老房，东挪西借，一起努力一起挣扎，新房终于在公路旁一字摆开，三间正方和一间偏房，木石结构，石头的柱子，木头的框架，壁上填充的是篾条和稀泥。说是房屋，其实四壁如洗，一无所有。父亲和大爸自立门户，各自一间；幺爸还未成家，和公婆住一间正方和偏房。分家的时候，据母亲讲，吃的方面他们只分得三十斤谷子和六把挂面，另外就是一点红苕、苞谷之类的杂粮。这些东西，陪他们熬过了上半年。穿的方面，只有平时穿的两套——冬天一套，夏天一套，补丁重补丁，基本没有再添置什么。家具方面，主要是母亲出嫁时从娘家带来的陪奁。陪奁中的一只大箱子被公公无端地克扣了，尽管母亲和公公大吵了一架，那只大箱子还是没有回到母亲身边。母亲讲，分家时他们连一张床也没有。石兵想在那个较为闭塞、保守、落后的年代里，每个大家庭都有一本难念的账。家是母亲吵着要分的，封建残余思想还很严重的家长，对其有些克扣也在情理之中。

5

可能是"恨"屋及乌吧，母亲给石兵讲了这样一件事：

有天上午，在社员出工前，父亲把石兵交给在家的公公代管。接近中午时，晴朗的天气突变，乌云密布，下起了瓢泼大雨。母亲牵着水牛，提着一簸箕臭烘烘的牛粪，匆匆赶回祠堂，把牛拴在"太乙真人"身上，牛粪倒在另一侧，然后衣衫湿漉地赶回家。

雨淋淋的院坝里，年幼的石兵在雨中连摸带爬，大哭不已，而公公却在他的房里半掩房门吃饭。

听父母说，石兵应该是四姐妹，在石兵之前还有一个姐姐，在生下来后不足一月就因病夭折了。一年后母亲有了一番痛苦的难产，石兵立着身子从母体钻出来，身体孱弱，面黄肌瘦。两岁时有天午夜，石兵突发高烧，昏迷不醒。父母可慌了神，打着火把，背着石兵赶到竹林湾，来到赤脚医生杨二公家。那时夜深人静，"咚咚咚"急促的敲门声在山村里空响，让人错觉是强盗来了，谁敢开门？后来父亲亮出大嗓门，杨二公和女人周二婆才听出声音，确定之后开了门，经过一番望闻问切，发现娃儿精神萎靡，面色苍白，口周发青，鼻翼扇动，吸气时明显费力，舌苔黄白不分，咳嗽，发烧，应该是得了肺炎。

"还不赶快送医院！"杨二公一声吼。

"轰！"老天变了，打雷了，起风了，下雨了。

就在父母回家准备好斗笠、蓑衣，用竹筒燃起火把的时候，天可怜见，这场偏东雨渐渐消了。

　　父亲背起石兵，一家三口在杨二公的陪同下，在风雨之中跌跌撞撞地赶到了八里之外的斯波乡卫生院。医生摇摇头说孩子烧成了肺炎，立即住院看有没有奇迹。

　　医生在石兵的额头、手腕、小腿上各放一块湿冷毛巾，开始了冷敷。而后擦拭身体，补充液体。

　　小生命躺在病床上，直直地，一动不动……

　　漫长的住院。好心的七大姑八大姨都说算了，包括穿着白大褂的医生，只有年轻的母亲没有放弃眼前这个奄奄一息的小生命。这是她身上掉下的又一块血淋淋的血脉相连的肉，岂肯轻易放弃？前面已经失去一个，再失去不是要她的命么？

　　母亲流泪了，父亲流泪了，两个月日日夜夜的泪水，流"活"了他们宝贵儿子的宝贵生命。母亲和年迈的外婆在医院在家里来回奔波，小生命重新学走路，母亲在病房、在过道一步一步地教。

　　"这娃儿命弱，取个小名吧。"出院当天，老外婆说。

　　"我看这娃儿的命，硬着呢。"年轻的母亲不信邪。

　　"贱名好养。"老外婆坚持着，似乎早想好了，"叫石头怎样？"

　　"还是叫土蛋儿吧。"望着身边竹篮里年迈的老母亲送来的几个鸡蛋，年轻的母亲有了灵感。后来又独自悄悄地爬上白头山顶，给菩萨磕了响头，提回一瓶水，先给土蛋儿喝一半，剩下的搁在床角，老人们说这叫润土。又用红黄蓝青黑五色针线拧成三个细圈，在土蛋儿的两个手腕和脖子上圈了一个月，老人们说这是圈魂儿。也听信杨二公"药食同源"的话，多用枣仁熬汤熬稀饭。

　　现在，她身上掉下的一块土蛋也就是她的第二个孩儿却被亲公公抛弃在风雨之中，母亲愤怒了，咆哮了，锥心泣血。一道闪电弯弯曲曲地划过白头山巅，几声闷雷滚瓦而过，豆大的雨点倾盆而下，风声、雨声、雷声、哭闹声把杨家湾搅了个天翻地覆。事发当时的父亲呢，旁边的父亲呢，母亲说他像根木头，什么也不说，后来只是"呼"的一声关上房门，坐在屋角生了几天闷气。为此类无数琐事，母亲懊恼不已，改变不了现状也无法改变，就和父亲公鸡般互啄，甚至还拉扯去公社，大家人为此鸡犬不宁了好些年月。

分家后没有床，一家人睡觉怎么办？第一晚，连同石兵在内的一家三口困的是草窝。第二天，倔强的母亲吵着要父亲买床。家贫如洗，两手空空的父亲怎么办呢？说到这儿，父亲的"囧"相不由自主地跃上石兵的脑海。最后还是母亲想出了办法——借，到村里殷实人家好说歹说借了一张别人废弃但舍不得抛弃的木床。说好是借，以后要还。一年后，父母也还不了。咋办？借钱买下了，三元钱。那时候的三元钱，不知道相当于现在的多少，只知道母亲说他们一只鸡一个蛋地节省，一匹砖一片瓦地经营，用了三年时间才把这个床债摆平。

父亲，亲爱的父亲，你老实本分，你勤劳善良，你恪守孝道，难以想象，你夹在妻儿与父母中间，是何等的"囧"啊！

6

父母靠白手起家，一砖一瓦地积累，对这间木石房屋不知修缮了多少次，若干年后才在记忆中定型，称它"老屋"。老屋宽约九尺，深约两丈，父母把房屋从纵深方向用篾墙切割为三。前面是堂屋，在正中靠墙的地方摆放了一张大木方桌，那方桌至今都还在使用，可能是敝帚自珍吧。右边堆放锄头、夹背、扫帚等杂物。左边门后，摆了一张老式木床，是石兵和弟弟的窝。床下是家里养的两三只鸡崽的栖息地。有时弟弟妹妹在床上哭闹，下面的鸡们就在床下附和。一唱一和，热闹得很。堂屋往里靠左边是一条过道，通往后面的灶房兼猪房；过道右侧摆放了一张床，是父母的卧室。

扫地是件很麻烦的事，得先从灶房入手，然后从后向前依次扫过中屋，前屋。前屋很难打扫，中间那张饭桌下有不少纵横交错的木方，你得钻进桌子下面去才能把木方遮住的地方清扫干净。堆放家什杂物的屋角，你得把大件挪开，把那里藏着的废物清剔出来，有时会跑出一两只耗子，吓你一跳。然后再把家什放回去，尽可能地将大背篼套小背篼，小背篼里装粪簸，粪簸里放扫帚，以减少占地面积，让屋子显得宽阔些。最难打扫的是床下的鸡窝。说是鸡窝，其实没有什么窝，连洞也没有，甚至没有一把草。鸡们几次被小棍赶到床角后，习惯成自然，每晚就栖在床下靠墙的角落或床下横着的木方上。打扫的时候，你得埋着头，缩骨收筋钻到床下，先用锄头钩地上或者木方上的鸡屎，然后用扫帚扫进粪簸。时间长了，床下钩出一片凹地，还得用新土回填。填土可是一件麻烦的事情。新土最好是干燥的沙土，一般取自菜地边的向阳处，村民不准取，说把地边搞垮了，于是，石兵得"偷"。偷回来后，得蹲下身，埋下头，猫着腰，钻进床脚，把土撒上，用木棒砸实。等到完工，钻出床时腿都麻了。这时候，连粪带灰差不多有半簸箕了。这东西不能乱倒，它可是自留地里蔬菜的"食品"。于是，得使出吃奶的劲儿把它们倒到房子后面屋檐下的一侧的角落，那里积少成多地收集了一大堆灰料，是农作物届时的"宝贝"。

最后打扫的街阳和院坝。打扫到这个时候，石兵常常有一种接近胜利的感觉，那感觉就像电影里红军穿越草地后或翻过雪山把红旗插向某高地时的喜悦。扫完院坝，石兵常常会抬头伸腰舒展筋骨，摸摸身边碗口粗的梧桐树，望着笔直的树干和茂盛的枝叶，展开莫名的遐想。那时，没有忧愁，没有烦恼，有的是劳动成功的快乐和期待快快长大的兴奋。

7

老家门前的那条公路，由政府出面整修得宽阔了一些，白头山的地边崖角也稀稀拉拉地长出了一些草木。记得那时搬来了几户邻居，其中一户借用"老屋"的墙壁，挨着修了两间房。邻家老人温善，可惜不到两年就移居外地子女家了。一年少有回来，回来后分散到孩子们手中的一两颗糖果，成了舌尖上企羡的美味。

父母对房屋进行了几次改良。一是把堂屋的地板和墙壁换成了石板，于是地板不再是大洞小眼的了，打扫起来就方便多了。堂屋石板下面还挖了一洞，作窖苔用。街阳的一边铺了一张石板，伙伴们因地制宜，操练起了乒乓球。时过境迁，石兵的球技还拿得出手，得感谢这张条形的光滑的石板。二是在堂屋内部人头高的地方搭建了一层竹楼，尽管人行其上，竹楼会"嘎吱嘎吱"地呻吟，但一分为二，房屋就差不多多出了三分之一的面积。竹楼上摆放着木柜、篓子等杂物和一张床。开始是石兵独居，在拥挤中腾出一块地方，作为卧室兼书房；后来妹妹长大了，石兵又搬到了楼下，这儿又成为妹妹的闺房。过了几年，父母在老屋后面的菜地里又单独修建了一间低矮的小房，用来堆放杂物和养猪，称为"猪房"。于是，人和家畜分了家，告别了床下那零星的鸡粪，也告别了厨房旁边的猪粪和正房后面屋檐下的泥粪及多少年来朝夕相处的臭气。奇怪的是，当年并没有过多地察觉那臭气，而是人与自然"和谐"相处。父亲、母亲，在艰难的环境下，你们是怎样一瓦一砖一分一厘地抠出了这个家啊！

暮色四合，空气微凉。蜘蛛挺着大肚子，盘踞在墙角一张偌大的弹丝八卦床上，灵巧地晃动着身躯，爬上爬下，四处收猎。

尽管如此，睡觉依然是一件让人头痛的事情。家里来了要住宿的亲戚，则打乱全家睡觉的秩序。若来者是男性，则和石兵一起挤；若是女性，则要单独安排。一般情况是腾出石兵的床，石兵到灶前的草堆里困上一晚。那时候柴火是紧缺的东西，人们的一日三餐离不开它，圈里的猪每天庞大的消耗也离不开它。家里无处堆放这些紧缺之物，于是每年地里收割的麦草和田里晾干的稻草都堆放在屋后的檐下一侧。在冬天，抱来几捆草厚厚地垫底，一床破棉絮，垫一半，盖一半，热热火火、迷迷糊糊地就到了天亮。夏天较省事，一床破旧的毯子就够用了。箕席是没有的，更不用说新棉被了，但父母担心石兵受凉，常常亲自把石兵裹得严严实实。在父母离开后，石兵又悄悄地重新装备，把毯子扯成斜角，重点盖住脑壳和双脚。盖脚是为了防凉，盖脸是为了防蚊子，很多时候在半夜醒了，翻来覆去睡不着，其实都是嘤嘤嗡嗡的蚊子惹的祸。

夏天，还有不速之客——蚕宝宝。这家伙白白胖胖，逗人喜爱，结成茧后运气好还能卖上几十块钱，秋季开学，孩子们的学杂费就有了着落。虽说家里只养了两三分蚕种，但在忙地里麦子和田里稻谷的间隙，常常见缝插针地为它张罗——备桑叶、换簸箕、扎蚕树等。母亲走路常常是风风火火的，如同她的性格，忙了家里忙家外，忙了山上忙山下。父亲呢，因为是社队干部，经常因乡上开会、村里事务及处理邻里纠纷而一早出门，天黑归家。空闲在家，则跟着母亲转得晕头转向。蚕宝宝爱清洁，爱生病，最难服侍，比什么都还"小气"，一旦某个环节出了问题，则会将它们全部倒掉，真是"一着不慎，全盘皆输"。记得读初中时有年夏天，老鼠横行，蚊子猖獗，有两簸箕半厘米长的蚕宝宝无处安身，于是父母想出一个办法，把他们安放在了石兵的床上，床上有蚊帐。

那周星期六回家，石兵做完作业后，和父母淘洗红苕到亥时，才疲惫地困觉。怎么睡呢，石兵可不愿再困草窝，于是主动提出和蚕宝宝共眠。结果是在床上的两头摆了两条条形长凳，上面放两根竹棒，竹棒上面放上那两张装着蚕宝宝的簸箕。石兵睡在簸箕的下方，条凳有四只腿，腿与腿之间有空隙。石兵的脑袋安放在床头那条条凳的下方，双脚摆放在床尾那条条凳的下方。上床后，念了两遍"阿弥陀佛，菩萨保佑"，就合上了双眼。那一晚，可能是白头山的菩萨显灵吧，石兵居然睡得很死，一动没动，连尿也没撒。现在想来，当时若有翻身或梦游之类的举动，蚕宝宝不倒在石兵身上才怪。为了蚕宝宝的安全，石兵动不能动，翻不能翻，跳不能跳，该怎样起床呢，恐怕要找来一辆吊车，像老鹰捉小鸡一样把石兵从床上凌空抓起才行吧。

最后面是灶房兼猪房，各居一侧。每次煮饭，孩子们在这边鼎锅旁痴痴地望，猪们在那边圈里嗷嗷地盼。父母很会生计，圈里常常是一大一小两头猪，大的去了小的又跟上，一槽撵一槽，一年至少有两头猪出槽，但家里人是很少能吃上自己亲手养大的猪儿的肉的。它们被养得圆溜溜后上交了，变成整数钱，填补家里的柴米油盐和每年都要补给生产队的空缺。

8

第三件事是穿衣服。

喊醒弟弟和妹妹起床可不是件容易的事。眼睁睁看着醒了，等一转身，他们又躺下了。你拉他，他却紧拉被子，死死地蒙着脸，你得反反复复两三次。就像今天学校里一些孩子，读高三了，早读都还经常迟到或者缺课，可能他们的心理年龄只有幼儿园里小朋友那么大吧。

那时弟弟还小，石兵清楚地记得给他穿了好多回衣服。那衣服可不好穿，那是石兵穿旧穿破不合身而弟弟必须继承的东西，谁叫他站队在石兵之后呢？那年头，新三年，旧三年，缝缝补补又三年。记得冬天的早晨，石兵把弟弟头天晚上脱下的几条裤子一起给他套，结果怎么也不见腿出来。一查，原来他把腿放进夹层了；再来，半天还是不见腿出来，再一查，原来他把腿放错裤管了；最后，半天还是不见腿出来，三一查，原来他的脚趾钻进了补丁处的窟窿里。于是石兵火了，一拉裤子，裤子破了，人也摔倒在床上，"哇哇"地哭，又得诳他。上了当，石兵于是懂得了衣服要一件一件地穿，正如同饭要一口一口地吃，路要一步一步地走。后来读书，碰到成语"欲速则不达"，便有了切身的体会，比老师唾沫横飞的讲解还要透彻。再后来读初三，强化学习时遇上《学海导航》上的一段话："越王勾践很善用文火煎药。越国病入膏肓，他却不慌不急，用去二十多年的光阴来熬一服复国之药。伍子胥在这方面可就逊色了，他输在一个'急'字上，一急，药糊了。急火攻心，自己当然也在劫难逃了。"石兵似有所悟：万事万物都如此吧，读书也该这样吧，循序渐进，踏踏实实，自然水到渠成。

说起那时候的衣服，如同今天新新人类的着装——窟窿加补丁。不同的是今天的衣服一个窟窿是个性，两个窟窿是潮流，三个窟窿是时尚。而当年衣服上的窟窿是穿出来的，也就是干活磨出来的，舍不得扔掉，补了又补。上初中时，石兵在穿着上是没法和同学们相比的，再加上执拗不悟的个性和独来独往的习惯，似乎"与世殊伦"。今天看来，是白头山厚重的躯体赋予了石兵独特的个性。譬如考试结束，同事们已经三三两两地扎堆，神吹着逸闻轶事，或邀约着去饭桌醉酒猜拳，或去茶坊麻将声喧，而石兵却关了房门孤独一人在寂静的房间里与"格子"为伴，且一坐就是三四个小时，直到月明星稀，正如王维笔下的《竹里馆》："独坐幽篁里，弹琴复长啸。深林人不知，明月来相照。"李白说"自古圣贤皆寂寞"，石兵认为自古"文人"也寂寞，曾大言不惭地说自己是半个文人。文人是什么？是耐得住寂寞，耐得住清贫，耐得住孤独，耐得住白眼。不是喜欢寂寞，而是喜欢与心灵对话；不是喜欢清贫，而是没有奢华的欲望；不是喜欢孤独，而是倾心于宁静；不是喜欢白眼，而是不屑于庸俗。自然，他们明天扎堆又多了畅快的话题——昨天你喝了多少，我喝了多少；你赢了好多，我输了好多。并乐此不疲。朱自清说："热闹的是他们，我什么也没有。"

记得某年"五一"前一天，高三"三诊"考试结束，学生放假。石兵正要把试卷交教务处，电话就响了。对方启发式地重复着同样的话："怎么还没到啊？摔给教务处就走撒！就等你了，饭都凉了!"

石兵知道，快到晚饭时间了，同事们是先饭局，后娱乐。县城不大，哪个饭馆鱼摆摆烧得好，哪个饭馆鸡啊鸭啊鹅啊兔啊蛙啊或者汤锅串串类堪称一绝，大家了然于胸，都是三天两头一碰的，也有三缺一或六缺二时带上一两个陌生的，用不着讲排场，关键是吃得舒服吃得热闹。不谈实惠不实惠，小饭店的菜丝毫不比大饭店差。

石兵赶到饭馆，菜已经上齐酒也斟满了。组织者通常会说上一两句："也没什么事，就是想和大家聚一聚。"听者差点落泪，然后酒宴正式开始。每人先喝酒三杯，美曰"三杯通大道"。这时候，组织者变成了组织部部长，开始介绍新朋友，把现场每个人都提拔一番。比如平安保险的小黄被升为黄总，派出所的苦丁茶被亲切地称为苦局，城一小的田主任和天宝中学的苟老师就是田校苟校，医院的汤牙医自然就是汤院，打锅盔的老李也是李老板，自由职业者胡某人水某人立马摇身成浮肿、水肿……一个桌子上，副科、正科、副处、正处，局级比比皆是。大家也不客气，不认识的还相互点点头，表示知道了认识了。大家对主人的介绍很是满意，偶尔极个别的会谦虚一下，模模糊糊地说："我不是，不是的……"声音小到差不多连自己都听不见。马上就有人说："快了，快了，下一届非你莫属了……"谦虚的人听了信心大增，很是开心。当然，有姓"傅"的货真价实的局长时不时也会在别人称"傅局"时很谦逊地说声"刚搬正，刚搬正"，姓"郑"的所长在人家叫他"郑所长"的时候也会很客气地说"却之不恭，却之不恭"，场面很是亲热随和。

然后，敬酒开始打圈圈，人人见面。其次，是每人再"加深感情"两杯。像在南充、重庆那些大城市，喝酒有点儿文明，应该说"小气"，一般在两圈后，掌杯者也就是酒司令很随意，不再强求对方喝多少；可是在充国地盘不行。这时候，酒量大的开始发挥了，提杯单打，点对点，不服再喝。如遇到老乡或战友或幼儿园同学，便是"我俩再整一个"，老朋友的，新朋友的，一推一杯，几个回合下来，不少人吃不消，大喊："不喝了不喝了，留点，留点……"敬酒的便说："不行不行，你这是养金鱼呢？"于是，找个话题互怼，又干一杯。

几番下来，一壶组织者自带自泡的散装桑果子酒啊枸杞大枣酒啊医各种疑难杂症的药酒啊就没了。组织者摇摇空空的扁铁酒壶，放下，大声喊："老板，再拿几个二两的歪嘴'斯波白酒'来！"众人就开玩笑："不拿了，不拿了，拿来也喝不了了。"组织者看看面红耳赤的客人，便说："能喝也不拿了，那就搬件啤酒来漱漱口吧。"老板便搬来一箱啤酒，打开，一人发一瓶，接下来，便是一场啤酒战。如此这般之后，"黄总""苦局""苟校""汤院""李老板"就开始交换手机号加微信，场面异常热烈，你兄我弟握住对方的手相见恨晚，拥抱起来如胶似漆……这时候，就有人大声说："今天酒已尽兴，感谢感谢，下次再喝。"大家都端起酒杯，不约而同地看着组织者，眼睛里写着"你发个话"。组织者把握住机会，当机立断宣布："那我们就杯中酒，一起干！打牌！"随后，全体一饮而尽，打牌……

牌局结束，来到大街上，已近夜半。其中有点身价的，在胸前晃晃手中赢的一叠钱，啦啦着响，命令似的一声吼："莫忙，大家去歌厅释放一下，你们出的钱，我请客。"

大家都高兴，招来出租车，路边一群夜猫子眼里的另一群"疯子"，就朝着歌厅飞驰而去。

到了歌厅，就是换了个环境，新思路新办法。开唱开喝齐头并进，能歌者往往就是一"麦霸"，一口气点五六首，献酒的是你方敬罢我登场，四杯五杯见怪不怪。个别五音不全南腔北调不大会唱歌的也点一首，唱得鬼哭狼嚎，大家却发出尖叫，异口同声地高吼："唱得好，献酒，献酒！"有不唱歌者，多半低头玩着手机，拍照发到朋友圈，片刻便赢来几个点赞，满足了莫大的虚荣心。至于祝酒词嘛，对酒鬼们来说灵感大发，小菜一碟，有些话可能会说 N 遍，也有的开门见山，端起就干。唱歌的入戏太深，喝酒的勾肩搭背，交头接耳，唾沫溅至对方酒里，更显情真意切。

这时候，来了一个夜场卖花的女人，粉面含春，皓齿外露，颇有五分姿色。

有人招招手，说："来来来！"

待对方走近了，却说："不要不要！"

那女的也涎，递过玫瑰，脸上挤出一堆媚，说："来一束吧！"

"喝酒就来！"

"跳舞就来！"有人附和。

女人没喝酒，也没跳舞，走了。

不知何时，有两个裸男人在场子里翩翩起舞，平日的斯文与矜持，早已荡然无存。

吼完歌，差不多凌晨一点了。派出所的苦局不甘示弱，安排了第三场法事——吃夜宵。一人一碗米粉，一个卤猪蹄，能喝的再开上一瓶啤酒。

这个时候，大家的战斗力早已削弱，战斗来得快，结束也早。

天下没有不散的宴席。于是乎大家起身，又是一番握手。街上行人渐次稀少，在灯火阑珊里，一群摇摇晃晃的身影渐行渐远……

9

农忙时节的一个星期天下午。

天擦黑时，石兵背上中午就准备好的一周的食物，匆匆赶往学校——斯波完小，又叫乐河寺小学，后来改称斯波初中，不像其他完小那样位于场镇，它离斯波场镇有四里多小路，是由乐河寺村小学改建而成的。乐河寺村因学校半山腰有古寺且脚下有一条小河而得名。

老家离学校有八里多路，其中有四里是到斯波场的碎石公路，中途在一个名叫棺墓山的隘口分路，然后开始四里多的羊肠小道。这里称棺墓山为隘口，一点没错。棺墓山也是一座高山，虽然没有白头山那么高大，但也名声不小，看看取名就知道它的恐怖。的确，它的山梁上坟头累累，且脚下方圆几里没有人烟。听老人的老人的老人讲，古时候这儿是一道关隘，易守难攻，外敌入侵，常常丢下一遍尸骨，败逃而去。新中国成立前，这儿流氓阿飞出没，经常发生抢掠杀人之事，晚上还有民团轮流值守。后来，政府发动人们劈山填沟修大道，棺墓山是斯波乡到中林乡之间公路的必经之地。听说当年修路有两种方案，一是从山脚穿洞，一是从悬崖峭壁间开道。从工程总量、施工难度到技术水平等多种角度考虑，政府最终选择了后者，用铁锹、铁锤和火药等"强攻"，愣是在棺墓山伸出的一只臂膀上凿下一道深约十米、宽约十五米的口子。几年后，连接斯波和中林的一条碎石公路终于竣工，但棺墓山的阴森恐怖并没有因此而改变。那时候，哪家孩子不听话，家长就吓他们："把你丢在棺墓山喂狼。"平日上学，没有一点胆量的学生，是不敢一个人走的，哪怕是大白天。石兵上学，一般都和杨小鹏结伴。村里的几个伙伴，只有他俩考上了初中，后又同班。

那天上学，天色也晚，杨小鹏没有等石兵，先走了。在苍茫的暮色中，石兵一个人埋着头跌跌撞撞地往学校赶。山如黛，色凝重，棺墓山似一个巨人静静地矗立，俯视着脚下经过的每一个生灵。耳边，风吹叶落，"沙沙"作响，似乎有人在暗处向石兵撒沙子。石兵只知道埋头，不敢张望，听见的是"咚咚咚"的心跳和"吧嗒，吧嗒"的脚步声；跑是不敢跑的，否则后面有脚步声撵来，你慢他慢，你快他快，你停他停。事后回忆，胆战心惊；现在回忆，都还自生佩服。

赶到学校时，夜的帷幕彻底地合拢。石兵迟到了，老师什么也没有问，把他放进了教室，坐在座位上，如芒刺背，总觉得前后左右有无数的眼光，似一把把利箭从四面八方射来，有老师的，有同学的，其中还有几个女生指指点点，捂着嘴，窃笑。也许是年少不经事吧，也许是懵懂无知吧，当时的石兵只管忙活该做的家活儿，该做的作业。说实话，那时候，石兵很调皮，虽然学习远不如小学那么优秀，但态度蛮端正的。

快下自习时，老师悄悄走到石兵身边，耳语："你爸来了。"

父亲来了？这么晚了，父亲来了？到底发生了什么事？难道自己又有什么错了？石兵心里十只小兔在撞。

10

教室外是操场。

操场边有几棵参天大树，浓荫罩地，但从教室漏出的灯光让石兵分明辨出父亲来了，母亲也来了。十只兔子还没跑开，一群蜜蜂又飞进心窝，石兵的心被狠狠地蜇了几下，紧缩起来。

浓重的夜色和大树的阴影掩盖不尽父母脸上挂着的"囧"相，石兵被这环境氛围也染得"囧"了。母亲一把扯过石兵，在他背上使劲一拍，不知是责罚还是爱怜，他一个趔趄，差点撞到母亲的怀里。父母什么也没说，只是手忙脚乱地给石兵换衣服，穿衣服。

原来，那天下午，全家在白头山的第三台——蛮子坟——点麦子。过去，和弟弟妹妹在这儿捡绿豆，上山下山常常摔跤，要么四脚朝天，要么狗儿吃屎。那天背了一下午沉重的粪土，来来回回十来趟，石兵居然没有摔跤。石兵问父亲原因。父亲说，这和平日不同，你背着沉重的东西怎么会摔倒。小时候不懂的道理在长大后懂了：负重才知小心谨慎，负重才知脚踏实地，负重才知稳步前行。生活中，许多人在坎坷的道路上平安无事，却在顺风顺水时栽入陷阱。

那天，原本陈旧的白衬衣变成了酱色，原本小的窟窿变成了大洞，更糟糕的是背篓上的篾丝在破损的衬衣背后划了几道口子。天色黯淡的时候，石兵匆匆回到家，担心上学迟到，没有换衣服，就急急忙忙上学去了。父母回家，找遍各个角落也没有发现石兵换下的脏衣服，于是，带着干净衣服赶到学校。周末两天不见，班级就诞生了一个肮脏、龌龊、邋遢的"叫花子"。父亲什么也没有说，只是静静地吸烟。石兵的泪水"唰"地流了出来，为自己，也为父母。父亲，母亲，石兵给你们丢脸了，让你们受"囧"了。一个人可以学业不好，但不能不讲卫生。那时家里买不起电筒，你们是打着竹筒火把赶来的，又要匆匆地赶回八里外的老家，第二天一早还要下地点麦子。棺墓山旁边的小路狭窄而陡峭，在那个漆黑的深夜里，你们走在路上，可能只有夜猫子"咪哇——咪哇——"地嚎，嚎声撕破夜的宁静、空旷和苍凉吧。

"石兵，我的钱哪个也不能用，你妈也不能用，我要用来修坟。"父亲，你一字一顿的语调，难道是因为诸如此类的事情让你脸上无光么？

11

第四件事是做作业。

当妹妹和弟弟的哭声止住的时候，石兵到饭锅里去捞点较稠的米饭，或者用筷子戳上红苕，一人一块，让他们一旁玩去，才能静下心来，在街阳的一边也就是石板上搭上两条条形板凳，一大一小，一高一低，大的是"书桌"，小的是凳子，开始做每天的必修课——作业。

当一声鸡啼啄破黎明的时候，红红的朝阳升起来了。和煦的阳光从金子山巅喷薄而出，洒下万道金子般的光芒，洒在老屋的房顶上，洒在街阳上，洒在院坝里，乡村沐浴着七彩云霞。这时候，一个农家的孩子在简陋的破屋下静静地认真地做着作业。现在回想起来，那是一种非常遥远的愉快，阳光像梦一样安静地落入平凡琐碎的生活深处，多么和谐的一幅画啊。堂屋里的八方桌是没法做作业的，它的上面堆满了杂物，并且采光也不好。在冬天，房屋外很冷，即使到黑黑的大方桌上做作业，也要点上煤油灯，而家里当时是舍不得花费仅存的那点煤油的，所以绝大多数时间是在白天在街阳上完成作业。奇怪，在那样的环境里，石兵的小学成绩门门"优"，还经常从学校里带回奖状来，花花绿绿地贴满了泥和的墙壁。其他家长羡慕不已，经常拿石兵作为榜样，教训自家那不争气的"龟儿子"。这时，父母的脸上便出现了活泛。

时光让樱桃红了，让芭蕉绿了，但老屋没有变。现在偶尔回到老家，举目四望，依然家徒四壁，让人唏嘘不已，不禁想起《东风破》中的经典歌词——"岁月在墙上斑驳看见小时候"。今天，有些学生处在环境一流设施一流的学校里，成绩居然一塌糊涂，让人懊恼不已。

做完作业，石兵得站到房门前面的碎石公路上，面对前面的田野或身后高大的白头山，使出浑身的劲儿，大声地喊：

"爸爸——饭煮好了——"

"妈妈——吃饭了——"

可能是羊群效应吧，于是白头山的角角落落到处回荡着小孩大人一呼一应的声音。穷人的孩子早当家，有一种声音最温馨，那就是亲情的呼唤。

12

第五件事是吃饭。

石兵用勺子在偌大的鼎锅里捞，锅里空空荡荡，勺子碰着锅壁发出"哐啷哐啷"的响声。这里不说"盛"而说"捞"，因为稀饭名副其实，稀得可以照见人影。现在想来全靠那几块红苕占碗和压肚皮。父母回家后，常常把锅底较稠的米饭盛给孩子们。

记得后来上初三，学校离场镇较远，为了提高教学质量，要求学生住校，每周星期天下午提前到校。新的一周开始了，石兵"背井离乡"，会背上一周的"伙食"——一般是三斤大米，一瓶泡咸菜和半背篼红苕。按当时每周六天学习计算，平均每天约半斤米，每顿饭是二两米外加一块红苕下泡菜。那泡菜可是难得的"佳肴"，虽说是白萝卜泡盐，但是到了星期三或星期四，这"佳肴"就紧缺了，没有了或是泡菜长出了艳丽的花朵——生霉了，于是，胆大的同学便到别人那儿去讨，胆小的只能眼睁睁地看着，嘴皮木木地嚼着，嘴角不自觉地掉下涎水。记得那时候，有一瓶辣椒酱的同学很是令人羡慕，因为酱泡萝卜可以延续到周末而不腐。

俗话说："衣食父母。""衣食"是再生"父母"，确实不假。

这里只谈食，"民以食为天。"

20世纪70年代末，改革的脚步从农村率先迈开，废除了"人民公社"，以家庭联产承包为主的新型集体所有制拉开了帷幕。

在"重义轻利"的岁月里，赵公元帅一直没有得到升帐、挂帅、出师和远征的机会。尽管在公开的场合，他不时地遭到"正人君子"们的笑骂，但暗地里却始终受到平民百姓的顶礼膜拜。那时候，应该是土地到户不久，杨家大院也拆了不少，木料农具也分了。饿慌了的人们可不想再饿肚皮，边边角角坡坡坎坎乃至路边都要侵占为地，目的是多栽几棵苗，多收几粒粮。可是，那时候村民们还是填不饱肚皮，还要交公粮，要完提留还有各种各样的摊派。就像今天石兵的钱包，说起来不错，在国家级示范高中教书，任两个班的语文课，起早摸黑，每个月三千来块钱。妻子失业在家，儿子上初中。一人挣钱，全家分享。老家还有年迈的父母需要赡养，更不用说逢年过节、生张满月的开销。"苕国"不知从那年那月开始形成了一个传统——生儿育女，工作变动，花甲生日、店铺开张、职称晋级或者子女升学、参军结婚乃至在城里买了一间房子，都要大宴宾客。客人是不好空手去的，按目前的行情，一百嫌少，两百差不多，三百好出手，五百有感情。于是，不多的固定工资好比一块馍，一人够吃，二人将就，三人有点欠，五人六人干瞪眼。但对石兵来说，钱够用就行，人生最大的悲哀就是人死了钱还没有花完。

暑假有一天，全家去白头山的第二台——牛转山掰苞谷。父母对工作做了具体分工：母亲和弟弟负责掰苞谷。父亲和石兵负责把苞谷运回家，来来回回要五六次，每次得花十多分钟。也难怪，此地取名"牛转山"。妹妹负责砍苞谷秆。父母因"人"用工，正如辛弃疾《村居》中的"大儿锄豆溪东，中儿正织鸡笼；最喜小儿亡赖，溪头卧剥莲蓬。"这里补充一句，妹妹和弟弟那时都不足十岁，但他们能像大人一样干活，能从日出坚持到日中，造化实属难得。

八月的川北大地，热气蒸腾，烈日当头。母亲掰完苞谷，直起腰，用食指在额头横着刮过去，沿着鼻梁竖着刮下去，一粒粒汗珠顿时汇流成河，顺着脸颊，从下巴和脖颈倾泻而下。母亲把头往前伸出去，用衣袖揩了一下脸和脖子，又开始和妹妹一道砍苞谷杆。嚯嚯嚯，同起一行，母亲又砍到前头去了。妹妹问她啷个这么快，她说："我砍得并不快，只是我弯腰下去的时候，就不再直腰，因为你如果想要直一次腰，就会想第二次第三次。"

日头过了正点，大家把苞谷杆抱到地边，靠在桑树柏树梧桐树的躯干上，目的是让它们自然晾干，届时再背回去，靠在房前屋后的墙壁上，做柴火用。抱完地里横七竖八的苞谷杆，大家开始享受母亲的奖赏——"甘蔗"。不知道现在的孩子吃不吃这种甘蔗，它不是现在在市面上到处摆着卖的甘蔗，而是当时农村土地上的特产，它是苞谷杆，不是所有的苞谷杆都是甜的，只有一种是甜的。哪一种呢？可遇而不可求，石兵也说不出。反正石兵和弟弟妹妹曾在地里悄悄尝过无数根苞谷杆，十有九根是苦的淡的，很难碰上一根甜的。只有母亲那双慧眼才能辨别得出。这里用了"悄悄"一词，那是因为母亲不准随便报废一根苞谷杆，它可是家里稀缺的柴火和猪牛的美餐。

做完活儿，从毒日头底下一下钻到地边的梧桐树下，浑身解放似的清爽。阳光透过稠密的叶片，零星地散落。一人一根苞谷杆，包括父亲在内，大家嚼着，口水包不住地往外淌。旁边地里，几朵黄色的南瓜花上，几只蝴蝶翩翩起舞。

下山回家，是不准走空路的。

弟弟提粪簸，里面装着几把弯刀和几节甘蔗。其余四人每人都要背上最后一转苞谷，这是事先安排好了的。后来读初中，学到说明文《统筹初步》时，石兵立刻联想到父母虽然没有多少文化，但凭借多年的经验早就在生活中科学地运用统筹方法了。的确，想想今天的语文教材说教味太浓，缺乏趣味，不考虑或很少考虑不同层次学生的接受心理，甚至欺骗学生，令人讨厌。真正的知识应该来自生活来自社会，建立并践行"终身学习"和"学习型社会"理念，才是最好的教育。

13

因为提前完成了农活，母亲特高兴，破例给了犒赏——"打幺台"，内容是醪糟面疙瘩。

在石兵的印象中，这可是家里来了稀客或是大年初一时才能吃上的好东西。

灶孔里火苗呼呼，兄妹三人围在锅边，眼巴巴地盼着。

母亲把面和成团，用筷子一下一下地把它刮成细小的条形放进锅里，煮上三五分钟，再把醪糟放进锅里，最后放上十来粒糖精。放糖精是为了增加甜性，那时是吃不起白糖的。后来读书，才知道糖精有毒，它的主要成分是糖精钠，一种高分子有机化合物，甜度是蔗糖的几十倍。既往资料显示，实验动物如果大剂量地使用糖精，可能发生膀胱癌。现在，糖精已成为工业用料，禁止食用。

熟了，终于熟了！

起锅了，一人半碗。

浓郁四溢的醪糟香味接连不断地挑逗着孩子们的胃口，大家的喉咙里早就生出了爪爪。这时候，来了一位不速之客——小学张老师。

张老师找父亲有事，说村上学校将要出安全问题——房顶漏水，土垒的墙壁可能会倒塌。结果父亲一脸"囧"相，可能一是为学校之事，二是为"打幺台"之事。结果，舀好的醪糟面疙瘩全部倒回锅里，重新分配，其中的主要内容全部招待"客人"去了。大家喝的差不多全都是没有面疙瘩的有限的醪糟汤。

张老师离开后，可能是父母要给孩子们补偿吧，提前把粪箕里的几节甘蔗让孩子们吃了。那时的孩子很懂事，能照顾父母的"囧"相，没有哪一个因此而大哭大闹。"苕国"人好客，其名声之广，遍及川东北。清代"苕国"知县刘洪典曾赋诗《竹枝词》："喜逢佳客火锅烧，也识鸡豚味最饶。借问平时糊口计，可怜顿顿是红苕。"平日里以红苕糊口，将好吃的积攒下来留作待客，这对人的诚恳、真心、忠义和朴拙，还有什么好说的！用实际行动尊敬老师，是父母给孩子上的生动的一课。"父母是孩子最好的老师。"这句话实在经典。

不久，学校五间房屋的所有土墙全都换成了砖墙，且上了白白的石灰。

14

记忆犹新的另一件事，发生在后来读中师时的第一天中午。

考上中师，是一件十分光彩的事，因为你成了"国家人"，将告别"农二哥"。在读期间，国家还给一定的生活补助——饭票。饭票的内容大致是一个月补助二十斤米和十块钱。这可是石兵有生以来从未有过的待遇。饭票上好像印着"一两"到"五两"不等的米饭或"五分"到"五角"不等的菜钱。吃饭铃声一响，全体男同学几乎不约而同地冲向厨房，开始乱哄哄地排队，就像今天一些同学一听到放学铃声就以百米冲刺的速度冲向网吧一样。长长的队列慢慢地缩短，胖胖的队伍渐渐地消肿，终于轮到石兵打饭了。

胖师傅问："打啥？"

石兵的眼睛被眼前桌上的几样荤菜和素菜钩住了，这可是以前从没有过的饭食，一时没有回过神来。

师傅又大声问："嘿，打啥？"

石兵回过神来，想起自己该干的正事，立即递上瓷碗，跟着前一位同学"走"，说："一份回锅肉，三两饭。"

师傅有点不耐烦了，抓起一把木铲在黄桶里轻轻一刬，米饭搞定了；又拿起一个小勺在瓷盆里半颠，手不停地抖抖抖，待掉下两三片肉后，倒在瓷碗里的米饭上面。

付饭票时，石兵"囧"了——掏遍上上下下的衣兜，也掏不够菜票，手里捏的只有五分的汤票和三两饭票，而一份回锅肉要花五角五分啊。石兵着火似的在衣兜里又搜索了一遍，还是没有。当时那个急啊，那个"囧"啊，恨不得立刻不吃这顿饭而消失在地球。

是什么原因呢，反正石兵当时记不起来。

事后，端着丰盛的佳肴回到寝室，石兵才记起自己根本就没有带那么多菜票，根本就没吃上一份回锅肉的打算，根本就没有"奢侈"一回的欲望，而是认为三两米饭加上一份菜汤就足够了，这还是初中生活可望而不可求的。下课前，石兵是把菜票仔仔细细地夹在一本平时可能不用的书里，再把书放进寝室里的箱子，锁得严严实实。

今天，石兵还清楚地记得那位帮自己解"囧"的同学，他是同班的一位男生，爱说爱跳，同学们戏称李飞鸡，毕业两年后跳槽，后来在市里工作。当时他带了很多菜票，借给了石兵。他吃的是半斤米饭、一份回锅肉、一份红苕丝、一碗菜汤。石兵是一个爱胡思乱想的人，譬如说现在想的是，像飞鸡那样出手大方能解人之"囧"且又吃得的人都不当领导谁还够格？像自己这样随时都"囧"随时都小家子气的人不在教学第一线好好教书还能干什么？

有人说生活是一条湍急的河流，每个人是其中的一块石头，会被岁月之水冲刷得圆圆溜溜。石兵想，自己可能是个例外，四处碰壁，教训不少，但骨子里固守着一种东西，于是踏踏实实地工作，卑微谨慎地生活。一辈子当不了领导，也休想当领导，别人也不会让这样的人当领导。今天，学校食堂每日三餐有包子有馒头有稀饭有干饭有炒菜，品种多，花样繁，家长每月给孩子按时足额支付，可是孩子们还是闹着不好吃，吃不够，真是不可同日而语。今天个子不高，石兵想肯定和当初自己处在生长发育期时严重营养不良有关。石兵在《沉重的语文》中写道："我不是聪明绝顶的家伙，而是头脑偏大而智商却不大的人。"这里用的是"大"而不是"高"，你不要以为是笔误。头脑偏大是因为从小家境贫寒营养不良，而智商不大是因为我是一个普通人。

15

工作后，日子并不见好转。

工作第一站是中林乡王家坝小学，那里只有石兵一个公办老师。上午下午放学后，陪伴左右的是两间孤零零的教室和眼前一大坝明晃晃的田野。这里离场镇较远，难得吃上一回肉，另外"囧"的过去让人从小养成了不上天不入地踏踏实实节俭节约的性格和习惯。幸福是不同的，而天下的苦难大致相同。谁说的？应该是吧。父亲，家里很"囧"，你"囧"石兵也"囧"，但石兵不怪你。每天的生活差不多是重复稀饭和面条。早上煮一锅粥，吃两顿——早饭和午饭，晚上吃有点油荤的面条，油荤来自每周离家前父母用猪肉煎化的半盅猪油。而这大米、面条乃至油荤是每周开学从三十多里外的老家带来的。这日子一直持续到石兵参加工作后的第四年。

那一年石兵调到了斯波初中，学校有教工食堂和专门的师傅，一日三餐有保障，饭钱在月底从工资里扣。

小时候，家里没有钟表，但孩子们自有办法，且判断时间很准。当阳光在屋檐下的投影刚及街阳一半，也就是在石兵喝着稀饭的时候，父母差不多就收工了，妹妹和弟弟也有了替换照看的对象。这时候，杨小鹏等几个伙伴，背着书包，陆陆续续地聚在晒场里，石兵也就背着一个大布袋缝成的书包，打打跳跳着一起上学去了。

16

接下来就该上学了。

学校坐落在对面的一座小丘脚下，有两里多小路。

小路在田边地坎蜿蜒，平平仄仄。

那可是一条快乐之路。小朋友们可以天南地北地吹新鲜事，可以带着一个钢丝蹦起的铁环，你滚一节路，我滚一节路，小河挡路了，别急，那伙伴紧跑几步，利用惯性，把铁环往上一抬——哦，铁环飞过去了——哦，人也飞过去了。铁环没倒，人也没摔，继续朝前滚，让不会滚铁环的羡慕不已。有伙伴从衣兜里摸出一颗平时节省下来的糖果，用牙齿咬碎，你一点我一点地分了。有伙伴带来了一块糠馍，糠馍是用现在猪都少吃的饭食，由米糠加上少许菜油煎烙而成，嚼在嘴里，糙而甜。有一次，孙二妈不知从哪儿搞到一块糠馍，偷偷给小鹏吃了一小块，结果儿子三天三夜屙不出一点狗屎。小鹏的爸爸是一个石匠，有一身蛮力，说话开口就吼，孙二妈不敢让男人知道，吓得脸色惨白，丢魂落魄，悄悄带儿子来到竹林湾。

竹林湾有一条小溪，涓涓细流。小溪旁立着两间土木结构的小屋，一正一偏。正屋木板门两侧，贴着李老师年前写的对联："数百年人家无非行善，第一等好事便是读书。"横批"杏林竹居"。杨二公就住在这儿。他开的方子，村里的大人小孩吃了，比斯波场上的白大褂都还应。

杨二公找来一根细细的竹棍放在一边，拎小鸡似的抓过小鹏，往自己的膝盖上一躺，裤子往下一垮，露出精光光的小屁股。孙二妈双手箍住儿子的一双小脚，吓得小鹏杀猪般"哇哇"地嚎。小伙伴们有的远远地跑了；有的双手捂脸，露出目光在指缝间窥视；有的背过身去，却又侧目而视。

杨二公坐在条桌的一侧，挽起左手衣袖，食指和拇指一揸，小鹏肉嘟嘟的屁蛋便清晰地一分为二。杨二公右手拿着镊子，从小鹏的屁眼里，一点一点地抠，夹出一粒粒干结如小石子般的粪便……

杨二公早已开好泻药，"啪"的一声，一巴掌拍在小屁蛋上，说："方子就不开了，好了，多喝点米汤！"小鹏没动，可能懵了没听见，杨二公又是一巴掌，俨吼："滚你妈开！"

小鹏被吼住不哭了，当真滚落下地，"滚"到妈妈身边。

周二婆已经倒好开水。孙二妈给小鹏吃完药，才放下心中的石块，声音蚊子似的说了两个"劳慰"，才忙里慌张干活去了。晚上收工，孙二妈说去祠堂买盐，却顺路到自留地里，寻了几根肥肥嫩嫩的上好丝瓜，在夜幕遮掩下悄咪咪送给了周二婆。

伙伴们离开竹林湾，走到无人处，悄悄问小鹏："疼吗?"

"不疼。"小鹏勇敢地说，"你看，我眼泪都没得。"

"咦，那你刚才为啥那么惨?"伙伴瘪瘪嘴。

"我怕杀猪。"小鹏一脸凛然。杀年猪的时候，几个大人捞脚抹手，硬生生地把那生龙活虎的肥猪绊倒，膝盖顶住，绑住两手两脚，按在街沿边上，那猪手舞足蹈，发出凄厉的嚎叫。待厨子从它颈下白刀子插进去，红刀子抽出来时，一腔红红的热血喷薄而出，"呃"的一声，它发出裂天的嘶叫，接着连续发出几声"呃"，那血也跟着喷得越来越烈，结果，那"呃"越来越弱，似乎认命，直至出现一丝绵长的休止符……

小鹏忽然捂着肚子，弯下腰抽起来，身上发出"嘟嘟"的裂声。原来他的屁眼"打枪"了，飙了一裤裆的黄物。

一股臭味爆炸开来，伙伴们捂着鼻子，跑向竹林深处，又去烧烤竹夹虫了。

石兵记忆中的亮点，是从家里偷出一片干豆腐。

寒冷的冬夜，在准备睡觉的时候，父亲下村回来，破天荒地说："来，有好吃的。"

父亲当了几年社队会计、队长、大队长，经常赶场上街，但很少给孩子买回包子、馒头或者锅盔什么的。石兵知道父亲不是不大气，而是因为家贫而小手小脚。当然，孩子们也曾分享过一两回，那是远在他乡的外公外婆带给外甥的惊喜。他们会篾活，背着偷空编织的两三个簇新的背篼，在逢场天卖掉，然后绕两三里小路，突然降临在外甥们面前，变戏法似的从怀里从背后，掏出一个锅盔或者一根麻花，让大家惊喜万分。

那次，父亲从衣兜里掏出一包东西，外面包裹着一层报纸，展开后露出一溜一片一片排列得整整齐齐的干豆腐。在记忆中，父亲为"官"以来从不收受别人的东西，更不准孩子们乱拿别人的东西。记得有次不知什么原因，石兵和父亲在村里的某大户人家吃晚饭，这可是第一次跟父亲外出。晚饭时，主人一片好心，煮了一碗汪汪的臊子面，蔬菜几根，挂面极多，特别是那猪油，红红地浮挂在碗边，浓浓的直钻鼻孔，让人五脏生津。可是到了真正吃的时候，两口就把石兵腻住了，那众多的红油糊了喉咙，跟着又糊了肠胃。平时在家，晚饭也是挂面，可那碗是浅浅的，多半是青青的牛皮菜或白白的萝卜丝里面，掺杂着十来根粗挂面。有时饿了还想来第二碗，可是锅里没有多的，就把残沉在锅底的蔬菜捞起来，如果蔬菜也没有，干脆就抢猪们的饭食，再喝半碗面汤。油荤还是要粘的，那是在蔬菜下锅前，指头大的一块腊猪油，在热锅里压啊，擦啊；待它完全熔化，"叭"的一声，蔬菜全部下锅，翻啊，炒啊，待热气翻起来，"漱"的一声，冷水进锅，那油花便飘起来……有一次，弟弟在土灶前搭火，石兵站在灶后锅台前准备炒菜，在浅锅里挤压一块指头大的腊猪油时，那家伙不堪屈服，"倏"的一下从锅铲底下逃走，眼见它溜出锅边，飞到灶前，钻进满满的柴灰里。石兵慌了神，立马拿着柴棍赶过去，在黑黑的灶灰里攀啊攀，弟弟也跟着找啊找……要知道，压出的油水是锅里蔬菜的养料，压干的油渣却是家里年龄最小的弟弟的佳肴。那家伙如同土行孙一般，遁得无影无踪。后来的故事可想而知，弟弟掐亏，没吃到那块油渣，石兵挨了白眼，大家吃了一顿白水挂面。可那只有姜葱蒜作作料的白水挂面，油水极少，却喷香入骨，比这油油的臊子面好吃多了。这油油的臊子面，这油油的烟火味，也跟不上粗糙的干豆腐，石兵鼓着腮帮硬是没法咽下去，也正应了当地俗话，

"山猪吃不来细糠"。

"还真是臭贾!"主人笑了笑,调侃着。

看着孩子白白地浪费别人好心造就的一碗"佳肴",父亲很"囧",忙说孩子有点闪凉,边说边毫不犹豫地把石兵那碗剩面吃了。父亲,儿子这辈子欠了你多少心债啊。

直到今天,石兵在吃面条前还常常要给师傅或者家人打招呼:"多半青菜,少半面。"四川人喜欢吃火锅,在馆子里,面对热气腾腾的火锅,石兵常常忘不了对点菜的朋友说:"荤菜可少,素菜越多越好。"

那块干豆腐,在上学路上,被伙伴们你丁点儿我丁点儿地均分了。

17

居然收了人家干豆腐。父亲怎么会破例呢?

那天晚上,父亲在其他社里调解问题后回家,路过小学张老师家,张老师正祝生,说父亲曾经帮助学校,解决过房顶漏水和墙壁垮坍等问题,是村里的大恩人,硬要留着吃饭。父亲不肯,挣脱着要跑。

父亲的话应该没有错。

上小学时,先后有五位老师教过石兵,父亲和每位老师的相处都极为融洽。父亲在老家小有名气,是村上的"父母官",原本应该关心村上的事,何况关系到全村千多号人口的子女读书的教师和教育呢。父亲能做点简单的加减乘除,能"噼里啪啦"地敲上一阵子算盘,也算"高小文化",被村民们一步一步地推向了一定的"高度",但也因此吃了不少苦头。不知是哪一年,乡上的信用社在乡下成立了"信用站",可以给附近的村民提供贷款和存款。父亲成了"信贷员",在刚接手的前两个月,为档期不同的利息而产生的计算吃了不少苦头。先是请教石兵，后来又请来了村里石兵的几位学哥学姐，可惜那时孩子们学业都不精，没能给父亲一个准确的计算方法和答案。后来，父亲能较熟练地算账，听说是去请教了乡上和其他村里的会计，用小本本抄下公式，死记硬背，在计算时套用的。父亲，那时你进天命之年，为了摆脱家境的贫穷，为了维持家里的生计，为了不丢下这份差使，硬是厚着老脸四处请教，那得具有怎样的勇气啊。

刚学会那阵儿，常常会有几个客户找上门来。大多是晚饭后，趿着一双拖鞋，踱到家里，说贷款利息算多了。于是，父亲立刻停下手里忙着的活儿，一边道歉，一边抄起算盘，在昏暗的煤油灯下一遍又一遍，不厌其烦地算，算到对方无语为止。母亲话里带刺，说奇怪得很，没有哪一位客户找上门来说存款利息算多了。倒是有一年，全家老小肩挑背磨，烧了两窑砖，结果便宜卖了。若干年后，母亲无意间提起，孩子们才知道那钱是用来帮父亲还信贷错账的。那年夏天，孩子们放学回家，放下书包都得干活，皮肤晒黑了，皮都磨掉了两层。

其实石兵上初中后，就不再恭维父亲的那点水平。父亲那一手歪歪斜斜的钢笔字，让乡上的会计和客户们"吃苦"又"考古"。

"一行白鹭上青天。"石兵不更事，看着那字，冲口而出。

"看着你就饱了。"父亲笑着说，脸红了。

"像线虫子滚沙！看着你才饱了。"母亲打抱不平。"线虫子"是充国土语，蓦状名物，即蚯蚓。

父亲脖子根都红了。为此，在晚上孩子做作业时，父亲默默地陪在一角，静静地在废纸上一笔一画横平竖直，认真练了一段时间。石兵想，自己后来在读书期间的几次调皮捣蛋和冥顽不化都没有断送读书生涯，可能与父亲尝够了文化少的苦有关吧。后来石兵在偏远的村小靠自学完成大学学业，靠借书来读，靠四下求教的"死不要脸"精神，可能是继承了来自父亲身上的遗传基因。

父亲在信用站工作的时候，分管着几个村的信贷，方便了不少需要方便的人。大家用不着步行十来里路上街，那时候没有村道公路，在一条较宽的泥路上骑上一辆自行车就算时髦了。村里有一道碎石公路通过，有钱人家能花上五毛钱坐班车上街，那可是让人奢羡的福气，这也算是白头山千百年来的造化吧。更重要的是生活在最底层的农民再也用不着看"国家人"的脸色行事了。不管对方是谁，不管是存款还是贷款，不管母亲怎样抱怨，只要有人上门，父亲都立即停下手中的活儿，匆匆赶回家，热情地服务。农闲时节，父亲还要主动上门去询问别人需要什么信贷。有一年春节前夕，信用社的赵主任破例给父亲发了近百元的奖品——茶盅和水瓶。

其后回家，路过一片菜地，地里的南瓜东一个西一个，像是伏在菜叶间的一个个皮球，在淡淡月光下泛着诱人的青光。

石兵闻到了一股淡淡的清香，这清香从鼻孔钻进去，打通了喉管，直抵肠胃。于是悄悄说："爸，我们摘一个。"

"走，快走！"父亲一声怒吼，吓得石兵浑身打抖；天上的月亮似乎也抖了一下，一张圆脸变得煞白。

那声音，那气势，那恼怒，在那个寂静的夜晚，如果十米开外有真正的偷瓜贼，可能也要吓得瘫软在地。反正当时石兵的感觉是，那情景比传说中的鬼来了都还恐怖。

父亲的善良和热情赢得了口碑，同时也给自己惹来了麻烦。

18

公路那头连接着中林乡，时不时会有前往充国县城的客车经过。

某天，一辆长长的老式客车"嘎"地停在了公路边，扬起一片灰尘，迟迟不能消散。

车上空空荡荡，只有司机一人。那年轻的司机下车了，高高瘦瘦，颈上立着一块四四方方的脑壳，径直来到老屋。父亲恰好在门口修理破损的背篼，停下活儿迎上去。原来他们认识。两人寒暄了一会儿，父亲迟疑地回屋，不知和母亲说了什么，就跟着司机上车走了。一个小时后，司机又把他送回来了，后来大家才得知司机是公路那边的中林乡人，叫魏诚信，在斯波运输社开车，上有年迈的双亲，下有三个女儿。那时已开始实行计划生育了，他年纪轻轻不怕国家政策能生育三个，肯定是一个想要儿子接香火发了疯，且能疯得、能呼风唤雨的人。魏诚信的妻子在家务农，患有癫痫，时不时发作。一家七口挤在一间房里居住，现在准备修三间新房，手头紧缺，找父亲贷款来了。这可是一件棘手的事，贷吧，父亲没有给外乡人贷款的权利；不贷吧，别人家确实"具体"呢。父亲随车而去就是进行实地"考察"的。

正在犹豫，杨家大院里的杨三过来了。

杨三在村里辈分矮一档，早年丧亲，靠吃百家饭长大和上学，故村里人称他"杨三"。

他个头矮矮的，一双小眼睛，看似半眯着，却亮亮地发光；身体干瘦似钢筋，透着一股骨子里的坚强与狡黠。他比父亲小十来岁，却不是一个简单的人，脑壳活，会机械，经营着打米机、磨面机，算得上村里的"殷实"光棍。

杨三认识魏诚信，几支烟一烧，两人便黏糊上了。想出的办法是，魏诚信贷款五百元，一年后归还，户头由杨三承着。杨三没有推迟，草草达成的意见是，他最终不得找魏诚信而直接找父亲。

父亲生活中有两大嗜好：喝酒和吸烟。全家一致抗拒，但他充耳不闻，后来，母亲"退让一步"，说酒可以喝，但要少喝，烟必须戒。父亲瞪着一双桐籽眼，看外星人似的看着大家，不再言语了。生活中有一些东西，是经过若干年的造化才有了今天的结果的，譬如说那药，为什么是圆溜溜的？因为它生下来的目的就是要钻进肚皮；那酒，为什么是液体呢？因为它要穿肠而过，在途中不知不觉地发挥作用。还有那烟，为什么是条状呢？因为它要让手指夹牢且能紧紧地插在馋涎的两片嘴唇间。当人性的某一面被别人抓住并被利用的时候，即使有再大的本领，再多的光环，再高的才华，最后的结局只有两个字：俘虏。父亲烟瘾浓，饭前饭后都要叼上一支，半眯着眼，很沉醉，活在独有的神仙世界里，大家何必惊醒他的美梦呢？有一年，父亲差点不吃烟了，按理说大家该高兴，但实际情况是，那一年的生活更加糟糕。

19

那年弟弟考上了大学，是杨家湾的一大新闻。

在之前，村里出了一位女大学生小丽。她来自金子山那边的那边的大山深处，究竟是哪儿，不少大人说不清，小孩更不知。母女俩住在杨家湾深处竹林旁的小屋，按理，该改姓"杨"了，但不知什么原因，没改姓；并且在杨家湾待的时间也不长，像南归北往的候鸟，且只回来过一个暑假。

孩子们也没有认同，似乎她不是白头山下的姐姐，为此还闹了一些笑话。

那年暑假，弟弟和村里有几个孩子，带着书本，怯生生地被父母硬拽着丢到山湾水塘边的"小人姐姐"家。

大姐姐柳眉水眼，在补课之前盯了盯孩子们的小手，声音似水塘边的黄鹂，神色却一本正经："一个一个的，手这么脏！你说——你说——"孩子们没说原因，真的就把身子往下"缩"，双手撑地，屁股在地上像滑梭梭板一般"梭"了起来。

"水在后头。"大姐姐说，"快去洗手，洗干净！"

孩子们得解放了似的，争先恐后嚷着水在"袖头"（后头），跑到"袖头"（后头），开始了洗手。

"你死（洗）！"

"你先死（洗）！"

"你死（洗）了我再死（洗）！"

孩子们你推我让，来到"袖头"。"袖头"有一个石头凿成的盆，盛着半盆水，大家开始洗手。弟弟落在后头，磨磨蹭蹭的。大姐姐问："你咋不洗？"弟弟说："我洗袖头。"大姐姐以为弟弟衣袖口子脏了，就去翻看袖头，发现袖头并不脏。正纳闷，此时，前面的几个已经洗手结束，弟弟不再是"袖头"，成为剩下唯一的第一，已经跳过去洗手了。大姐姐被搞得莫名其妙，后来终于明白了，笑得身体也"缩"了下去，就差梭起来。孩子们早已飞向池塘捉蝌蚪了。

稍稍懂事后，才知道这大姐姐是外来户，是升钟水库库区移民。本姓不是"杨"，姓"任"。大人们便喊她"小人（任）"，其实"小人"已经在读大学三年级了，孩子们便喊"小人姐姐"。当孩子们对小人姐姐不再有距离感的时候，小人姐姐却没再回杨家湾，说是读"研"了，是大学上头的大学，孩子们就很神往。再后来，也回来待过两三天，那就是家里的老人去世时。这些往事，如云烟一飘而散。

充国人说话"荅气"，"土气"，语音比较特别，大概是充国方言从远古就保留了较多的古音，尤其是入声独立成一个调类，而周边县市如顺庆、南部、蓬溪、射洪等，都没有入声，而且说话平舌和翘舌不分，鼻音和边音不分，"fu"与"hu"不分，前后鼻韵不分，致使充国县形成了一个独立的方言岛国。

看来，杨家湾和充国是有故事的地方。

20

杨家湾先后出了两个"国家人"。

一个是考上中专的堂哥——林哥，后来分配在外乡一个磷肥厂工作；一个就是次年考上中师的石兵。

人世间的事情就是那么奇妙，有一就有二，有二就有三，犹如动物的种属不断继承和传递它的生物本能一样。没过几年，弟弟似乎传递了大姐姐的慧根，因读书勤奋，也上了大学。

按说，弟弟上大学，应该"喜大普奔"，可是庞大的学杂费让全家皱紧了眉头，仅仅是开学报到时那近一万元的开支，就让父母坐卧不安。父亲戒烟了。石兵知道：强制行为和自觉行为是有区别的。强制是痛苦的，自觉是清爽的。吃烟咳嗽，吃烟的人刚刚戒烟也会咳嗽，父亲的兜里便有了止咳的甘草叶，喉头痒痒有些不适，就取一叶含在嘴里，让咳嗽减缓一些。甘草叶是母亲从山里采回的。

魏诚信把父亲和杨三请上街，如果说跟这烟和酒没有关系，那肯定是假话。多少年后，石兵还悟出了一点道理，"烟""酒"不仅是吃的，还是一种文化，一段历史，一把人际交往路上的钥匙。难怪现实生活中一提到解决问题，领导总要说："研究研究。"一拖再拖，"研究"没结果，原来是"烟酒"没结果，有"烟酒"了，也就有结果了。可惜，从小至今，石兵都没有吸烟的习惯。

酒是要喝的，也曾豪喝。

记得有次晚宴，一位酒友满面红光，频频举杯，中途却在酒席间消失了，原来两件啤酒下肚后，他的啤酒肚再也容不下啤酒了，便晃晃悠悠地晃荡着肚子，出门到小院深处的树下解手。"解手"是当地方言，也叫屙尿，即小便。

"赵全送灯台，一去久不来。"朋友去寻，却发现他歪歪倒到，双手不停地外推，自言自语："兄，兄，兄兄弟，别，别喝了。"朋友近瞧，发现他身边并没有"兄弟"，双手外推的却是一棵树。原来，他小解后收拾裤腰时，腰带外绕，连同树干一起拴住了，脱身不得，以为还是兄弟在缠着把盏，故有此态——人与自然和谐相处，多么可爱的画面！朋友大乐，转身回屋，邀来同伙，大家笑得前俯后仰，掏出裤裆里的雄鸡狂射，好长一段时间都是圈内的趣谈。但近来那次学校体检，说石兵尿酸偏高，要节制饮酒，特别是啤酒，于是一般宴会都推了，实在推不脱的，改喝饮料了。于是对方便瘪瘪嘴，打心眼里小觑：变质了，清高了，有距离了，不得了了。看来，上帝神明赐予的礼物，也不全是升值股。

半杯烧酒热辣辣地下肚，在杨三的倡议下，在魏诚信的两片嘴皮和一支又一支香烟的熏烤下，父亲动摇了。也算是近邻，熟人熟事的，何况别人端的是"铁饭碗"呢，有偿还能力。贷款的事就这样搞定了，但也埋下了十余年的苦果。

一年后，在众多亲朋的帮助下，魏诚信的新房建成了。去中林场途中的公路边，矗立一栋楼房，砖石结构，三间，两层。

21

贷款到期了。

父亲找到魏诚信，魏诚信说一个人挣钱喂七张嘴不易，妻子又经常生病，负债累累，等一下再还。父亲没有强人所难，叹着气走了，还帮着魏诚信在杨三处做解释。

又一年过去了，贷款还没有还，杨三可不饶了，逼着父亲，也只找父亲。

此时，魏诚信却从人间蒸发了。

一年过去了，两年过去了……

父亲东奔西走，每次都有新消息：魏诚信没有回家，或者魏诚信没在运输社上班了，或者是魏诚信和他老婆正在闹离婚，躲在外边，金屋藏娇，那女人漂亮呢，或者是魏诚信买了一辆客车在跑长途……

魏诚信去哪儿呢？天下那么大，到哪里去找魏诚信呢？魏诚信不"诚信"了。

　　三年后，信用站被取缔了，父亲的"工作"丢了。这里得补充一句，当时母亲一人承担着全家五口人的农活，父亲又是村长，又有信用站的工作，两头都忙，于是在此之前逼着父亲把"村长"丢了。现在"信贷员"也丢了，父亲成了实实在在的中国标本式的普通农民大海中的一滴水。弟弟上大学后，家里连柴米油盐酱醋茶等的正当开销也糊不住了，父亲准备离家打工了。后来，石兵叙写了当时的那段生活情景——

　　　　"明年我要出去了。"

　　　　每当年关将至，母亲嚷着油没了盐没了娃儿衣服没了的时候，父亲捏着干瘪瘪的衣袋，总是这么说。

　　　　然而父亲明年没有出去，明年的明年也没有。

　　　　"老子明年真的要走了。"

　　　　父亲苍老的容颜上铸着决心，似硬扎的胡须。

　　　　"你走吧，又没哪个留你。"母亲经常毫不客气地回敬。

　　　　父亲出外，简直是龙王爷上火山，一点也不现实。父亲五十挂零，生儿育女三个，人生的沧桑岁月，岁月的苦辣酸甜，已经在他的额间眉际刻下了几道深深的犁纹。

　　　　于是父亲的苍颜白须在凄风苦雨中发誓赌咒地白抖了几年。

　　　　听得多了，我们也就不以为然，也难怪母亲的回答是那么不近情理。

　　　　有时我还转念一想：窝在这贫穷的鬼地方，终日肩挑背扛，磨骨头养肠子的，父亲倒不如真的出去混个新鲜，看看世界。

　　　　想法一兜底，父亲就陌生地看着我，缄默不语，不再吼"老子明年要出去了"。

　　　　今年正月初七，我放学回家，父亲在门口望着我出现的身影，匆匆转身进屋去了。

"明天我要走了。"午饭时，父亲轻轻地说。

我蓦地抬起头，这话，我有几年没有听见了。

"车票也买了。"父亲声音更小了。

母亲别过脸，端着饭碗慢腾腾地走了。

"老子明年真的要走！不，老子是明天就要走了。"刹那间，思绪在脑海里波涛般起伏汹涌。

"我最不放心的是你母亲，身体多病，已经有五六年没挑过桶，没下过田啦，这上年的收割播种，还有田里的秧苗……你弟妹还小，弟娃今年又要毕业升学……"

父亲说这话，是断断续续的，声音似乎是从气管里逼出来的，呛得我胸膛发闷，双眼憋胀。模糊的视线触到斑驳而干净的泥墙上挂的湿新的篾条，我知道，那是给秋收时捆麦子做的准备。

我赶紧埋下头去，不想让父亲看到我哭泣的熊相，我也不愿看到父亲沮丧的老脸。

按照父亲的吩咐，我们请左邻右舍吃了一顿晚饭。大家说了很多很多"放心"。父亲一句话也没说，烟雾笼罩着他的全身。

次日，东边天际刚泛鱼肚白，我驮着沉重的行李送父亲上路。空气湿漉漉的，漫长的山路上，父亲一言不发。我有好多好多的话在嗓眼里转，但终究才转出一句："爸爸，你放心。"

父亲要走了，父亲一个人要去荒凉的大西北，父亲要驮着五十来斤的行李千里迢迢，不，万里迢迢挤火车，父亲要……

父亲人到中年，却要背井离乡……

大客车冷酷地停在场镇的桥头，四周是不少送行的人，他们在千叮咛，万嘱咐。然而我依然觉得世界很静，静得让人凄凉，静得让人害怕，仿佛什么重大的不测即将来临。

94

父亲紧靠车窗，静静地坐着，口里爆出大口大口的浓烟。

我赶紧买了五包香烟塞给父亲。我知道他烟瘾很大，尽管我向来反对他吸烟。

车走了。我没挪动脚步，模模糊糊地觉得世界在下雨。是泪，是冬日残留的寒露。

接下来的几日，我和母亲有空就守在电视机旁，看"大众新闻"，看"来自成都火车站的报告"，看荧屏上衣着朴素的那些中年人。

"拨着指头计算，你爸爸已离开十二天了呢。"母亲眼睛红红地说。

"肯定走拢了。"我装得十分自信。

"又不知他服不服水土，我这两天老挫牙呢。"母亲又说。

"没事。"我一脸轻松。

"你又不留他。"母亲遗憾地看了我一眼。

我没法开腔。

于是母亲又悄悄地躲到僻静处，挺胸抬头，口中念念有词。不知道她什么时候开始信基督，又在祈求耶稣灵验了。

于是我也溜到无人之处，仰望苍天，默默地说："父亲，平安！"

22

到哪里去找人呢？

说魏诚信的长途车跑的是深圳广州。进城去找熟人打听，熟人说"不认识"；也有说认识的，但不知道最近下落。

找呀找，没头苍蝇似的找，终于有人说长途车一跑就是七八天，路上容易堵车，说不准多久回来，住在哪里可说不清。

于是父亲又抽空进城去打听。

乡下人进城可不是一件容易的事，一要选天气，雨天是不能进城的；二是农活要提前挪开；三是来回车费要平时积攒好，虽说只有几块钱，但对在土地上找钱而没有外援的农民谈何容易；四是中午得准备饿肚皮，从乡下进城，你必须鸡叫头道就起床煮饭，喝一碗红苕稀饭，然后赶八里多路去斯波场，一来是为了节约伙食，二来怕误了班车。父亲到斯波场时，天已麻麻亮，长街黑黑无行人，只有路边的包子店冒着热气。等赶到场那头车站时，已有几个候车人，跺着脚，搓着手。然后，大家坐颠簸两小时的班车，到充国县城时，肚皮里装的那点稀饭早就被抖得无影无踪了。此时，差不多日头照顶了。父亲在城里拖着疲惫的影子，四下盲目打听，有人说魏诚信住在西街，于是跑到西街，结果没有；又问，说住在北街河边，又去偌长的北街河边挨家挨户地找，结果还是没有。又说住在南街桥头，再去，南街桥头是鳞次栉比的　栋栋陌生的高楼。

丽日迟迟，肚皮贴着背心，在城里填饱肚皮可不能奢望像在家里那么容易。家里的菜稀饭，可以多喝一碗，或者肚里多压一块红苕，而城里一碗吃不饱的挂面，也得花光农人兜里常年含辛茹苦积攒的一把角角钱。可以想象，父亲流荡在城里的大街小巷，举目无亲，孑然一人，饥肠辘辘，拖着疲惫之躯，是何等的"囧"啊。那时，讯息远不如现在这么发达，没有手机，只有比手掌还大的黑块头"大哥大"，家里"座机"也没有。城里好像连"的士"也没有；即使有，也不会去坐。一晃十年过去了，五百元钱连本带息在银行已变成两千多元了，父亲青丝变白发。

父亲的事就是子女的事。

石兵参加工作后，抽出空余去城里找。

石兵后来结婚了，和妻子想方设法地打听魏诚信的下落。

23

魔高一尺，道高一丈。

歪人得由歪人"理"。"红道"不通，大家自然想到了"黑道"。

那时石兵已参加工作了，虽在乡下工作，但也有几个在社会上在城里"混"得有模有样的伙计。终于，伙计们告知，魏诚信跟人合伙，在外地开了一家信贷投资公司，高息集资。可惜好景不长，负债累累，潜回老家。有时也悄悄冒泡，替人开黑车。又说，在东街高楼林立的拐子巷左侧，有一个尿桶子胡同，一百米深处出现过方脑壳的身影。

潜伏不动还风平浪静，一旦听说浮出水面，士兵的肺就像气泡一样啪啪啪地开始炸了，血液也哗哗哗地淌个不停。

明晃晃的原野，万籁俱寂，星星闪着诡谲的亮光。

高大的魏诚信，像喝狂了的酒徒，横披衣服，趾高气扬地踱着。

石兵手提一把明晃晃的砍刀，瞪着一双喷血的眼睛。魏诚信身体一点点萎缩，成为一个小矮人。石兵身体发出咯吱咯吱的裂响，逐渐膨胀成一头金发裹身的雄狮，面目狰狞，高大威武。

魏诚信的一张红脸弹簧般往前一蹿，狂妄跋扈地挑衅："你想搞啥？你来啊，你砍啊！"

这是一张挨打的脸，这是一张自己找上门的臭脸，石兵忽地意识到，"啪！"的一声，没等这张脸回过神来，左手已挥了出去。这张脸顿时捂着，连脸带头缩了回去，吐出一片猪肝色的乌红和杀猪般的嚎叫。紧接着，"呼"的一声，石兵右手一扬，白晃晃刀光一闪，旁边一根树木应声而"呀"，断了腰肢。

魏诚信双腿跪了下去，双手捧出了那笔钱，放在石兵脚趾前；双手作揖，磕了三个响头，额头上长出拳头大的乌包，连滚带爬，好似一个皮球消失在树林深处。

星星消失了亮光，月亮钻出来，银辉遍地，山川清朗。

一个人站在远处的山巅，又像是站在杨家大院祠堂的屋脊，一手握着鹤羽掸子，一手掂着一叠厚厚的钞票，不见喜色，阴沉着脸，厉声问：

"我一生风风雨雨，上成都，下重庆，风风雨雨，也晓黄道白道之事。有你这样处事的么？"

"可是他是烂人啊。十多年来，他不仅赖账，而且让你活得窝囊，失去活人的自尊。"石兵不服，吐出心中的怨言，"这个烂人，让我以后都不敢相信身边的朋友了……"

石兵还想说什么，却说不出来，对方发了话："还在狡辩？你是读书人，读书人以事理为要，有这样处事的吗？成人的世界没有对错之分，你这样做就全对么？"

声音在祠堂激荡，扩散开来，又在山间来回空响。石兵没听清，竖起耳朵细听，又像是父亲。石兵红了脸，跟银白的月光形成鲜明的对比。正欲争辩，这话却如同泰山，压得肩膀下沉，腰肢酸痛，呼吸急促；定睛看时，那人已从祠堂走出，白眉银须，臂生双羽，跃跃而飞；揉揉眼，又像手拿拂尘的南天门太上老君，只见拂尘一挥，眼前金光闪闪，恍若仙界；待细看，却见一人高高大大，被五花大绑从云间坠落，跌进一无底深渊，黑咕隆咚处传来鬼哭狼嚎的声音，那声音好似魏诚信，再睁眼细看，却天地茫茫，肃穆凄清。

石兵膨胀的身躯渐渐缩小，恢复原样，浑身轻松了许多。

这天晚上，石兵跨越三界，做了一个奇怪的梦。

24

那几天，恰好杨三回老家来，几个便黏在了一起。

某天，魏诚信出现在尿桶子胡同深处，提着蔬菜和几把挂面，哼着小曲儿。

魏诚信掏出钥匙，打开了房门。

几个伙计突然从墙角钻出来，拥上去，把他攮进了他身后的家里，反锁房门。杨三没有从墙角钻出来，也没有钻进门，准确地说，来都没来，像泥鳅般又溜回南方了。

魏诚信说没有钱，蔬菜和挂面无辜地散落一地，狼狈不堪。

屋里，有的坐着，有的站着，有的摸电视，有的摸水瓶，有的摸衣柜，有的钻进厨房，把什么东西好像是刀具，搞得"咚咚咚"地山响，却没有说话的声音。

在石兵咬紧牙关握紧拳头的时候，魏诚信的方脑壳别过九十度，终于开启"金牙玉口"："等下一趟车回来再说。"

"啥子叫再说，还钱不？"恶的声音。

"听见没？老子跟你说话呢？"狠的声音。

"下一趟回来应该有钱。"

"啥子叫应该？说话算数不？"又恶又狠的声音，"今天不给点颜色看，就不知道马王爷有几只眼！"

"算数！算数！"魏诚信被大家逼退在屋角，低下了方脑壳。

"跑得脱，方脑壳！老子就不信你没得家人！"这叫株连，石兵心头一紧。

"兄弟们就白来一趟么？到午饭时间了，兄弟们请你吃饭！"

魏诚信身子抖了一下，抬起方脑壳，左别九十度，别不过去了，又右别九十度，一双惶恐的眼睛画出一条光亮的直线。

"嘭！"厨房里一声巨响，可能是刀击菜板吧。这声音来得突然，石兵站在远处，震得身体哆嗦了一下，握紧的拳头不自觉地松开，忽觉失态，连忙稳住。

魏诚信又是一怔，眼里终于闪出一丝不安。

最后，魏诚信识相地掏出了三张百元大钞，客客气气递过来："吃饭我请，我请，我就不陪你们了。"

25

其后一个月，石兵问父亲，魏诚信还钱没有，父亲说没有。

又过了一段时间，石兵又问，父亲说还了。

"真的还了么？"

"真的！"父亲露出了笑容，额头的犁纹幻化成一朵经霜的菊花，立即又追问，"他怎么想通了呢？"

"可能是良心发现吧！"石兵怎敢说出事情的真相呀！生活是何等的无奈啊！世事是何等的逼人啊！曲曲折折、坎坎坷坷而又绵绵长长的人生之路啊！

父亲别过脸去，似乎在擦眼角。这笔长达十余年的孽债终于了结了，这场折磨父亲十余年的噩梦终于结束了，这块压在心里十余年的石头终于放下了。俗话说："送人玫瑰，手有余香。"父亲当年送出的一支"玫瑰"，让自己的善良和慈悲被人践踏十多年，你是如何承受的啊！父亲，你悄悄地东挪西借，一年又一年，消了杨二信用社里的贷款，你是如何的拆东墙补西墙啊！你没有对母亲说，更不会对孩子们说，为了安定团结，一个人默默地煎熬着。杨三处理掉机器后外出十多年，他知不知道你在家吃的苦啊。

事后，几个伙计一起在茶楼喝茶。

石兵问："如果魏诚信不还，你们想啷个？"

"我们不想啷个，你呢？"伙计狡黠地反问。

石兵说："我也不想啷个。"

大家笑了。

"有这样处事的吗？你就认为全对么？"举头三尺有神明。在构建法治社会的今天，不守诚信是要受到惩罚的，不守法也会一样。若说这是浮梦人生，也不乏有一个残酷却带更多温柔的侧面。

那以后，在充国再也没有看见魏诚信的影子。天网恢恢，疏而不漏，他东躲西藏，还是"进去"了。

26

不该来的来不了，该来的跑不脱。

父亲没有跑脱，张老师把盘里没动的一列干豆腐倒在报纸上，攥了好长一段路，硬塞了。父亲，石兵知道你从不收受别人的东西，那次你让人家的好心受"囧"了吧，你自己也受"囧"了吧。面对报纸上排列的片片干豆腐，你一脸"囧"相，不停地解释，以至于有点语无伦次。

当天晚上，石兵临睡前悄悄地藏了两片干豆腐。一片在床上细嚼慢咽，当还剩下一小块时，舍不得咀嚼，含在嘴里睡了，可能是在梦中美美地把它嚼完的吧。另一片是在第二天上学路上，从裤兜里摸出与大家一起分享的。伙伴们欣喜若狂，细嚼慢咽，反复回味。

那滋味，咸咸的、香香的，是故乡的味道，至今还在记忆中萦绕。

石兵对小学里的几位老师印象特深，就说已经去世的李老师吧。

当时农村的孩子大多是七八岁入学，而石兵刚满六岁时就被父亲强行套上一个针线缝补的布口袋——书包，赶往学校，拜在李老师名下。若干年后，石兵才明白了父亲的良苦用心。当时小学读五年，"大循环"，也就是说老师接手哪个年级，就要把哪个年级带到小学毕业。而石兵如果等到李老师教一年级时才入学，已有十一岁了，是极不现实的。这是父亲在给儿子设计学海之路呀。

记得第一堂课，教室里闹哄哄的，满是黑黑的密匝匝的小脑袋。李老师把篾尺在桌上一拍，教室里顿时清风雅静。

孩子们背着小手，坐得端端正正。

李老师开始点名，点到的站起来，响亮地回答："到！"

李老师继续喊："杨石兵——"

没人回答。

"杨石兵——"李老师又喊，篾尺直直地指过来。

土蛋顺着篾尺的方向，眼光直线地延伸到脑后，盯着后面的几个同学。

"我喊得是你!"李老师大声说，眼中的直线变成线段，终点定在土蛋脑壳上。

土蛋倏地站起来，大声说："我叫土蛋。"

大家哄堂大笑。

李老师也笑了，走过来，用手摸着土蛋圆圆的小脑袋，一字一顿地说："记着，你叫杨石兵。"

李老师转身走回教室前面，在黑板上工工整整写下一排阿拉伯数字"1234"，然后有板有眼地教唱："一像铅笔直又端，二像小鸭水上叫，三像耳朵在听话，四像小旗随风飘。"

李老师多才多艺，写得一手好字，无论是钢笔字、毛笔字还是粉笔字，在村民眼中都是顶呱呱。当年金子山巅那每个长五米宽四米的大字"农业学大寨"就出自李老师之手。每年春节前夕，家家户户的门上都要换贴春联，村里占九成的字都是李老师写的。今天石兵的粉笔字还拿得出手，肯定就与李老师有关。李老师还会绘画，会拉二胡。

记得村里的姑姑和姐姐出嫁时，常常要请来李老师，在那为数不多的陪奁上用彩笔涂涂抹抹，于是便有了花花绿绿的花鸟虫鱼和松竹梅兰，这些"小玩意儿"，都是孩子们眼中稀奇的宝物。

李老师有一把老式二胡，上面缠着蛇皮。在跟他读书的日子里，很多时候，他坐在教室前面的右角，半眯着眼睛，二胡或正或斜地立在大腿上，几根丝线在蛇皮间的一小块蜡上拉来拉去。在孩子们面前，就拉出了贫苦人家的代表《白毛女》，拉出了心中的偶像《学习雷锋好榜样》，拉出了终身的信仰《没有共产党就没有新中国》和烙在灵魂深处不可更改的心声《社会主义好》。

许多事情，过去了就过去了，不可能重现；唯有音乐，适合等待、遥想和冥想。尽管孩子们不懂简谱，不懂五线谱，但跟着二胡一遍一遍地哼唱，居然像模像样，赢得不少的夸奖。这种简单的教学方法，出人意料地让大家触摸到了音乐内和音乐外的很多东西，让孩子们一辈子受益。

27

读中师一年后，"音乐"和"美术"分科，选填志愿。

石兵很为难，这两科他都喜欢。在同桌李飞鸡的怂恿下，艰难地填下"美术"二字。结果分科名单下来，变成了"音乐"。老师告诉石兵，你学习很卖命，成绩也不错，是一块音乐苗子。石兵便有了一支竹制的洞箫，八孔，竖吹。其后不久，第二次分科，名单上又变成了"美术"，原来两科老师私下商量，石兵又被"挖"过去了。说来惭愧，石兵在这两方面都无建树。

中师毕业时，石兵在美术方面仅仅是在市里获了一个二等奖，在县里举办的学生艺术节上获了一个一等奖。敝帚自珍，二十年过去了，那个已经泛黄的获奖笔记本仍被石兵保存着。

中师毕业后，石兵被分配到一个"与世隔绝"的地方，似乎远离现代文明，也就彻底告别了美术。音乐方面呢，简直一塌糊涂，别人可以在KTV包厢肆无忌惮地张扬，啤酒飞溅，歌声飞溅，笑浪飞溅，震得房顶啵啵直跳，赢来在座不少的掌声和喝彩。更多的时候，石兵则只是坐在远远的一角，静静地听，静静地看，静静地哼，或者闭上眼睛，静静地想。回到家，有时候关了房门跟着机器学几句，结果到今天，也唱不下几首完整的时髦歌曲。当然也有"疯"的时候，那就是心血来潮时，不管路头路尾，旁若无人地暴吼几句，仅仅只有几句，逗来的却是旁人异样的眼光——"疯子"。

这是天性使然吧，这是李老师传给的为数不多但却极为珍贵的艺术细胞在灵魂里时不时跳跃吧。

李老师教了三年后，"民办"转为"公办"，调走了；遗憾的是，李老师德才双备，却教了一辈子的"蛤蟆子"学校，在年老生病而去世时，草草入土。石兵虽然旁听得到消息，但因在远方的沙栖中学工作而未能参加。结草衔环，也无法偿还。

28

白头山高大巍峨，乃是方圆数里的擎天一柱，可惜白白地没有滋润出一条丰润的溪流，它的肌肤依旧干瘪而贫瘠，脚下的芸芸众生依旧瘦削而辛劳，人们整日整夜地春种秋收，家里依然青黄不接。

每年春节前夕，父母像天下所有的父母一样，忙着备些年货。

年货是什么呢？在记忆中，是春联，是门画，是添备两把挂面，是备点米豆腐干豆腐。过年最热闹的是什么？是大年三十的上午彻底打扫房前屋后。院坝前的沟渠是要彻底清理的，因为它枳存了一年四季的灰尘和杂物。兄妹三人干得很欢，不觉劳苦，没有怨言，有的是即将过年的兴奋和期盼。

在相对殷实的人家，全家都要换新衣服；尤其是小孩，里里外外都要换新的，以示新的开始。长辈们还会给未婚的晚辈们一些压岁钱，寓示长辈长寿晚辈健康成长。

在石兵家，大人小孩也会有一件新的外衣。在孩子们劳动之后，父母会拿出平日里吃不上的好东西——一小撮南瓜米，几颗水果糖，一碗菜干饭，上面盖着两片肥肉，尽管数量不多，却是难得的美味。而这些，父母是不肯提前拿出的，他们懂得如何让孩子认识"苦尽甘来"的道理。

大扫除之后，所有亲戚扛锄头、带粪箕、抱柴火，还有一家一户一串鞭炮和一碗装有"美味"的祭品，前呼后拥、笑语喧天地上山，目的地是白头山的第四台——坟地，去给公婆上坟。

平时只需十多分钟的路，那时大家要走上二十多分钟。一年的烦恼，一年的喜悦，邻里的逸闻，街上的杂语，平时不能说或者没有说的话，此时彼此牵连在血缘纽带下，全都竹筒倒豆子般争先恐后地涌出来。祖先的坟静静地卧在浅斜的山坡上，在冬草荒芜的众多馒头般的土堆里，大家找到了一前一后错开的公婆的坟墓。白头山虽然高大，但有限的"肌肤"在当年是不允许公婆葬在一起的。坟呈长方形，四围没有石头之类砌成的框，只有坟头用几块大石码成，后面是堆成条形的由高渐低的土堆。父亲曾多次倡议给公婆重新砌坟，大家也很响应，还看中了坟后不远处悬崖下不知何时滚落下来的一块巨石，说完全可以作石料，还计算过各家各户大概出资多少。

但不知何种原因，此事一直拖着。到后来磷肥厂倒闭，堂哥挂靠经贸局上班，到后来经贸局整合为经信局，再到后来大爸去世，一直到今天的殡葬改革，此事没有落实，也没人提起。人生，遗憾总比美满多。

在肚皮难饱的特殊时期，要想大伙儿办成一件事，真的比登天还难，如同土地上产出的粮食，人民公社化远远不如后来的承包到户。现在想来困难确实不少，譬如说意见是否彻底一致，谁来张罗工匠，妯娌之间的关系和家庭开支是否允许等，至少有一点是肯定的，白头山贫瘠的土壤没有孕出丰润的乳汁，于是生育的儿女们只能干想而不能真正下手去做，只能把它带进时间深处，最终成为泥土的一部分。

29

祭祀活动开始了。

先是集体除草，一年来未曾清理，坟上荆棘乱生，比人还高，先得用长柄锄头，锄头是不能挖坟的，只能断荆棘的根部，一锄头下去，又反弹回来，震得双手发麻，但还得继续，这活儿主要由大人们干。待一大片荆棘横七竖八倒下的时候，弯刀便派上了用场——除桩。杂草呢，则用锄头铲。搬运杂物则是石兵和堂哥堂姐堂弟堂妹的事；更小的孩子，则在坟头路边乱窜。在春寒料峭的时节，一阵活儿下来，常常大汗淋漓，但谁也不吭一声苦、一声累，相反有的是充满希冀的话语。

父亲说："这坟又在涨啊，后代发达啊。"

"这坟旺啊，子孙满堂啊。"

石兵想，如果祖辈有灵，九泉之下也该感到欣慰了吧。你别说，几年后堂哥初中毕业，考上了中专，还真的率先脱离了祖祖辈辈风里来雨里去双手黏土双脚带泥的日子。

其后是垒坟。大家在不远处取土、运土，堆到刚刚忙活后千疮百孔的坟上，于是一座条形的前大后小的"新坟"就出现在眼前了。

接着，各家各户在坟头摆上祭品，常常是一瓶酒和一碗块子肉或几块干豆腐。

父亲对孩子们说，你公爱喝酒，便打开瓶盖，在公的坟头洒上一线酒水；你婆很辛苦，多吃点肉，于是在婆的坟头放上一碗肉。然后在坟的周围走上一圈又一圈，默默不语。

大爸带头跪在坟头前磕头，小孩则虔诚地在身后或旁边学，一边磕头一边许下心中春天到来的祈盼。记得学校里有个同学说这是封建迷信，被李老师狠狠地盯了一眼，骂为"狗东西，没得教养"。长大看书，感悟法师之语：虔诚礼拜可有大智慧。拜祖宗是为了培养自己的孝心，用心灵承接祖宗累积的能量。人在崇拜的时候，五体投地，表现出谦卑、服从、忏悔、求助、感恩和接受，同时也将自己的心灵融化，与被崇拜者在心灵上连接，这就是心灵上的锻炼。

幺爸开始用火柴引燃刚刚堆放在一旁的荆棘和杂草。虽说是初春，杂草在所带干草的引燃下，在山风的吹拂下，火光蔓延，"呼呼"直欢，连附近坟堆旁的一大片野草也差不多烧得一干二净；火光耀天，映红了孩子们的笑脸，也映红了坟头。到了来年再上坟的时候，野草又长得蓬蓬勃勃，于是学白居易的诗"野火烧不尽，春风吹又生"时便"禅悟"："原上草"是顽强抗争的，自然规律是不可抗拒的。

这时候，鞭炮也响了，"噼里啪啦"地助兴。这是孩子们最欢乐的时刻。胆小的捂鼻子，掩耳朵，胆大的火前火后地窜，还要去抢那些被震得远远的鞭炮，在路上或回家后，在伙伴们面前体面地炫耀。

30

回家的路上，孩子们一反来时的慢腾腾，"呼呼"地往山下冲，吓得大人不停地喊："慢点，慢点！"

大人更多的时候是沉默。起初石兵以为是累了，后来大了些，读苏轼的《江城子》才明白什么叫"手栽松柏三万株"，明白什么叫"明月夜，短松冈"，明白什么叫"相对无言，唯有泪千行"。下山的路上，父亲走在最后，眼里噙着泪水，趁人不备，转过身去，用衣袖悄悄地擦了。路过尖角地的柑橘林时，顺便用锄头培整已经棱边的泥土和脚下空隙处种下的油菜。柑橘树和它脚下的土地已经成为父亲生命中密不可分的一部分。父亲敬畏柑橘树，就像我们敬畏父亲；父亲宠爱我们，也爱柑橘树。

大约一个小时后，大家回到家。孩子们就可以穿上一年来爸妈为过年给他们准备的新衣服，然后就可以呼朋引伴地到处玩耍。那时候物质匮乏，缺衣少吃，但人们偏偏对过新年情有独钟。现在想来，爱上新年其实爱上的是彻夜不息的灯光，爱上的是"噼里啪啦"的鞭炮，爱上的是红红炉火的余烬，爱上的是瓜子的清香，爱上的是嘴角流涎着的餍足，爱上的是唇齿开合间暂时没有隔阂的亲热嗓音，爱上的是钟声喧哗春天到的欢畅，爱上的是它的温暖、它的亲密、它的融融亲情。

31

"书当快意读易尽，客有可人期不来。"春节三天，眨眨眼就溜掉了。

幺爸会木活儿，村里人家的木柜、木箱、木桌、木凳大都出自他手。每每这时，幺爸左眼闭着，右眼觑着，像瞄木清方般审视着流逝的时光。记得幺爸不止一次这样——在大年初一晚上，幺爸点燃一串鞭炮，说年过街沿了；在大年初二晚上，又说，年过沟渠了；在大年初三晚上，说年过公路那边去了。父亲在浓重的夜色中，眼睛闪着光，似乎是对自己又是对孩子们说，不会的，会回来的。尽管如此，伙伴们在漆黑中还是顿生惆怅，默默不语，茫然若失。

"农月无闲人，倾家事南亩。"眨眨眼，也到大牛初四，年真的就溜到公路那边远远的田坝里去了，这天上午就有人打着招呼，扛着锄头或下田或上山；若逢艳阳丽日，便有人下田陪土准备培育秧苗了。正月初七刚过，日子彻彻底底回到了从前，就像岁月轮回，花开花落。这时候，父母就要为三个孩子读书的学杂费而操心，全家就要勒紧腰带节衣缩食，以便上半年能平安度过而不至于缺粮。通常的做法是把菜地里的青菜摘回家，选出好的，洗净，再选，用一根稻草捆成小把，或是带上平时舍不得吃而积累下来的鸡蛋，或者干脆抱上一只不会下蛋了的母鸡，赶场去了，变卖成一把角角分分钱。开学后，这些被捏得皱巴巴的血汗钱一股脑儿地流向了学校。时至今日，据权威机构统计，教育开支仍是一个家庭最大的开支。在弟弟上学后不久，位处三兄妹中间的妹妹便辍学了，回到家里像大人一样背着日头过日子。父母含着泪说她"读不得"，只能这样。

也不知此话真假，其中苦衷恐怕只有天知道吧？小小年纪就承受了生活的折磨，你不会责怪父母、责怪虚长你几岁的哥哥吧？人活一世，要欠下多少人情债啊，而有些债务是永远没法补偿的。今天，妹妹也已成家，也已生儿育女，为人"父母"，应该体念父母当年那份艰难选择吧，真是可怜天下父母心啊！

32

初中几年的学习和生活，可不像小学那么快乐而充实。

石兵初二时酷爱打乒乓球。爱上体育运动没有错，错在不加节制，石兵则属于后者。饭前饭后乃至下课十分钟都不放过，听见上课铃响都还要赖在乒乓台前再来两颗，结果迟到经常被罚站教室外，成绩也直线下降。当父亲知道这一消息时，它便成了家里最大的不幸。

记得某个星期六晚上，石兵睡在竹楼上面的床上，父母估计他睡着了吧，压低声音对话。

父亲说："让他把初中读完。"

母亲说："我看算了，读不得就别读了。"

"不行！"父亲坚决地说。

后来，石兵迷迷糊糊睡着了。若干年后，石兵才知道那天晚上父母为他读书一事斗嘴了一个通宵，以至于连续几天几夜赌气，为此母亲还大病了一场。后来，母亲无奈地先让步妥协，说再观察半年，如果儿子真的不是读书的料，对方必须退步，儿子无条件退学，像祖祖辈辈一样，回到家挑粪桶，日出而作，日落而息。父亲，母亲，不懂事的儿子让你们"囧"了。

进入初中后，小鹏的成绩如同坐梭梭板，滑入班级的底层，沉在年级排名的深渊。初二时，曾经同桌一月。有次收假，回到班上，物理老师检查作业。这物理学科，很多同学讳莫如深；一说作业，就如临大敌，束手无策。"作业呢？"老师就差是吼。"我忘家里了。"这种招数，小鹏曾在其他老师面前惯用，原以为这物理老师也会说"下次带来"，但嘴里喷出的却是"滚回去拿，给你两个小时，到时我在办公室等你"。于是小鹏改了口，说好像带了，就装模作样地一本一本地翻，汗水直冒。在世界末日即将来临的时候，石兵悄悄塞给他一份草稿。有了这根救命稻草，物理老师也就睁只眼闭只眼，放了一马。换句话说，物理老师又师道尊严了一回。

若干年后，石兵还得知，其实父母心底还埋藏着另一个愿望，那就是在石兵退学后，去学开车，或去学厨。总之，别再过他们那种衣食不济的日子。

33

福不双至，何况人为？石兵又犯了一个天大的错误，似晴天霹雳。

中学生活不像现在有食堂卖饭，而是带粮蒸饭。厨房是一间瓦房，中间有一个直径约三米的圆柱形水泥砖灶，最底层是一口大锅，几根木棒横支其上，上面放一张圆形篾匾，篾匾上面放饭盅，每层可以放七八十个。上面又是篾匾，然后又是饭盅，一直上顶，大约有五六层。那时的厨房师傅可是"国家人"，吃皇粮的，在孩子们眼里是神圣不可冒犯的，但他们的工作态度和工作方法却让人实在不敢恭维。石兵亲眼看见他们抄起一根黑色的胶管往饭盅里注水，那胶管在地上千人踩万人跨，遍体污泥污水。他们为了增强水注饭盅的准确性和适度性，用手指把水管的水流堵到最小，于是形体细小但力量强大的水流，常常把饭盅里本来就不多的米粒冲溅得四处开花，有时甚至把饭盅冲得东倒西歪，颗粒无存。到了吃饭时间，学生们蜂拥而至，可是饭盅里却少有米饭或者已经空空荡荡，于是"囧"在那里不知所措。肚皮饿了或者长期饿肚皮，就上演了哄抢饭食和丢失饭盅的现象，且很容易引起连锁反应。学校好像也采取过措施，但又屡禁不止。

"厄运"终于轮到了石兵的身上。

夏天一个星期六的上午，第四节下课，同学们发疯一般涌向厨房，石兵和小鹏却冲向摆放在操场角落的乒乓台，你五颗我五颗地拼杀起来，估计厨房拥挤结束，才去取饭盅。偌大的台面上，只剩下稀稀拉拉的十来个饭盅。两人在厨房的前前后后上上下下找了个遍，依然不见自己的。怎么办？回家怎么交代？要挨打呢。围着台面转呀转，着急、失望、恐惧、饥饿袭击着全身。台面上迟迟不见拿走的几个饭盅，让两人心生邪念，是不是别人端错了呢？是不是无人领取了呢？是不是应该先填饱肚皮呢？结果邪念火焰一般越烧越烈。

饥饿咬噬着蠕动的胃，胃酸腐蚀着胃壁，胃囊皱缩成小团，像针在扎，穿越胃壁，在腹内乱窜，像狼一般凶狠。人饿了就不再是人了，就变成了动物，想的就是吃东西，想的就是怎样填饱肚皮。伙伴，什么叫伙伴？"心有灵犀一点通"才叫伙伴。结果两人一拍即合，趁师傅不备，悄悄地取了一个饭盅。当时，人们警觉性特强，每个饭盅上都涂有记号。为了防止被他人发现，石兵把有记号的一面，顶着衣服和胸口，装模作样地走出了厨房。心中的那个"虚"啊，让石兵真正领会了"做贼心虚"的含义；心中的那个"慌"啊，让石兵领尝了人们常说的"吃错药"的滋味；形象的那个"囧"啊，可能就是"过街老鼠，人人喊打"的那个贼吧。

走出厨房，走过操场，面对胸口前的满满一大盅白米饭，石兵心中百味俱生，既不敢光明正大地端着饭盅，又不敢吃这比平日多了一半的大米饭，怎么办？两人匆匆溜出学校，来到山脚的小河边，躲在悬崖下的一处阴角。

平日奢望的大米饭此时完全变味，稀里糊涂地吃了几口，就进

111

不了口。倒掉，又舍不得，怎么处理米饭呢？

"狗日的，好大的胆子！"小鹏压低声音，咬牙切齿。

石兵吓了一跳，手一松，饭盅滑落到脚边，又顺着河边的斜坡，滚进了河里。

小鹏挽起裤脚，跟着河水和饭盅小跑，在一处浅滩，救起了饭盅。原来刚才小鹏在崖下阴角的深处，发现一对男女。身着蓝色碎花衫的女子，双手吊着一个男人的颈勃，男的捧着女的脸，双方疯狂地歪着脑袋，闭着眼，比睁开眼还认真地啃着对方的嘴皮。因为身子不停地碰撞和左右摩擦，女人的领口就敞开了，出现一团眩晕的雪白，甚至浮现一抹若隐若现的粉嫩嫣红。山里的孩子，舞勺之年了，没吃过鸡肉，难道还没见过野鸡飞？小鹏的脑袋轰的一下就乱了，血压快速升高，脸颊涨得通红，身子有了一种蠢蠢欲动的欲望……

小鹏，你在搞啥？石兵望着发愣的伙伴。

小鹏回过神来，果断指令：还不赶快倒掉？

白白的米饭在盅里被河水泡得松软，白白的米粒挣脱了羁绊，快乐地蹦进了欢腾的河水。

这天是星期六，按惯例下午提前上两节课后就要放周末。于是，回到教室把饭盅藏到课桌下面抽屉的最深处，外面码了几本书和本子，又按捺住忐忑的心，打乒乓球去了。

其实，两人根本不知，一双眼睛早也盯着他们。下午上课铃响了，石兵带着球拍冲进教室。在门口，一位身着蓝色碎花衫的师姐擦肩而过。她端着一个饭盅，若无其事径直走了。回到座位，石兵发现抽屉里面的书本被动了，饭盅不翼而飞。石兵知道一切完了，彻底完了。那时候，因为年龄小个头小再加上调皮，位置常常被老师放在第一排的角落。石兵不敢抬头听课，不敢回头看同学们的眼光。两节课如同两天，不，如同两周，甚至比两年还长。漫漫长时啊，何时才能消逝呢？

放学的铃声终于响了，归心似箭的同学们欢呼雀跃。石兵正准备随着人流出教室的时候，班主任何老师伸出手，五根手指往回弯。完了，完了，石兵脑海里一片空白，他被留下了。

何老师教书有一套。譬如讲解"豆腐"的"腐"，他说，中国的文字都是有来历的，这"腐"字里边有一个"寸"字，还有一个"肉"字，把豆腐切成一寸一寸的，再放点肉，你说好不好吃？说得一张张小嘴巴都流下了口水。

在老师的办公室，事情的发展出奇的简单。老师问了几个问题，轻描淡写，不痛不痒。石兵木木地答，云里雾里不知所云。不久，老师竟让石兵回家了。

34

过分平静的后面，常常孕育着一场风暴。

不久后的某天下午，父亲出现在学校。石兵知道，一切都清楚了，自己的一切都完了，"咚"的一声，心落在地上——声誉完了，读书之路完了，世界似乎毁灭了。

石兵清楚地记得在老师的办公室，父亲坐在对面，脸色一会儿惊讶，一会儿阴沉，一会儿漠然，"囧"得无地自容。今天，石兵已为人之父，体会到父亲当时的内心是多么的激动、惶恐和不安。俗话说，小人有小人的脸，大人有大人的脸。父亲，你整日在贫瘠的白头山下起早摸黑地翻刨，为的是机器一般开动走这个贫穷的家，为的是每学期开学虽说只有几十元但对家庭来说却是天文数字般的学杂费，为的是一个家庭迎来送往的开支，今天，你却像一个犯错的孩子，在老师面前承受着原本该由不争气的儿子来承担的罪过和责罚。石兵记得父亲是阴沉着脸离开办公室、离开学校的。父亲当时的那个"囧"啊，哪里是石兵贫瘠的文字所能形容的？老实说，当时父亲要是一顿臭骂或者一顿暴打，石兵只有两条路可走，要么简简单单外出务工，要么干干脆脆跳进学校下面的那条快乐的河，"快乐"地逃之夭夭，让亡灵游离寺庙。

漆黑的夜晚，雷电交加。

老屋里，父子俩各自坐在条凳上，面对面。

石兵惶恐，石兵害怕，石兵内疚。在石兵的印象中，父母是很少打骂他们的。一旦打起来则是鸡飞狗跳，以母亲为甚。上五年级时的某天中午放学后，伙伴中不知是谁建议玩一会儿扑克牌，大家一时兴起不加思考地一致赞成。于是，在离大道不远处的那片麦地深处的悬崖下的沟渠里，大家采下柏枝打扫了一块地，坐下，玩起了扑克牌——"三五反"。其玩法是：四个人分成两组，两两"团结"，打败对方，有点像现在全国人民都会玩的"斗地主"，不同的是，"斗地主"是三个人，面前摆的常常是赤裸裸白花花的钞票，而当时玩的"三五反"是四个人，不搞赌，大多是输家自觉在额头上贴上一张纸条扮"鬼"，其实孩子们也从中学到了数字分类、排列、组合，以及团结合作等方面的知识。不知是有人告密还是被行人发现了，回到家时，母亲已经准备了一根边指粗的桑条。那根桑条像雨点一样落在石兵身上，把石兵从家里撵到家外，从家外又赶回家里，最后断成了两截，后来别在家里的窗户孔里整整两周，以示警诚。这件事在今天看来有点小题大做，但当时却在石兵脑海里烙下深深的烙印——放学和上学一样，是不能迟到的。参加工作至今，学校的考勤簿上都少有石兵迟到和早退的记录。看来，"棒棒下面出好人"的俗语是有道理的，完全鼓励而缺少惩戒的教育将是失败的教育。

那么这一次，石兵能逃出厄运吗？

父亲坐在那儿，好像很冷，浑身打抖，一会儿盯着石兵，一会儿又埋下头去，眼泪像断线的珠子簌簌而出，嘴唇颤动但什么话也没有蹦出来，只是大口大口地吸着烟，烟雾缠绕着全身。"石兵，我的钱哪个也不能用，你妈也不能用，我要用来修坟。"父亲，你毋庸置疑的坚定语气，现在想来，难道是回忆往事觉得儿子把脸丢尽了？丢了自己的脸，丢了同学的脸，丢了老师的脸，丢了含辛茹苦养育儿子长大的在家乡有头有面的你们的老脸，丢了白头山祖宗的脸么？

漆黑的夜晚，天上突然响起了一声惊雷，瞬间，瓢泼大雨狂泻而下。石兵觉得自己仿佛来到了大雨肆虐的原野，狂奔着，呐喊着。一道闪电刺破长空，照亮灵魂深处的黑暗，撕破心中藏匿的卑微。"爱""感动""刻骨铭心"，这些平时司空见惯的词语，因为极度痛苦的不期而至，而使内涵变得更加丰富。在无言的嘘唏持续了半个钟头后，石兵忽然觉得肩头沉甸甸的，全家人的希冀和期望就像一块石头砸在身上，他支撑不住，双膝弯曲，不由自主地跪在了父亲面前："爸爸，我错了。"挫折是一针强心剂，挫折是一副催省汤。结果是父亲没有拉他起来，结果是一个钟头后母亲拉他起来，结果是父亲没有坚守以前的诺言，结果是母亲没有"坚决"执行父亲当初的承诺，结果是石兵没有"回家"而是留在了学校。

若干年后的一次同学聚会，石兵听到发生在当年同时代的一个故事：有兄弟俩，家里极穷。父母外出，几天后回来，留在家里准备买种子化肥的几元钱没了，只见几个空空的可乐瓶和饼干袋。哥哥心知肚明，噤若寒蝉。父母正待发作，十岁的弟弟却先哭了："钱被偷了，我们连饭都没吃，靠捡这些空瓶子卖了填肚子，还借了别人五块钱。"父母怒气顿消，蹲下身子泪流满面，还掏出钱来叫他去还账。哥哥听得目瞪口呆。长大后，哥哥待在老家务农，弟弟当了副市长。

庆幸的是，老师再也没提饭盅这件事，蓝色碎花衫的师姐也没有。

35

"家里就靠你读书了哦，你把书读到肚子里，罪（贼）娃子都偷不去。"母亲当年抹着眼泪说的这句话，深深地刻在石兵心里。石兵攥紧拳头，心中的迷雾豁然拨开，读书的信念在心底深深地扎下了根。

晨钟暮鼓，岁月如流。在老屋背后的竹林和柑橘林，在牛转地和山夹坪的地边，在白头山的"肩膀"和"八台"，在山巅观音菩萨的脚下，都留下了一个学生或坐或走或踱而忘我读书的影子。

在往返老家与斯波初中的七八里山路上，人们可能会碰上这样一幅画：

有一个学生，背着背篓匆匆地赶路，但别疏忽了他手中拿着书。口中旁若无人地念念有词。枯燥的英文单词，生硬的数理化公式，优美而上口的唐诗宋词元曲，在脑海里深深地烙下了印记。

有一件事，石兵更让老师和同学们刮目相看。

初三上学期，石兵因伤风感冒请假一周，各科老师都很担心其会因落课而影响成绩。一复课，石兵就赶上了单元测试，成绩出来后，几乎几课老师都竖起了大拇指，号召同学们向石兵学习。以语文为例，考的是文言文单元的知识，作文题是"读《触龙说赵太后》后的感想"。《触龙说赵太后》一文是石兵生病缺课期间老师讲的新课，现在要写读后感，对石兵而言岂不是天方夜谭？但石兵不仅顾及原文内容，而且还引用典故：

"赵太后先问收成，后问百姓，最后才问候君王，致使齐使不悦，说她是'先贱而后尊贵'。赵威后据理以对，道出'苟无岁，苟有民？尚无民，何有君'的千古名言。在生活中，她溺爱少子而置国家安危于不顾，蛮横无理，全然不像一个开明君主，这才引出了'触龙说赵太后'的故事。这个故事说明了一个深刻的道理：国君和居高位的执政者应该让自己的子女去为国家建功立业，以取得人民的拥戴，绝不能使子女安享由父母的权势而得到的尊位、高薪和宝器。安富尊荣，坐享其成，不仅业无继者，就连已有的财富也将荡然无存。"

其实老师不知，多数同学更不知，石兵在病床上自学了课本和练习册，病未痊愈就回到学校，又迫不及待地请教了几个学霸。

时隔二十余年，石兵依然可以清楚地一字不漏地背下《出师表》《醉翁亭记》《岳阳楼记》《爱莲说》《陋室铭》《马说》《生于忧患，死于安乐》等脍炙人口的作品，其中朗朗上口并被其用以终身自勉的便是孟子的名言：

"故天将降大任于斯人也，必先苦其心志，劳其筋骨，饿其体肤，空乏其身，行拂乱其所为，然后动心忍心，曾益其所不能……"

初中毕业后，石兵考上了中师，成绩名列片区第一，可谓鲤鱼跃上了龙门。

36

在一次又一次的重压之后，人们的眼前常常能唤回云雾缭绕的往事。石兵在给学生上课文《我与地坛》时，纷纭的往事在眼前幻现成真实，父母的苦难和伟大在心中渗透得深彻。于是，也常常要讲到自己当年求学的一段段特殊又艰难的历程。

其中有一段话引起了大家的共鸣：

有一次与一个作家朋友聊天，我问他学写作的最初动机是什么？他想了一会儿说："为我的母亲，为了让她骄傲。"我心里一惊，良久无言。回想自己最初写小说的动机，虽不似这位朋友的那般单纯，但如他一样的愿望我也有，且一经细想，发现这愿望也在全部动机中占了很大比重。这位朋友说："我的动机太低俗了吧？"我光是摇头，心想并不见得低俗，只怕是这愿望过于天真了。他又说："我那时真就是想出名，出了名让别人羡慕我母亲。"我想他比我坦率。

是的，读书需要动力。从大的方面讲，为国家、为民族、为社会做贡献，就像周恩来总理"为中华之崛起而读书"一样；从小的方面讲，为自己的幸福、为父母的骄傲、为家庭的荣光。"家"与"国"是相辅相承的，否定"爱家"这一社会第一要义，是不人道的，于家于国都没好处。家中有衣食，家中有快乐，才能活着，才能建设社会。家是最小的国，国是千万个家，每个家庭和谐了，社会也就稳定了；国家强大了，家庭也就富足了。父母没有什么隽永的誓言，没有要孩子恪守的教诲，但他们艰难的命运，坚忍的意志和毫不张扬的爱，随着光阴流转，在石兵的印象中则愈加鲜明深刻。

大风起于青萍之末。当年一同"作案"的伙计——杨小鹏，在事发后不久，就像厨房里的水汽无声无息地消失了。在案发后，他曾心犹不甘，想检举蓝色碎花衫——一个身材和容貌只得"59 分"的女生，竟然不吃饭在河边咬嘴皮。问他为啥不给及格？小鹏小小年纪居然花痴，惊世骇俗地盗用小说之语，郑重其事地说——那女生屁股太大，笑声里有一种狰狞的虚假，以后极易色诱男人。小鹏喜欢给女生打分，更喜欢恶作剧。记得去年冬天，学校开运动会，四百米接力。班上一位女生鞋带松脱。小鹏俯身为女孩系鞋带。女孩紧紧地捂住嘴巴，感动的话语瞬间憋至双眸，眼看就要化作泪水。小鹏抬起头幽幽地说："绑紧点好，免得走味儿。"

该不该告发？该怎样告发？反正后来在还没告发之前，小鹏就在围墙北角处被一伙来路不明的人截住，莫名其妙地扇了耳光，一个趔趄，额头碰在墙角，皮肉外翻，鲜血直流。当时的情景是，小鹏见势不妙，条件反射弹出右手，拳头直抵为首者鼻梁，想在即将到来的争斗中抢占先机，没想到他的右手已经被撇开，对方的拳头早落到他的鼻梁上，"啪啪啪"脸庞又发出脆响的哀叫。小鹏栖栖然回家后，小小年纪再以没回学校。先是做了一个月的拖拉机学徒，可能和物理成绩有关，拖拉机几次跟人擦肩而过，就差出人命，然后去学大厨，未满师又汇入了南下的打工潮流。据说先在食品厂打工，后来当了主管，再后来不知什么原因，又在厂里消失了，几年后才知道他在外地开了一家屠宰场，生意还不错。看来，小鹏不再像小时候那样害怕"杀猪"了，而是从最初的亲自操刀发展到了螃蟹般横坐一旁冷眼旁观他人杀猪。小鹏不再是一只小鸟了，他借着改革开放的大好形势，变成了一只扶摇直上九万里的"大鹏"。石兵想，像他这样敢想敢干敢下海敢上天的人不"发"谁"发"？像自己这样墨守成规固步自封的人，能有碗红苕稀饭喝就很不错了。父亲母亲，这里石兵绝对没有丝毫责怪你们的意思。

天是空的，路是通的。小鹏家的房子挪到了水塘边。

此时坐在国家级示范性高中的办公室里，头顶是明亮的日光灯，桌上有温暖的茶水，脚下是滚热的烤火炉。旁边，依墙而立的是三个摆满了各种各样图书的大书柜，不仅有党建、经济、法律方面的书籍，也有社会、文学类的书籍，当然还有各种各样的工具书窗外，几支纤纤细竹的脑袋探上了二楼的窗户，在微风中摇曳，在玻璃上轻轻地写下了疏朗的身姿。

37

今天，石兵把这件丑事抖出来，不仅不觉得难堪，反而觉得在心灵深处有了宁日。一个人，不管他位置多高，身份多显贵，敢夸海口说他的成长历程是干干净净的吗？

更重要的是，这件事让石兵学会了感恩，感谢父母，感谢老师。为师二十余年，石兵遇到过很多很多各种类型的学生，随着交往的加深，他把他们当成了朋友，当成了孩子，对他们越来越宽容。哪怕是他们犯错后所写的"认识"和"保证"垒起来有厚厚的一叠，哪怕是他们依旧我行我素，哪怕是他们因对老师不解而漫骂，他也只是耐心地解释和沟通，绝不轻言"请家长""开除"。

石兵认为，语文课是工具课、基础课，更是一门人文性极强的综合学科。上课时，他总爱抛出一些问题，不给答案，让学生自己思考。譬如：

"毛毛虫，大家经常看到吧，是害虫，还是益虫？"

大家不约而同地回答："害——虫——！"声音优雅而得意，这是生物课里最简单的常识。

石兵却撇开以农作物和以人本位的观点，告诉大家：虽然毛毛虫会把健康美丽的叶子吃得支离破碎，可那是它唯一的食物，等它将来变成了蝴蝶，就会传授花粉来报答植物。

孩子们听了可能有些迷糊，但可能也会冒出一两个相对不流俗的独立的见解来。

有位学生刘博，石兵称他"博博"，可能是班主任效应吧，语文课规规矩矩，其他课则经常缺席，屡教不改，让科任老师头疼不已。其父母多年在外打工，面对老师的反映，在电话里就立即责罚，忘记了这头的听者是谁，不知是在责罚学生还是老师。责罚结束，这头的科任老师已经哑口无言了。遇上这样的情况，老师、家长和学生本人都脑壳青疼。

这天英语早读，博博又缺课了。电话通知其外地的父母，结果学生电话来了。石兵很高兴，这个学生进步了，这个高中生经过长期的教育终于知道该像幼儿园小朋友那样缺课请假了——

博博："老师，我早读请病假，等上午药店开门了，我去弄点药后就来上课。同桌都看到的，我的病很严重。请看在我已经有好长时间没请假的分上不要告诉我爸妈，他们在外地不了解情况，又要瞎担心和生气。"

石兵："要得。请病假是光明正大的事，怕什么?"

博博："我不是怕啥，是我爸爸脾气不好，每次都不听我解释，只要他知道我缺课，就认为是我不听话，惹老师生气了。"

石兵："那是你过去骗了他，让他伤心了。你要进步，向班上的刘倩倩学习，一学期都难得迟到早退。"

博博："嗯，这个我可以学，我不得学她的十字花科。"有一次在食堂打饭，面对板案一大堆菜品不同的盆盆罐罐，倩倩看着远处的青花菜，对拴着围裙的阿姨说："给我来一份十字花科的。"阿姨不知所措，扬起勺子的右手停在菜品的上空，左手把裙角拧成了麻花。

石兵笑了："老师相信你，你会棒棒的。"

临近中午，"短信"来了——

"老师，我发高烧，三十八度，医生建议我输液，我下午才能来上课。"

石兵："病好了再来，最好在家休息。"

博博："嗯，我会把课补起来的。"

石兵："老师要求你多学习，是希望你走向社会后拥有更多选择。"

下午，"短信"又来了——

"老师，实在不好意思，我又要请病假了，头痛得厉害，我想老师能理解吧。"

过两天，科任老师反映座位又空着。

结果，"短信"来了，给班主任石兵的:

"老师，我上次保证过不会再迟到，我没有做到，不过，我真的不是故意的，而且我在很努力地改正，请看表现。"

……

"我今天下午缺席，是因为上午考试时整感冒了，头痛得很，请老师相信。"

多么诚挚的心声，多么可爱的孩子啊？然而，次数多了，石兵也困惑这是不是一个"狼孩子"呢？也痛惜这是不是一个缺少爱怜无人管教的"留守儿童"呢？人性真是复杂多变啊！于是发"短信"发"家校通"找家长。家长说，我们在外面打工，经常给他打电话，他说要改要改，多听话呢，初中成绩特好呢。老师，拜托你了，他听你的。老师，我上班要迟到了，真的拜托你了！

38

为了深入了解，石兵找博博谈了几次话。博博态度垂直，让石兵生气都找不到出口。

有一天，石兵煞费苦心地找来班上的值日本，翻开值日记录。博博挺负责，对值日那天的情况记得很详细——

上午第一节：语文。莘莘学子生机勃勃，唯独一人与众异。试问斯人非哪个？埋头苦干值日生。

第二节：英语。密密麻麻两黑板，而且还是英汉互译。刘倩倩的声音永远最响亮，在她的带动下，全班氛围很好。

让我们进入课休时间。广告很短，马上回来。

第三节：化学。可能是时间太紧了，可能压力太大，老师很慌，但我一点也不慌。

第四节：政治。没怎么上。刘倩倩传过来的纸条告诉我，中午有一场篮球赛。

欲知后事如何，请听下午分解。

下午第一节：生物。老师讲台唾沫飞，学生座位把头垂。刘博睡觉，规规矩矩地站着。

第二节：数学。老师标志性的发型，标志性地迟到几分钟。课堂太有趣了，勾起我无尽的遐想。想回家喝茶、吃饭、睡觉。想下课，果不其然，"叮叮当当"下课了。

第三节：数学。不像篮球场上那样心潮澎湃。拿着乒乓球拍，当镜子照；反正不像猪八戒，至少比他胖。

第四节：物理。这是上课呢，还是等待下课呢？讲的是天马行空般的速度，行云流水般的畅快，蜘蛛织网般的细致。老师，不愧人民的老师。

暂停片刻，晚上见。

晚自习第一节：学生正常，就是老师逃课。班主任教育我们在老师没到的情况下补差科，读书全靠自觉。我还是看小说吧。

第二节：老师迟到。

第三节：学生正常，老师逃课。我得抓紧时间把小说看完。

评论：这三位老师可能是一个科班出身的吧，要不，咋都爱迟到缺席呢？值日这天，不同寻常的一天，仿佛等待了千百年的宿命，其实是千年轮回。欢笑、眼泪和无奈夹杂着回忆与梦想，相信明天比今天好。对，把昨天都作废。

欲知后事如何，请看下次分解。

经过一夜长谈，第二天，博博的"保证"又来了。这一次，石破天惊，别开生面——

弟子多过，自意惭愧，承蒙恩师之厚意，得以求学，竟不能一言所尽。

弟子之苦，非常人之所知。自幼伶仃，为生计所迫，母随父从广州多年；因而勤学苦读，终得佳名于乡邑。时至初中，后以佳绩毕业，高升贵校，因喜而乱，悖行正道，以至愚崖，跌入深渊。而今爬将起来，却不知如何跃过，辗转徘徊，无所是处，敢问路在何方。昨夜师约交心，方才领会，实乃师徒情真意切。弟子虽于师兄年长，却于恩师幼稚，一心一意，怎能二用。恩师之言，实乃犀利之语，直击人心，猝不及防，瞬间崩溃，令弟子不得不服。其间有诙谐之言，使人忍俊不禁，却含义深刻，实乃妙语回心。弟子无知，将其命为幼木修培之法，虽曰俗气，而效益佳。幼木有枝，坏其高长，因而去之，待其长成，乃蓄枝于顶，吸天地日月之精华，以养其本，遂成大材。故不能未待其长大而分其心，以致不能长成。闻恩师之言，真乃"听君一席话，胜读十年书"。本来"山重水复疑无路"，却换得"柳暗花明又一村"。

弟子明其意而知身为何处，红尘世俗，知识宝殿，两者不可兼得，舍义而取知也。今乃求知之时，安能分心于世俗，只求得学业有成，入世而后顾功成名就之事。水到渠自成，马到功自成，而此一切归于静心专攻，锲而不舍。古凡成大事者，不唯有超世之才，也必有坚忍不拔之志。曾经多少伤心事，如今一江东流水，人生难得几回搏，提携刀枪为君死，它日金榜题名时，报得恩师三秋情。

弟子无语，只剩心中无穷之情，愿化作花丛之蝶，飞入恩师梦乡。

石兵读了，面对美文，心潮澎湃，差点潸然泪下。这孩子不是有灵异之处吗？家长何必非要让他挤上千军万马过的独木桥——高考呢？于是，立刻打长途电话告知家长。家长说，我们离开这么久，文化也不高，搞不懂；老师，就让他待在教室，多读几年书算了。

石兵还找来家长——在家代养的婆婆。婆婆颤巍巍地来到学校，说孙子大了，不听话了，管不住了；老师，求求你，给我管紧点，他听老师的。最后，留给石兵一个颤巍巍的远去背影。

石兵沉默了很久，想到了自己的儿子。儿子的性格比自己还"拗"，比自己还"石头"，是不是有几年妻子外出打工后把他丢给家境较好的外婆照看而出了问题？应该是吧，老人喜欢"隔代亲"，注重的是孙辈的吃和穿，忽略了性格和品行。因为这，丈母娘还和石兵斗过几句嘴，有好长一段时间就像见了仇人似的。在物欲横流的思潮里，在金钱至上的意识中，教育真的成了一个社会问题，学校能做些什么呢？老师又能做些什么呢？孩子又该怎么办呢？石兵回想当年自己的淘气和今天儿子的懵懂，相信自己可以做到一点，那就是宽容和忍耐。宽容和忍耐是最伟大的爱，是比天空更博大的宇宙，在那个奇异的穹隆中，有着数不清的星斗在闪烁着光芒。一颗行星划下，就是爱的雨丝，说不定就能让迷茫无归的灵魂缀起满天清光。

今天，回首往事，石兵发现当年读书时所犯下的"错误"，留给自己的不仅是耻辱和悲伤，还包括一种顽强向上的生长的力量——在巨大的阵痛之后，都会重新认识一遍自己。

39

十四岁的石兵，读书的脑壳终于开窍了。脱了"农皮"，进入中师，反而成了读书的黄金时段。

那时候，同学们大多沉浸在脱离了农村走向城市端上了"铁饭碗"的喜悦之中，三三两两逛大街或者郊游或者下象棋或者打扑克或者看电影录像或者"执子之手，与子偕老"。你还别说，当年那届为数不多的中师生在刚刚毕业时还真有十来对筑了爱巢，真正地做到了在毕业时留言簿上写下的祝福"爱情事业双丰收"。正如同当今那些脱离高中苦海而考上大学的为数还不少的天之骄子一样，当年石兵他们一进象牙塔之门，就玩得忘乎所以，忘记了自己姓甚名谁，忘记了自己老家还有白发亲娘，忘记了还有背井离乡远在天涯海角打工为他赚学杂费的父亲……总之，玩要是第一位的，学业排在最后。

中师三年，石兵挣下了不少奖状和本本，还爱上了写作，在报纸杂志上发了几篇作品。"文字是心灵的古典音乐。"当身边的一切安静下来的时候，石兵常常对自己说，写吧，写吧，无论写什么；有时，写着写着，就写出满眼的泪花来，模糊了视线。其实，写下什么并不重要，重要的是无声语言带来的巨大思维空间，世界是我的，干干净净，我独占了这方领地。在物资匮乏的年代，不多的稿费让人兴奋不已。处女作小小说《书法家》的稿费就是七元钱，其中四元用来吃"回锅肉"改善生活，另外的三元用来称瓜子，和同寝室的几个分享。今天班上的学生在刚刚升入高一时，石兵就站在讲台上面对一百多名弟子许下了诺言，在高三毕业时你们中至少有十篇文章见诸报刊。现在，学生还未毕业已经超额兑现了诺言。文章发表有稿费有铅字固然不错，但是更妙的是让学生拥有了一颗热爱文学、热爱生命、热爱生活、热爱精神家园的心灵。

毕业分配可谓群雄逐鹿，天下大乱。逐鹿的群雄不是刚出土的藤花，而是背后靠着挂着缠着的那棵大树，越高大越好。

不少学生因为父母高贵的根基或者有七大姑八大姨的能量作强大后盾而留在了中心小学。学校里几个上蹿下跳成绩特"烂"的"早熟"学生因推"优"而无条件地分配在了几个地方教"完小"；其中还有一位因为叔爷在城里担任要职而留在了城里某机关当上了文书，但他在读期间从来没有被老师表扬过，文章也从未被老师作为范文朗读过。"人才是锻炼出来的嘛""人才是可以后天培养的嘛"谁说的？这话真是精辟。这朋友后来还真的被培养出来了，在重要部门当上了一把手，身边还经常簇拥着一批正被培养的人物——秘书。石兵尽管有很多东西可以证明"优"，但"发育"迟钝，还是被"充军"到了全县最偏远的村小，一教就是三年；尽管在那里的第二年，石兵拿到了"大专"文凭，但还是继续待着。后来终于有了"伯乐"，可能发觉石兵还像一匹"千里马"吧，经过一番考察，石兵到了斯波初中。

40

在成长的记忆中，父亲脸上曾长时期刻着"无奈"二字是因中师毕业时的分配。记得为了石兵工作分配一事，父母曾努力地做过不少工作。

母亲曾上街用平日积攒的零钱买了二尺红布和一串鞭炮，腾出半个上午的时间，爬上白头山巅，双手合十，跪在观音菩萨像脚下，"咕噜咕噜"地说了好久，并虔诚地把红布挂在菩萨身上，点燃鞭炮。

父亲也用实际行动竭尽所能，譬如去某些人家送了二十个鸡蛋或送了十斤绿豆或两条鱼，或是忍痛割爱打肿脸充胖子地在某些场镇的餐馆请人吃上一顿，结果不知是没有摸着庙门还是囊中羞涩出手小气，反正石兵没有去成"完小"，没有去成"中心校"，没有去成离场镇较近或者交通便捷的"村小"。

暑夜，夜黑风高。

父亲带着石兵和礼物——一条重约十斤的鲢鱼和一个装有二十个鸡蛋的篮子；石兵则提着一个胶口袋，里面装着一摞大大小小的硬本本——获奖证书，两人做贼似的来到了某学校的一座高大楼房前，那里住着要拜访的对象——教办蒲主任。两人在楼下不远处的树荫下仔细地"侦察"，等待着恰当的时间。楼房共三层，单间，职工一户一间。父亲悄悄地指了指其中一间，石兵便明白了，蒲主任就住在那里——第二层的右边，"夹"在群众"中"间，和群众打成了一片。

　　房门外是阳台，偶尔有一两个黑影进出，不知是家人还是外人。石兵当时不明白父亲为什么总是耐心地等待，现在总算开窍了，他怕蓦然进去撞见了外人，怕主人"囧"，也怕大家"囧"。天气燥热得很，蚊子在身边"嗡嗡"地叫。

　　在黑暗中煎熬一个小时后，他们总算上楼了。

　　事实证明，父亲的做法完全正确。上了楼梯拐弯，朝阳台那头蒲主任房间去的第一个门口，遇到了一只"拦路虎"。石兵好像认识，但不敢打招呼，对方却可能不认识他。一把逍遥椅摆在阳台中间，人仰其上，头朝后墙，双脚交错地搭在前面的栏杆上。见有人来，那人终于缩回了脚。

　　进了屋，屋里没有开灯，但电视亮出的光还可让人分辨周边。蒲主任好像说了声"请坐"，就没了下文。主任夫人倒是挺热情，端来方凳，还递过两个纸杯，倒了茶水。

　　父亲终于发话了，小心翼翼地说明了来意："蒲主任，为了孩子工作的事，打扰你了……"

　　"这是我在学校的获奖证书。"石兵掏出硬本本，双手送上去。

　　蒲主任看都没看一眼，接过东西随手放在了旁边的茶机上。

　　石兵的眼光在黑暗中好奇地四下里睃。房屋是个通间，粉刷得白白的，甚至有些反光，和老家夜晚黑黢黢的墙壁明显不同。中间是一堵墙，把房屋分成了前后两间。石兵坐在前间左壁的角落，只能看到通向后间的那扇半掩的房门。前间正中靠后的地方有一张八仙桌，一台彩色电视机正在上面热闹地"载歌载舞"，一个女歌手正夸张地张着大嘴："我们走进新时代，当家做主站起来……"在电视机的一侧，石兵发现了一道帘子未遮住的小门，通向隔壁的一间，里面也有一台彩色电视机正在"激烈"地战斗。蒲主任的一群儿女，正在看"枪战片"，内容可能是解放战争吧，一个人手举炸药包张开大嘴正在高声地喊，因为距离太远，声音隐隐约约，好像是"为了新中国，前进——"当时，石兵的思绪就像孙猴子一样一个筋斗从天空翻回花果山，又返回了老家杨家湾。村里只有杨三有一台电视，黑白的，天一擦黑，杨三就把电视从家里搬到街阳上，用桌子垫了，人们吃过饭就带上凳子，在电视机前围成一个不封闭的半圆，满足地开始一天劳累之后的精神享受。有时晚上停电，这唯一的一台黑白电视也停摆了。杨二爷一生没有孩子，却喜欢和孩子打堆。房前的坝子里，孩子们经常不邀自来。没有月亮的晚上，是星星最亮的时候。那时，孩子们顺着杨二爷手指的方向，一眼就能看见夜空中七颗耀眼的星星——北斗七星，一柄勺子的形状。顺着勺口找过去，就能看见一颗亮亮的北极星。虽不鹤立鸡群，但也没有沦为沧海一粟。它是那样的缥缈，又是那样的坚定，站在茫茫宇宙中，指引着方向，庇佑着那苍茫大地上迷途的人们。这片星星的乐园背后，这片浩渺漆黑的天幕背后，一定还隐藏着许多不为人知的秘密吧，它真正的面目是什么呢？

"走啊！"父亲用手轻轻地推了一下儿子的肩膀。

石兵收回眼光神游回来，取过那一撂凉在一旁原封不动的硬本本，和两手空空的父亲走了。

身后，传来蒲主任牛气烘烘的吼声："要耍，好好耍！导弹！"

一发导弹呼地从里屋射出来，落在屋中间，没爆，却炸了："不！妹妹跟我抢遥控板。"

后来才知，"导弹"是"道蛋儿"，非"盗蛋"，更不是"强盗""坏蛋"，是娃儿的小名。多年以后，"道蛋儿"居然成了教育系统一把手，这是后话。

黑暗中，过道上没有了逍遥椅，没有了稀疏的灯光，有的只是父子俩孤独的脚步声。走远了，石兵还惦记着那装鸡蛋的篮子，篮子是母亲花了半天时间用到处捡回的硬硬的包装绳编织而成的，花花绿绿的，很好看，是母亲偶尔上街的必备之物。现在篮子没了，母亲上街提什么？

父亲狠狠地朝地下吐了一口，不知是吐痰，还是感冒了。若干年以后，石兵从书上竟然看到这样一段话："可怜一时是难免的，但灵魂不能不生长铭记的草，不能不开放血性的花，不能不挺起尊严的树。"

夜，已经深了，场镇也睡了。父子俩步履沉重，还得赶回八里开外的乡下老家——杨家湾。

41

在得知石兵工作之地时，全家连续几天都沉浸在无言的气氛中。

父亲独自一人憨坐在黯淡的屋角，香烟一支接一支，团团浓烟吞噬着他瘦弱的躯体。其时正值秋收打谷，家里请了乡亲和远房帮忙。父母强作笑颜，但话语比平时少了很多。可能别人还不知道石兵的工作去向，仍像往常一样，一边忙碌一边说笑。晚饭时，该发生的事情终于发生了。

一位长者端着酒杯，突然发问："兵娃，你是先生了，在哪儿教书？"

石兵发现父亲神色有些异样，没有回答。

对方满眼奢羡，又问："听说你分配在中林完小了？"

石兵鼻子一酸，眼泪倏地滚了出来。

中林是片区的大乡，能分配在中林完小，那是天上掉馅饼的事。当时的中林完小已升格为单一初中，大家叫顺口了，不易改呢。按政策，单一初中只有大学生才能"进去"。当然也有例外，譬如说某乡长某镇长或某局长的儿女或什么亲戚是可以进去的，但他们是不会进的，因为城里有的是就业单位，至少几个小学都可以接纳。像石兵这种人，中师毕业是该去村小的，能分配到某个不太偏远的完小或场镇附近的某个村小也就三生有幸了。

42

乡亲们说石兵可能分到中林初中工作是有缘由的。

中师毕业前夕有两门必修课——"见习"和"实习"。石兵的见习地是城里的实验五小。听说姨姨有一个远房亲戚，在实验五小教书，还是一个什么领导，于是在某个周末，父亲邀上姨姨和她那位亲戚，捉了家里两只公鸡前去拜门。其实父亲不懂，当时大家都不懂，见习仅仅是一种学习，随便哪个人，只要和对方熟悉，打声招呼都可以去，跟工作分配搭不上八竿子关系。后来的事实证明对方在分配问题上也确定没有怎样出力，留在城里教书更是痴人说梦了。"实习"是师范校老师安排的，因为城里学校有限，装不下那么多实习生，况且这些中师生一般情况下都是要下乡教书的，所以基本上采取的是"各回各乡，就近实习"的原则。石兵的老家归斯波乡管，但离中林乡相对较近，所以回中林实习也就不足为奇了。

在中林实习，有石兵的得意之作。石兵开始上的是小四的语文课，一周后领导又安排他上初二的数学课，后又有一个老师请病假，他又兼初中语文。其间有一个学生现在已中科院研究生毕业，当时写了一篇题为《丰收的橘林》的文章，石兵读后，不由自主地想起家乡的橘园，发现文中有可圈之处，于是细细打磨，两周后发表在《读与写》上，其中一段如下：

远远望去，那密密层层的橘树好似风平浪静的绿色海洋。一走进橘园，迎面是微风带来的阵阵橘香，沁人心脾。走近细看，那橘子像一盏盏小灯笼，把枝头都压弯了。有几个小"淘气"还跟我捉迷藏，躲在叶子下面，悄悄地露出半个脸来，圆圆的，红红的，真俏皮。我忍不住摘了一个大大的橘子，迫不及待地掰开，尝了一口，哇！一股酸酸甜甜的汁水流进嘴里，甜中带酸，酸中带甜。呵呵，让人回味无穷。

有文章在正式刊物发表，这在中林初中可是破天荒的事。吴校长立刻喜欢上了这个年轻人。

吴校长中等身材，面白皮嫩，五官端正，仪表堂堂。吴校长可能有留下石兵工作的打算，有一天石兵正上课，吴校长不打招呼自带凳子早坐在教室的最后，石兵有点慌乱，但下课后还是得到了肯定和鼓励。至于说后来为什么没有留下，石兵不得而知，只知道中林初中当年进的全是大学应届毕业生。在石兵工作分配问题上，父亲后来找过他，他给石兵推荐了几位校长，说可以去找找，也许能帮忙。结果，那几位校长并没有买账。石兵想那不是他们的错，谁叫自己不是大学毕业呢？

石兵敬佩吴校长。吴校长是孤儿，靠叔爷叔妈养大，后来靠推荐上了高中，又考入师范，教书几年后便担任了领导职务，后来还调到城里的一所学校当了校长。后来石兵在获得本科学历后，曾去找他，他坦率地说他那儿是去不了，石兵你应该去教高中，锻炼几年可以考调县城高中，这条路还要容易些。父母给了石兵躯体，给了石兵衣食，给了石兵精神和力量，再有吴校长在工作道路上指点迷津，石兵后来还真叩开了城里国家级示范中学的大门。吴校长因病英年早逝，但石兵永远忘不了这位"恩师"兼"益友"，为祭恩师在天之灵，后来还在散文《明镜在心，天地可鉴》里写道："踏遍心田的每一角，踩透心灵的每一寸，是您丰富了我的心灵，开发了我的智力，点燃了我希望的光芒。没有您的慷慨奉献，哪有我收获的今天？愿我的谢意化成一束不凋的鲜花，给您带去一抹芬芳。"

43

石兵在乡下的一所学校——沙栖中学教书期间，吴校长已在县城一所中学任职，曾为其量身打造——想把石兵调到他那所学校的办公室工作。他亲拟"报告"，签字盖章，还几次带石兵踩访教育局。上级很礼貌地接待、解释，但"报告"最终没有批下来。不过也让石兵明白了严峻的人事调动——乡下几个领导想进城做一个普通教师都没门儿，而你却要从乡下调进城里做"领导"。

遗憾，此生虽然遗憾没有和吴校长共事，但后来却在国家级示范中学遇上了好领导。"负下未易居，下流多谤议。"这儿不论出身，不分贵贱，"培养人才，而非奴才"。石兵"非有剖符丹书之功"，却到了党委办公室兼职，并通过竞聘，又到了行政办任职。石兵想，这是巧合吗？两所学校的领导是心有灵犀吧，他们是不是都有一双慧眼呢？这是不是圆了吴校长当初的一个心愿呢？吴校长的在天之灵也该感到安慰吧。惭愧之余，石兵想到的是怎样工作才能无愧自己和曾经关爱过自己的人。

国家级示范中学的校长是一位中年人，姓李，中等身材、瘦削干练，目光炯炯，神清气爽，风度翩翩。据说他自幼聪慧超群，博闻强记，诸子百家，文史星历，皆有涉猎。其远见卓识和旺盛的精力更是享誉川北，上任伊始，就能"持心如水，以义理为权衡"，内强素质，外树形象，短短几年时间，就让学校的硬件设施和软件实力获得了跨越式发展，并使学校由"省重"变成了"国重"。最近几年，他还曾多次指导石兵的班主任工作。

在校长办公室，校长对石兵讲了下面这个故事：

　　一天上课，我刚走进教室，门口的几块纸屑便跃入我的眼帘；于是一股怒火从我年轻的心中生起。平时苦口婆心地强调"随手捡垃圾"全变成了空洞的说教，现在全班学生居然对班级的门面熟视无睹。但正当我要发作时，我冷静地一想，这不正是教育学生的好时机吗？我便弯下腰，边捡边笑着说："同学们，有个成语叫'一举两得'，今天，我要做一件一举三得的事，你们猜是什么？"同学们七嘴八舌地议论开了。我说："捡了纸屑，第一，地面整洁，令人赏心悦目；第二，做了弯腰运动，舒展了身体，强健了体魄；第三，以身作则，为我们树起了学习的榜样。今后我们一定要改正不捡纸屑的毛病。"就这样，在轻松的问答与欢笑声中，学生形成了对老师的敬仰和对自己的自责。从此，教室比原来干净了许多。

此事对石兵后来的班主任工作帮助不小。"修身重德，事业之基。"班主任在管理工作实践中，要严于律己、以身作则，凡是要求学生做到的，教师大都必先自己做到，正所谓身体力行，进而一点一滴地教育学生，引导学生。父亲从石兵口中得知这些情况后，硬要进城到当面表示感谢。

44

有一天，父亲从乡下来到学校。

石兵刚下课不久，正在行政办公室忙着，不知父亲何事。

父亲说我要去看看校长。石兵说你知道校长生病了？父亲说不知道。石兵就说你知道校长在哪儿吗？父亲说应该在学校撒。石兵说校长在省城住院呢，你去不去。父亲愣了半天，问病重不重。石兵想了想说应该不重。父亲说我不去了，你帮我问声好。父亲走后，石兵若有所思，写下一首打油诗："李君风仪性坦荡，博学明经巴蜀扬。龙体安康杏林暖，情燃杏坛百花香。"有同事发现这首偈子，暗藏玄机，立即吐槽："巴适啊，神龙见头不见尾。"石兵脸不红心不跳，随手撒了一地狗粮："你说的是藏头诗吧，肉麻吧，有没有溜须拍马之嫌？乌鹊反哺，羊羔跪乳。旁观笑我太疏狂，疏又何妨，狂又何妨？"

当天晚上，加班回家，夜也深了。

石兵悄悄进门，悄悄洗脚，悄悄上床。白天父亲的话辗转脑海，越发难寐，细细咀嚼，结果豪气大发，翻身下床，写下一首七律——《秋日酬情》：

> 凤游四海栖何安，梧桐高秋张城边。
>
> 纪信忠肝照汗史，明月声箫映青山。
>
> 年少无知世事艰，立秋有幸儒学燃。
>
> 钟期既遇奏流水，椽笔酬情胜陆潘。

那天，石兵和几位同事去市上听哈佛管理模式训练培训时，某教授有一个互动环节，令石兵印象很深。

教授取下眼镜，目光扫视全场，问道："怎样才能给集体做最大的贡献呢？"最后点到石兵。石兵没有细想，一口川普："顾全大局，互相帮助；尽量做好本职工作。"

45

也许这几位乡亲曾从父亲口中听说过一些，所以才有石兵将要配到中林完小的传言。父亲隐埋不住也不想隐埋了，说出所在之地——中林乡的王家坝村小学。

大家口无遮拦，七嘴八舌：

"唉，那么远！"

"要翻过金子山喔。"

"那边那条沟好深哟。"

"那边的山也高。"

"臊皮哟，还不如回我们村上教书！"

"混的是啥哦？教蚂蟆儿学校么？"依稀听见有人嘀咕，声音却清晰地钻进石兵的耳朵。

"蛴蟆"又叫蛤蟆、青蛙和蟾蜍，这是非严格生物学上的划分，在普通话里都是二声，而在当地，却发音平声，且儿话，有小的意思。蛴蟆儿学校，是小娃娃集中之地；教蛴蟆儿学校，有这个教师命相不好或者才能不高之意，只能如此这般而已。譬如，当年去世草草入土的李老师属于前者，那谁属于后者呢？答案就隐藏在"混的是啥哦"，或者"咋个混的？"这些字词里。

大家你一言，我一语。

石兵木木地听着，筷子木木地夹着，嘴巴木木地嚼着，猛抬头，张开口，倒下一杯酒。那酒有点烈，像一团火，刺着喉咙，刺着眼睛，又像喝下一杯苦涩的往事，悲伤的旋律在脑海里畅游，父母的希冀、乡亲的期盼像放电影般在脑海里过片。忽觉眼里有虫子在爬，又喝下一杯，辛酸的眼泪便似决堤的洪水"哗"地流下来了。

父亲坐在一旁，不再有年轻人的雄壮，变得畏畏缩缩，似乎一下子苍老了，眼泪一颗一颗地往外滚。

晚饭变了味，开始是安慰，其后是默然，跟着是默默地离开。"活一辈子人，哪有一帆风顺的？蛴蟆儿学校也是学校，不求怕，说不定这是好事！"杨二公临走时，一双大手捏了捏石兵的肩头，唱了反调："没有过不去的坎，说不定扛一扛就过去了。"全家没有谁开口说话，默默地干着剩下需要完成的活儿。最后，父母又忙了一个钟头，给石兵准备明天上路的行李。明天是开学时间，石兵得赶到工作的第一站——王家坝小学，石兵得去报到，那里还有一群像石兵当初一样的孩子，瞪着新奇的眼睛等着老师去上课。

半夜，几道闪电之后，雷声隆隆，下起了瓢泼大雨。

母以子贵，父以子荣，历尽千辛万苦培养儿子读书，却是这样一个结果，这一晚，父母脸上"囧"了，彻夜未眠。石兵知道，这可是丢父母丢祖宗脸面的大事啊！农村人讲的就是面子，宁愿饿肚子也要顾面子。如同石兵散文中所写——

　　家乡人劳动竞争特别强，就像有钱人比富：你买了一部能叫唤的收录机，我要买还能装话的收音机；你买了单缸的洗衣机，我要买双缸的新产品；你买了黑白电视机，我要买七色俱全的……

　　家乡人手头紧缺，腰包不鼓，但有独特的较劲方式——譬如，比庄稼，虽然没有人公开提出，但在地里在田头在手中在锄头在犁耙在暗中你盯我、我盯你。别人庄稼的苗苗和收成比自家的好，心里就像大年初一清晨吞了一块冷饺，怪不舒服的。

　　母亲是个要强的人，自然不甘示弱。一人挑五人的活儿似乎还嫌不够，要去跟有劳动力的家庭比高低。责任地里，花生、芝麻、苞谷、棉花等农作物长势喜人。菜园里，四季豆、黄瓜、南瓜、丝瓜、冬瓜、茄子等蔬菜瓜果压弯了枝架；牲畜圈里，肥猪争食，母猪待产。

　　母亲像一只蜜蜂，长年累月不知疲倦地劳作。她没去过一回县城，身上没穿过一件高档的衣服，脚上没穿过一双时兴的商品鞋，手上没戴过一双御寒的手套……但衣着绝不破烂肮脏，她总是收拾得干净光生。家里不多的腊肉、豆腐、鸡蛋等，她从来舍不得独吃，总是等待着我们回家时分享。

　　母亲笑了，额头浅浅的皱纹和阴沉的眉心，都舒展开来。那是当别人赞叹我家禾苗粗壮的时候，那是当别人惊讶我家好收成的时候，那是当弟妹捧回"优秀"的时候，那是当父亲捎回"先进"的时候，那是当我带回绯红"证书"的时候，最近则是我用她卖菜挣的血汗钱买书的时候……

　　母亲一笑，就年轻十岁，我愿母亲常笑。

46

天刚麻麻亮，石兵就起了床。

雨不停地下，飘飘洒洒，纷纷乱乱。

父母早在桌上摆好饭菜。饭是红苕干饭，菜是一荤一汤，荤是一簇其四季豆熬半斤腊肉，汤是盐水白菜。他们的大儿子要去外地上班了，不能稀饭下泡菜。街阳一侧的角落里放着两个小背篓。面装着被盖和衣物，及米、面、电筒之类的杂物。母亲用油纸包了两个背篓，用绳子捆紧。母亲背着大家，把石兵拉到屋后，小声却厉气："蒸馒头也要蒸口气。别学你爸，焉芭溜几的，要不是我，家都散了。争口饿气！不好好教书吗？"又悄悄往石兵衣兜里塞进一个塑料口袋，说是南瓜米，饿了磕着耍。

雨小些时，石兵套上胶鞋，背上背篓，撑着雨伞，与父亲一道，告别母亲告别妹妹告别弟弟告别左邻右舍告别杨家湾告别白头山，踏上广阔天地第一站——三十多里山路外的王家坝小学。

"王家坝在金子山那边脚下的一条深沟的尽头，帽黑山脚下。"这是熟知者告诉的路径。

父子俩沿着当年上小学的路，在泥泞的道路上走着，深一脚，浅一脚。

有乡亲在路边在田头定了，不好打招呼，于是投来爱怜的目光。

父子俩埋着头，蹒跚地走着。

这路多么熟悉啊！这一节路滚铁环最方便，这一节路是当年分吃干豆腐的地方，这一节路是当年石兵说偷一个南瓜父亲一声"霹雳"的地方。这小河怎么涨水了？得从下面的石板桥绕过去。村上的五间教室没变，依然是砖墙，只是有些斑驳。旁边有两间小屋，是公办教师的住房，上了灰线，涂了粉。这是一坝田野，远远地有几个农户已经冒着小雨下田打谷子了，把谷草堆在路边，小路显得更小了或者干脆消失了。两人小心地摸索着，用脚尖先触地，否则，一脚踩下去，不知什么地方就会"咕哧"一声，溅起半人高的水花来，那是踩到泥凼或是缺口了。

47

金子山，一座儿时每天起床就照面的大山，今天终于出现在脚下了。

白头山有"八台"，高大雄伟；脚下的金子山也不矮小，上了一台又一台，不知有多少台，绕了半天还在"怀抱"里，有点像杨万里在《过上湖岭》里所写"见人上岭旋争豪""我脚高时它更高"。这里应该就是当年李老师写"农业学大寨"的地方吧，怎么不见黄土而只是一片萋萋绿色呢？这里应该是每天太阳升起的地方，怎么今天没有那轮鲜艳的朝阳呢？金子山，你高大雄伟，怎么转眼又变成苍茫烟雨中的一块孤独的小岛了呢？石兵终于登上了金子山头部伸出的一只"臂膀"。回望来路，烟雨蒙蒙，不见了田野，不见了村庄，不见了白头山。石兵鼻子一酸，似喝下一杯昨晚没喝完的寂寞酒，不觉眼泪盈眶。白头山，你养育了十几年的儿子今天与你告别了；杨家湾，你曾经引以为傲的儿子孤独地去了，他将去到另一座名叫"帽黑山"的脚下。

"凄凄去亲爱，泛泛入烟雾。"再见了，白头山。

站在金子山的"臂膀"上，冷风扑面，白雾翻岭。脚下，丝丝缕缕的云烟轻萦半膝，依稀可见一条羊肠小径伸向茫茫云海。

沿着山梁，不知走了多久，小径沿着金子山的那边平平仄仄蜿蜒而下。"莫言下岭便无难，赚得行人错喜欢。正入万山圈子里，一山放过一山拦。"远处，云山雾海；脚下，清晰可见的只有五米多的路径。大地白蒙蒙地罩着浓雾，不远处，听得见水响，是溪流，是瀑布。王家坝，你在哪儿呀？你在天上吗？你在地狱吗？为什么遥不可及啊？上山不易下山更难，可能平时少有行人吧，野草把小路挤得窄窄的，湿了鞋子，湿了裤脚。坡上的沙石路可不同山脚的泥巴路，泥路防的是溅起的泥和水，而沙石路防的是滑。人行其上，硬顶硬，稍不注意，就会仰面摔倒，"四脚"朝天。世间的路，可能都是这样的吧，很长，也很遥远，一方面荒诞落寞，一方面却连绵柔韧，是对生命及人生的探索，虽不知道希望是什么，却还得走下去。

48

父亲默默地走着，偶尔开口，只说短句，不问自答。

"小心，小心！"

"你是家里的老大，一定要给弟弟妹妹做一个样子出来。"

"我相信，你一定能走出去！"

现在想来，轻描淡写的这些话，包含了多少寄托和警醒啊！人在他乡，走路要小心，身体要小心，交往要小心，教书要小心。父亲说周末如果不习惯就回家，你不要怕路远。石兵几乎是噙着眼泪走完下山路的。今天，听到《父亲》这首歌，细嚼歌词，百感交集：

"那是我小时候，常坐在父亲肩头，父亲是儿那登天的梯，父亲是那拉车的牛，忘不了粗茶淡饭将我养大，忘不了一声长叹半壶老酒……都说养儿能防老，可儿山高水远他乡留……"

词作者赵韫颖一定是个有故事的人，肚子里的苦水一定更深。石兵曾奢望，有一天遇见赵韫颖先生，一定会紧紧抓住他的手，然后跪下，代表自己、代表父母、代表全天下的老人，恭恭敬敬地磕上三个响头。对作曲却不然，认为再慢一个半拍或两拍就好了，最好由西北高原放羊的民歌手如阿宝或者王二妮来演唱，或者干脆由杨家湾的大妈或者竹林处周二婆等人来唱。

在小时候模糊的记忆中，杨家湾有哭嫁的习惯。

村里一位大姐出嫁到白头山的另一边，沿着公路，从老屋后面开始上山，经过竹林、柑橘地，队伍浩浩荡荡。

最前面，亲戚朋友抬着幺爸等人做的新崭崭的桌子、柜子、箱子、椅子、脚盆等家具，其中一口大箱子敞开着，里面花花绿绿地摆着未来孩子周岁到三岁才能穿的衣裳、肚兜、棉袄，还有鞋子等小件物品。这些家具也打扮得大红大绿，是李老师的手工杰作，最多的图案是花鸟鱼虫，常有鲤鱼荷花图，荷叶卷曲，仿佛迎风，花朵招摇，媚而不妖，旁边一条大鲤鱼，嘟开大大的嘴巴，一串圆圆的水泡，大小有序地漂浮……

稍后是大姐和送她的隔房嫂子，最后是送行的兄弟姐妹、村里的大妈和周二婆。

大家一边缓步而行，一边听大妈咿咿呀呀，如泣如诉：

"我的女哦——我的娃哦——

养你这么大哦——

又要离开我哦——

娃儿哦——娃儿哦——

你跟我吃了这么多苦哦——

又要跟着别人走哦——

你以后哦——

天不亮就要起床干活哦——

服侍公婆照顾丈夫经育孩子，

谁人理解哦——

一定要多回娘家——看看哦……"

大姐涕泪涟涟。

当余音袅袅还在山谷回荡时，身后的周二婆却莫名其妙地号啕大哭起来，又像是唱：

"我的妈哦——我的娘哦——

你养我这么大哦——

我却要离开你哦——

　　妈妈哦——妈妈哦——

　　我跟你享了那么多福哦——

　　却没法报答你哦——

　　你以后哦——

　　一个人孤孤单单地过哦——

　　生疮害病忙里忙外，

　　谁来帮忙哦——

　　一定要多多——保重身体哦……"

　　原来她在代大姐高声应和。大妈和周二婆文化不高，吐词含混，但每句话的最后几乎都有一个尾音，拖得特高特长且要绕上几个弯，才慢慢地弱下来，就像一节钢丝突然被抛向天空，然后掉下来时所发出的那一丝颤动，余音绕梁三日而不止。大妈涕泪涟涟，悲痛欲绝，声音凄怆，山鸣谷应，天地动容。有些歌不是随便那个人都能唱好的，他得站在内容的深处用心来倾诉。

　　大妈和周二婆是祥龙人，正是这些民间高手的口耳相传，才在后来衍化出了川东北著名的省级非物质文化遗产——《祥龙嫁歌》。

　　石兵从学校毕业，惶惶然冒雨上班，像不像祥龙嫁歌声中的一位离乡背井的新娘呢？

49

　　山脚有一条小河，七弯八绕。小路沿着小河，爬向远方。

　　临近中午时，雨停了，天亮堂了一些。一座大山赫然挡在小路尽头，石兵预感这山应该就是"帽黑山"，王家坝就要到了。果然，顺着小河沿山脚猛一折腰，一片开阔地突兀地出现在眼前。"土地平旷，屋舍俨然，有良田美池桑竹之属。"王家坝到了。

　　王家坝学校的全部家当是一块占地约一亩的泥土操场，操场边插着的三间房屋和不远处低矮的厕所。斑驳的土墙上，印着时光的倒影，风化的石头写满了岁月的年轮。走进中间的小屋，刚放下行李，一位中年人就匆匆迎上来，他是这里教民办的鲜老师。他热情地说："欢迎，欢迎！我还以为今天下雨你们不来了呢。今天不读书，你看，学生都没来。"

石兵放下背篓，里面的东西是干燥的，而身上的裤子已经打湿到膝盖了，忙从背篓里翻出准备的衣裤，换了，而父亲坚决不换，只是在这间办公室兼卧室兼厨房的小屋里转了一圈，又走出小屋，沿着教室外围转了一圈，对鲜老师说："我想见一下村长。"这里得补充一句，将"村长"称为"村主任"，那是后来的贫嘴。于是，鲜老师带路，大家又在田野泥泞的小路上走了十来分钟，登上一个山嘴，穿过一片竹林，来到村长家。

还没有等村长掏出烟，父亲倒先递上了。

村长介绍了这里的情况，说全村只有三百来人，学校只有两个班，以前只有一位民办老师，也就是鲜老师，他教了二十多年，最近几年先后分来过两位公办教师。但这里离场镇有二十多里，留不住人，两位公办老师不到两年就调走了，石兵是来这里的第三位公办教师，辛苦你们了。父亲先是"嗯嗯"地耐心寒暄，后来突然正色起来："村长，那些老师离开是情有可原的，你们可能缺乏资金吧，我观察了一下你们的教室，全是石头砌墙，四处长眼。办公室里除了一张桌子和床，什么也没有，后面的厨房已经坍塌了半边，锅灶碗筷也没有。我也当过几年村社干部……"

石兵奇怪，这可不是父亲说话的风格啊？父亲在老家说话时很少露出这种凌厉惊骇之色。父亲，你咋荚了呢？

后来村长坚决留大家吃午饭，父亲说不了，农村特忙，你把这娃儿照看好就满意了。村长可不依，父亲也不干，结果父亲说既然这么热情，那这娃儿今晚就在你这儿待了。村长连声应口："要得，要得。"后来石兵和鲜老师在村长家吃了午饭，而父亲却穿着那条差不多全湿的裤子重新踏上了泥泞的回家之路。小路，漫长的小路，弯弯的小路，父亲又要冒着小雨，一路溜溜滑滑地赶回去打谷子了。这路又要何时才能走到尽头呢？石兵别过脸去，在无人的地方，多情的泪水流了出来，那是温暖的热泪，在热泪的流动中隐含着生命的艰难和对艰难生活的敬畏。

后来石兵在小说集《生命的秋冬》里写道："当父亲带我走到一个穷乡僻壤的夹皮沟时，那是一个缠缠绵绵的秋天雨日。时光荏苒，恍若隔世。我又看到龙的胡须硬挺而苍白，我又看到屈指可数的浑浊老泪。这是命，父亲心里敞亮得很，但他什么也不说。我盲眼蚊蝇地乱撞，整日缠伸不开的是躁动，惶惑，痛苦，挣扎，奋进……"

"小心哈，小心。"父亲临走时看了石兵一眼，又说。是啊，谨慎能捕丁秋蝉，小心驶得万年船。

50

时至今日，那条小路都还清晰地印在石兵的脑海里。

小路弯弯，时高时低，时低时高，像一首舒缓而急促、悠扬而高昂的歌，穿越时空，伸向了无垠的尽头。

石兵有了儿子之后，也像当初父母陪自己一样陪着儿子，天天陪着，于是写下一首小诗——《成长的路上》：

小时候，上幼儿园

在细雨朦胧中

爸爸撑着伞

我倚在身边

他像一棵挺拔的青松

我像树脚下的一只蘑菇

长大了，上小学\
在烈日炎炎下\
爸爸蹬着自行车\
我靠在他湿淋淋的背后\
他像一头强健的雄狮\
我像一只待哺的小雏

现在，上中学了\
坐在摩托车上\
爸爸身体笔直\
我猫着腰躲在身后\
他像一座伟岸的大山\
我像山中的一棵小树

日复一日，寒来暑往\
在路上，我突发奇想\
将来有一天\
我要给爸爸当一回"爸爸"——\
像他对待我这样\
对待他

　　文章是模仿儿子的口吻写的，石兵不知道儿子长大后能否懂得爸爸的良苦用心，能否懂得爸爸深彻骨髓的记忆，能否懂得将之转化为曲折人生路上奋斗的助推剂。

　　第二天，村长派人翻盖了教室，修整了墙壁，码了土灶，还送来了一口锅、一个蜂窝炉和二十个煤丸。父亲，石兵终于明白你昨天为什么哭了。这件事，一直镌刻在石兵的脑海。村长真是一位朴实、厚道、宽宏大量的人啊！

争口饿气，争口饿气！这是母亲的话。

有气是人，无气是尸；不蒸馒头争口气，人活的就是那口气。

傍晚，雨后的天空变得异常明丽，像是用蓝墨水洗了澡，还画上了七彩的桥。

51

"我的钱哪个也不能用，你妈也不能用，我要把它用来修坟。"父亲语气坚定，一字一顿。

父亲的这句话分明让人感到了无形的沉重——一种从里到外的重，重得让人喘不过气来。是呀，父亲双肩所承受的重，哪里是儿女所承受得了的。

当天晚上，石兵把这句话原原本本地告诉了远在十里之外的弟弟和妹妹。

他们接到电话，沉默良久，说无论如何，今年春节前都得请假回家团圆。

今天想来，父亲的一生难得有这样的哭。有一天晚自习放学，石兵把儿子叫到书桌前，问：

"你的记忆中，什么时候见公公高兴过？"

儿子趴在书桌上，想了想说："他喝酒的时候。"

石兵继续问："你再想想。"

儿子说："他祝生的时候。"

石兵继续问："你再想想。"

儿子说："他吸烟的时候。"

石兵说："你再想想。"

儿子说："妈妈回家的时候。"

石兵继续问，儿子说："我们一起回老家的时候。"

石兵说还有没有。

儿子想了半天，说没有了。

儿子是个怎么样的人呢？在石兵眼中，还真的一言难尽。譬如昨天中午放学，推开家门，一边弯腰脱鞋，一边气喘吁吁地说：

"老师把题讲错了，还故意不理我。"

石兵吃了一惊，忙问："什么题？"

"哪个都知道物体在月球上的重量只有地球上的六分之一。书上一道题说物体在地球上重 126 千克，老师说在月球上可以轻而易举地提起。"儿子因激动，说话频率极快。

"慢，慢，我算算。"儿子虽顽劣，但石兵不想打消他探究问题的那份积极。

"物体在月球上，人也在月球上，物体变轻，人也变轻，还真的不好判断。"石兵边想边说。

"是呀！还有 41 千克的东西能提起么？他还说'轻而易举'！"儿子正义辞严。

石兵有点懵，理了一下纷乱的思绪，终于明白了，儿子想到了另外一个问题——现实生活中，82 斤重的东西确实是常人不能"轻而易举"提起的。于是想起自己读初中时的一件事：

化学课上，石兵悄悄问同桌："人洗澡，怎样才算洗干净呢？"

同桌回答不出。

石兵说："水滴在身上呈小水珠状，既不成滴，又不成股往下流。"

同桌不解。

石兵说："试管怎样才算洗干净呢？"

同桌说："打胡乱说。"

两人争起来。

结果，两人被老师拎到教室后面，面壁思过。

这两个问题的答案，石兵至今都还不明确。儿子是个怎么样的人呢？他是"鬼聪明""小聪明"钻"牛角尖"，还是故意在跟人过意不去？石兵哑然，想到白头山给了自己执拗的性格，自己是不是又给了儿子同样的秉性呢？最后，石兵只好给儿子解释："老师的本意不是什么'轻而易举'，要说的意思是物体因远离地球，引力变小，从而导致重量减轻。"

儿子，这个解释对吗？你信服吗？

石兵不得而知。

52

一家三口住在城里，这是引以为荣的事，这在白头山是极体面的事。

白头山脚下的儿女，时至今日，外出务工的不少，但大都漂泊在外，四海为家，石兵是家居县城且有工作的第一人。

因工作，回一趟老家极不容易，就如同当初从老家进一次县城，要做周密的考虑。首先必须是周末，其次必须是儿子不补课的时候，另外必须没有迎来送往的诸多始料不及的杂务。有时候石兵一个人匆匆赶回家，父亲见面第一句话是："我孙子呢？"石兵说在读书，他便不高兴，又问石兵妻子怎么不回来。石兵说有事脱不开身。话没说完，他便炗了："他们没空，你就不要一个人回来！"以后，石兵一个人不轻易回家；一旦回家，就缠上妻儿，不让空缺。有时妻子不解，解释也不明白，石兵便带上儿子回老家。石兵知道"女子大了由不得娘"，但孙子还小，是由得父母由得公婆管的，老年人是喜欢看到孙子的，喜欢自己的香火无穷无尽传承下去的，这就是根吧，对不，白头山？

"苕国"地处川东北偏东，资源匮乏，没有厂矿，男人大多出外挣钱，而女人则在家带孩子，属于典型的消费型地域。在城里住久了，生活似乎有种定性，以城里的"全职太太"为例，早晨一个大懒觉，早饭后上街买菜，差不多就是煮午饭的时间了。饭后大多是邀邀约约上茶房，打纸牌，斗地主，玩麻将。天黑后回家吃饭，看电视，睡觉，一天就这么轻松地消磨了。

父母每次进城，石兵都希望他来歇歇脚，至少吃上一顿午饭。于是，常常要求父亲在进城的头一天就打电话，以便有所准备。父亲如果蓦地一来，就会打乱正常的生活秩序。起初父亲不省事，常常说不来，结果不"说"而来，于是妻子又得另开炉灶。经历得多了，他就有了自己的办法，如果突然进城办事，干脆就不来石兵家，午饭就在外面胡乱吃点，填饱肚皮就行。石兵有时心生愧疚，便会和妻子发生口角。父亲知道后，炙了，炙的火力对象不是儿媳，却是石兵。石兵知道父亲希望的是儿女们一辈子和睦相处。"和"在传统文化的精髓早已不知不觉渗入父母的骨髓。父亲虽然少文化，但过的桥比石兵走的路多；虽然能力有限，但知道什么是"大"，什么是"小"。以后，一旦得知父亲进城的消息，石兵便会早早地告知妻子。第二天妻子便会早早地起床，早早地上街，早早地买菜，早早地煮好，等着父亲前来。这一点常常让石兵在百忙之余感到欣慰。家庭是需要稳定的，构建和谐社会得从小家做起。父亲来的日子，石兵早早地教儿子该做什么，于是父亲一到，儿子就忙着递茶，倒酒，同时说：

"不准吸烟，吸烟有害健康。"

"哦哦哦……"父亲笑呵呵的，一张老脸笑成了黑桃。

幸福是什么？幸福就是这种亲情的维持和延续。石兵想让父亲笑口常开，但如何才能做到最好呢？

53

石兵想到了生日。

生日是天下父母的苦日，"娃儿挣命，女人挣死"，父亲每年的生日成了全家的大事。每逢父亲生日，石兵都要早早地计划，该通知哪些人？晚上住宿在什么地方？吃些什么？过程如何？

前几年，父亲祝生的地点是在白头山下的老屋。

从上午开始，石兵就带着妻儿回到了老家，忙着筹备。当车转过一个山嘴，杨家湾出现在眼前的时候，父亲的身影也就在老屋前面的院坝边出现了。他身子朝着来车方向，双眼痴痴地盯着，恨不得盯透车玻璃，看清里面的每一个人。石兵远远地伸出手，直到父亲脸上露出笑容。

半下午，客人来了，要么在公路边转转，要么去山上的地里看看，要么坐在街阳边院坝里拉家常。石兵则准备桌凳，常常是一大一小两张桌子，大的供大人坐，好喝酒；小的供女人孩子坐。在暮色苍茫的时候，客人也差不多来齐了。大家把鞭炮在公路边"一"字展开，长长的一溜，"噼噼啪啪"火龙般炸了。孩子们跳啊，闹啊，杨家湾便有了欢乐。其后，点燃几根长长的烟火，"咻"的一声，子弹似的上了天，一会儿如繁花似锦的天女散花，一会儿如布满夜空的"菊花"，一会儿如晶莹透亮的"星星"，一会儿如向上升腾的"五彩蘑菇云"……照亮了夜空，照亮了远处的树木，也照亮了近处一张张笑脸。每年都给父亲祝生，母亲怀疑该不该，石兵一口应答："该！"母亲问通不通知亲戚们，石兵说可以不通知，但我们子女必须到。妻子也认为是"小题大做"，后来石兵常年坚持，也就习惯了。

父亲祝生，石兵带上家里最好的酒，在杨家湾，乡亲们通常喝的是三五元的"斯波白酒"。石兵知道父亲爱喝酒，直到今天都爱赶场上街的缘由之一就是和朋友们喝上二三两，尽管桌上摆的下酒物仅仅是二两花生和瓜子。

开饭了，石兵拿出好酒。

父亲问："贵不？"

石兵说一两百。

父亲便噎住了，瞪大似信非信的眼睛，扫视众人，端详酒杯，片刻之后，又撅起嘴细细地呷上一口，回味半天，抿抿嘴唇说："贵了，可惜太贵了。"

酒席上，石兵常常"厚颜"地说上两句，感谢亲戚朋友的光临，感谢大家对父母的关照，然后给父亲敬上一杯，给母亲敬上一杯，再一个一个地敬。

这时候，有人问："老太爷，媳妇呢？"

父亲说："在那桌。"

"媳妇咋不过来敬酒呢？"那人追问。

于是石兵喊妻子过来打招呼。

妻子过来了，端着酒杯，说："老太爷，祝你生日快乐。"

"不对，不对！"那人又抢话了，"你不能叫'老太爷'。"

"哪个不能叫老太爷呢？"父亲不解。

"老太爷这么多，谁知道她叫的是哪个？"那人一脸凛然，"灶孔前烧火的也叫'老太爷'。"

于是，男女老少都笑了。

于是妻子改口了，叫："爸爸，祝你生日快乐。"

父亲笑了，大家也笑了，笑声从老屋的窗格飞出去，从墙壁的篾缝飞出去，从头顶的瓦缝飞出去，飘扬在杨家湾的夜空。气氛此时达到了高潮，白头山便有了难得的欢乐空气。父亲那个乐啊，让石兵心里开了花；父亲那个喜啊，让石兵忍着眼泪对自己说："明年再来。"

这几年给父亲祝生，因为种种原因，石兵安排在城里或斯波场上，亲朋好友大多聚在馆子里吃上一顿团圆饭就散了。石兵总觉得少了些什么，在荧屏闪电的时代，"似乎近了，人们的距离；又似乎远了，人们的心灵。"白头山，你的子孙是不是离你渐行渐远了呢？

54

小家伙肯定不知关于他公公更多的朕事来，但石兵回忆得出，譬如当年拿录取通知书的情景。

暑假一天，朝阳横扫山川大地。院坝里，母鸡带着一群崽儿，身上涂着一层微微的光芒。石兵和父亲从山夹坪背着又一转海椒回家。

堂哥骑着自行车从斯波场上回来，奋飞在公路上。看见院坝里有人，右手放了车把，高高地扬起，像溜冰、滑翔一般痛快，老远就喊："中了，中了，考中了！"像自己中了举似的，让人不禁联想到老来中举的范进。

大家正忙活儿，没有听清，大眼瞪小眼，但到底还是明白了。父亲立即放下背篓，坐在门槛上休息，一歇就是十来分钟，这可是前几转背海椒回家时没有的事。前几转回家，把海椒倒在屋角，来不及歇口气，带上房门，又上山了，就像祖辈们在白头山一辈子的生活轮回。

父亲坐在门槛上，点燃一支香烟，悠长地吸了一口，吐出一串长长的烟圈，烟圈由小到大，袅袅上升。父亲，你终于可以长长地松口气了，你终于可以歇歇了，你多年的劳作终于结出硕果了。

以后的十来天，全家人干活特别地欢，特别地卖劲。石兵记得父亲担着大粪去灌尖角地里的柑橘树，说施肥可以养果。"施肥"可以"养果"，父亲无意中说出的这句话，今天细细品来，是多么的意味深长啊。

　　日子在脚步中度过，日子在期盼中消逝，但"通知书"迟迟未来。父亲的脸上消减了笑容，增添了愁眉，尽管常人不觉，但石兵发觉了。

　　那时候，石兵的感觉好像是意料中的事，因为他是事情的主角。当年，"中专"包含"中师"，是时代的产物，被人们称为"速成班"，因为这些孩子用不着上"高中"上"大学"，经过几年培训，就可以为人民服务。而上高中的常常是成绩中等偏上的孩子，今后的出路是大学。考上"中师"，可不是一件简单的事，一所完小，几百名初中生，能考上的屈指可数，有的完小甚至连续几年"打光脚片"。很多片区把上中专中师的人数，作为评估学校教学质量好坏的唯一依据。考"中师"分两轮，第一轮是预选，从几千学生里筛选出几十人，然后统一到某完小集训，当年大家的集训地就是斯波完小。能进入第一轮就算成功了七成。记得那年预选总分是六百分，石兵的成绩是五百七十四分，名列片区第一名。父亲提醒石兵不能骄傲，一个月后要进入第二轮——正考。

　　那期间，父亲把石兵寄宿在完小附近一个亲戚家。于是石兵每天多了一餐，那就是起床时要吃上亲戚给煮的一碗早餐——鸡蛋醪糟汤。可惜石兵吃了两天就没了胃口，就像今天坐空调车一样，坐不多久就晕了，而坐敞篷大车，包括那次到深圳坐大车去看弟弟，一点都不晕车。弟弟大学毕业后，分配到县糖果厂工作，不到半年就下岗了。说到分配，那情景就和石兵当年一样；至于填报"食品"专业，百分百跟年少时的"饥荒"有关，"物质"决定"意识"嘛。弟弟到沿海混了几年，似乎还不错，要哥哥去呼吸点新鲜空气。石兵去了，弟弟问晕车不，石兵照实说了。弟弟说我们都一样——"命贱"。石兵便讲起当年吞不下油挂面的事，两人都不约而同地笑了。

55

为了能"正考"过关，母亲拽上石兵，悄悄上了白头山巅。

在意识中，白头山的香火不及其他地方，但时不时响起的鞭炮声，却也证明了它的灵验。但不管怎样，石兵虔诚地去了。此事似乎诱惑了石兵，在某一天，有了一个至今不为人所知的秘密——

在某年中秋节这天午饭后，石兵带着书本登上了白头山。在山巅的观音菩萨脚下，翻着书，一屁股坐到了日落西山。辉煌的阳光反照过来，给苍茫大地披上了一片金色。石兵匆匆下山，在怪石嶙峋的山路上摔了一跤，被一块石头绊倒了，却无意间发现这块石头有些异样，它凸起的部分异常洁净，上面有歪歪斜斜的纹路；停下脚步细细瞧，发现有点像龟面，越看越像，于是跪下了，像过去母亲在白头山巅的菩萨面前那样虔诚地跪下了，向神龟祈祷。

后来发生的事，并非一帆风顺。

"正考"是在县城里进行的，为期两天。缴上一笔费，由老师带队，包吃包住，而其他多数考生是由父母陪着的。石兵紧紧地跟在老师身后，怕在城里迷了路。第一天考试，顺利；第二天中午，头顶明晃晃的太阳照在城里硬硬的水泥地板上，发出白亮亮的光，让人眩晕。下午考试，"晕堂"了——考"物理"，石兵把"安培"和"法拉第"等名人搞混淆了，结果，考砸了。

考试结束，石兵一人墨黢黢地摸回杨家湾。

56

回家后，石兵不敢跟父亲提起考试一事。

其实考砸是一件很正常的事。

前几年，外婆家有一位邻居，连续几年都过了预选关，最后一次预选成绩还"特优"，大家都认为"正考"不成问题，于是家长宰了一头猪，先把客请了，结果"正考"时名落孙山。后来那孩子不再读书，南下打工去了，先是当电工，后来卖电器，再后来当了老板，现在在南方安了家，有了自己的厂。看来"壮士断腕"的精神是值得学习的。

其实，茫茫人海、芸芸众生中，有多少这样的人可以像天空的星星一样默默地闪烁啊！

稀里糊涂地考，莫名其妙地中，石兵像做了一场梦。

57

暑期结束只有几天了，翘首苦盼的录取通知书迟迟不见。

鸿雁何时才能从天边飞来白头山呢？

鸿雁何时才能栖在杨家湾呢？

等待是痛苦的，父亲终于坐不住了，在某个天气阴霾的早晨，早早地吃了饭，带上石兵，搭上了前往县城的客车。客车一路颠簸，一路呻吟，慢似蜗牛般地进了县城，东问西听，步行半个小时后到了师范学校。父亲说"事"来了，父亲"兴师问罪"来了，一个农民前往县城"问责"来了，对象是高级学府里的高级知识分子、"国家人"。

父亲跨着脚步，走在前面。

石兵有点怯，紧紧地跟上，几乎是小跑。

门卫说到"里面"去问。

到了"里面"，说到那栋楼去问。

到了"那栋楼"，说到那头看看。

到了"那头"，那头是一间办公室。

在门口，石兵还在纳闷：录取通知书究竟该在哪儿拿呢？教育局，人事局、师范校还是县上其他部门？

这些，农村人不知，也没人告知。

58

空气有些闷，似乎要下雨。

上午八点，还没人上班，两人就耐心地等。

大约八点半，一位留着短发的姑娘过来了，开门了。

父亲开门见山："我来拿儿子的录取通知书。"

对方一怔，似乎没有明白过来。

父亲声音提高了八度，说我儿子分数那么高，现在立马要开学了，我是来拿录取通知书的。

对方似乎明白了，说再等一会儿。又耐心地等。

一会儿，过来一位头发花白、身体瘦高但精神矍铄的老人，身着中山服，一副学者模样。

父亲说："我是来拿录取通知书的。"

老人打量着石兵，上上下下，像看一个小学生。石兵不好意思地低下了脑壳；父亲却扬起脸，等待着。

当时石兵确实佩服父亲的勇气，父亲，你是不是鲁莽了一点儿？要是摸错了庙门或是没有录取通知书，该是何等的尴尬呀。

老人盯了父亲一眼，笑了笑，走到办公桌前，在一堆零乱的资料里不停地翻，翻，翻，找到了一叠，石兵发现上面有几个字——"录取通知书"。

哪一张是我的呢？石兵想。

对方一张一张地翻。

不是，不是，也不是！厚厚的一叠越翻越薄，眼看就要翻完了，同在一起正考的同学的名字都看见了，就是没有石兵的。石兵的心提到嗓门眼上，"咚咚"的心跳声让人紧张得差点昏了过去。

父亲突然冒了一句："我儿子成绩那么好，肯定录取了！"这句话既像是安慰石兵，又像是安慰他自己。石兵的身子正了，见到父亲抖了抖肩，眼光坚定了。现在看来，其实这句话是说给对方听的。可是说给对方听又有什么用呢？你是安心想跟对方斗上一架子吗？

老人没有言语，继续往下翻。只剩下几张了，可以倒计数了。

五张。

四张。

三张，在倒数第三张录取通知书上，赫然写着"杨石兵"！

"杨石兵"，多熟悉的名字呀！"杨石兵"，真是众里寻"你"千百度啊！石兵看见父亲的眼泪在眶里打转转；父亲，这是幸福的泪水吧？刚才你那么的炔，怎么顷刻间又女儿般柔情了呢？

老人给了祝福，父亲道了感谢，走出房门。

阳光破云而出，泻在父亲身上像镀了一层金，父亲迈着大步走出了校门，匆匆返回杨家湾了。石兵后来在散文《心路小语》中写道："当父亲看到对方翻到录取通知书的那一刻，我的眼前灵现出一条沧桑的巨龙。龙的胡须在簌簌地颤动，龙的老泪潸然而下……"

59

其后便开学，石兵在师范学校与这位老人再次重逢。

那是在课堂上，他姓吉，给石兵上"文选"课。

吉老师上课与众不同。一上讲台，他就把"文选"教材丢在讲桌左上角，在中间工工整整地摆好自己的讲义，翻开，开始了他的沙哑世界。

他总爱扯到地方志，譬如家乡的来历。

春秋战国时期，在四川盆地内部，存在着大大小小的国家，著名的有蜀、巴两国，而见诸历史的也是蜀、巴二国。但在那段特殊的岁月，还存在过一个名不见经传的重要国家——宄国。

宄国存在的时间大约是公元前588—前318年。范围在今天的川东北全境，都城在阆州，也就是今天的阆中市。跨越了春秋、战国两个时期，大约存在了 270 年，传了 14 代。前期的国君称"公"，后期国君称"王"。

最初，充人不甘巴人掳掠，从巴国脱离出来；建国后，靠农耕蚕桑发展，势力逐渐壮大，在四川盆地一度形成蜀、巴、充三足鼎立的局势。充国势力鼎盛的时候，一度对巴国造成威胁，曾打到今天的重庆市合川区。

秦昭襄王时，巴王向秦国请求结盟，并请求秦军入川征服蜀国和充国。相传当时的秦国已经过商鞅变法，正处于国家发展的上升阶段，考虑到作战战略和自身经济扩张的需要，答应了巴国的请求，并派大夫张仪和司马错、都尉墨率领三十万大军进入盆地。

大敌当前，充国和蜀国协力作战。蜀国强大，主要与秦国作战，而充国面临的便是世仇巴国。由于末代充王治国不力，最终凑集到近万军队，不足巴国的一半。公元前 318 年秋，巴军终于攻克充国的重镇畀州，即今天的顺庆，和充军在今天的充国县境内展开了最后的搏杀，最后充军寡不敌众，全军壮烈牺牲。

与此同时，秦军占领了阆州，充王自杀，充国灭亡。

充国位于盆地中部偏北，是嘉陵江与涪江的脊骨地带，面积仅 1100 平方公里，人口约 64 万。就是这样一个小县，人们的生活习惯、思维方式、言谈举止，特别是方言口音，不说跟周边的大城市重庆、成都、南充、渠县、广元等相去甚远，就连跟直线距离不超过 20 公里的顺庆、南部、阆中、盐亭也有很大出入。绵延的山水，朝代的兴衰，人口的动迁，改变不了这里独特的人文和淳朴的民风，我们不得不怀疑，这儿是不是就是那个巴国中分离出来后又迷失了的神秘小国——充国的祖籍地呢？我们是不是硕果仅存的充人的后裔呢？充国究竟系哪一种独特的文明类型，又受多少中原文化的影响呢？

吉老师斜着眼睛，盯着讲桌左上角，沙哑着声音问学生，也在问自己，好像还在问一直冷落在讲桌左上角睡觉"文选"。

吉老师爱讲"百家姓"。

大槐树下分家，这是我们老祖宗的故事，也是我们大家的事，必须记住哦。吉老师说，譬如"杨"姓。

周朝初年，周武王去世，周成王继位。因有先前"桐叶封王"的金口玉言，他的弟弟唐叔虞便被分封在唐地。唐叔虞的儿子后来做了晋侯，又传了十代，到晋武公。山西洪洞"大槐树下分家"时，晋武公的长子继位，成为晋献公；其次子杨伯侨被分封在杨地，称为杨侯。这样，杨伯侨就成了杨姓的授姓始祖。

杨姓可是名门望族，同门祖宗中王侯将相、才子佳人比比皆是，这里我只介绍一个名士，大家必须记住哈——

他叫杨震，是东汉人，正直清廉，在他身上有一个出名的典故。

他当荆州刺史时，有一个门生叫王密，长大成了气候。为感谢当年的知遇之恩，在某天夜里，他带着十两金子来到杨震家里。杨震坚决不受，还严厉斥责："故人知君，君不知故人，何也？"王密笑着对杨震说："暮夜无知者。"杨震义正词严："天知、神知、我知、子知，何谓无知？"杨氏的堂号便叫"四知堂"。

班上四十来个同学，十六个姓，吉老师一一讲了他们姓氏的来历和相关的人物故事。

60

秦砖汉瓦，岁月流淌；唐诗宋词，历久弥香。

吉老师爱讲川东北历史上的名人，譬如，他说"汉初三杰"不如"开汉一人"——纪信。

公元前204年，刘邦在荥阳被围，正束手无策时，帐下将军纪信因身形相貌恰似刘邦，便大喝道："事急矣，臣请诳楚，王可以间出！"这石破天惊的一喝，实属赴义舍身之举，从而确立了汉室江山社稷辉煌数百载。

太史公没有为纪信作传，情有可原。你想，纪信乃一御前侍卫，只知一心为主，从不张扬，更不炒作，从偏远小邑充国，渡嘉陵，过蜀道，历尽艰险地投奔刘邦，实在太普通，太平常，不足为外人道，其舍身救主虽然轰轰烈烈，惊动天地，但史家纵有生花妙笔，也难以敷衍成巨制鸿篇。

清代县令李棠在《题纪将军庙》中云："汉业艰难百战秋，焚身原不为封侯。敢于诳楚乘黄幄，遂使捐躯重泰丘。隆准单骑从此脱，重瞳双眼笑谁酬？天今荒草空祠宇，一片忠魂万古留。"朗诵这首诗的时候，吉老师声音上扬，义薄云天。大家还没回过神来，吉老师又回到现实，转换角色，说，你看你看，这就是我们的老祖先，鸿门大义，却史书匆草；荥阳忠肝，却魄隐故里。

纪信大义凛然，焚火而死，刘邦竟不知其何方人士。公元前202年，刘邦统一全国建立政权，数年打听才得知纪信家乡，第二年御赐"安汉"，属充国县。

现在的家乡人，又何尝不是如此？外地人评价其勤奋踏实，忠义而不张扬；帮助朋友，实心而不索取。今天，我们家乡也就有了"忠义之邦"的美名。

纪信是彪炳千秋的一员武将，那么，我们的充国文人呢？

谯周、圭峰宗密禅师、张澜等优秀儿女，从群山沟壑中崛起，叱咤时代风云，撑起了充国文化一片灿烂的天空。川东北文人，首推《三国志》作者陈寿的老师——谯周。

在《三国演义》第一百八十回中，谯周力主后主刘禅投降。既然是投降派，挨骂是必然的了。其时，谯周为光禄大夫。

其实，谯周是西蜀大儒，名震天下。据《三国志·谯周传》载，谯周出生于书香人家，其父研治《尚书》，颇有心得。而谯周"研精《六经》，尤善书札、颇晓天文"，且"身长八尺，体貌素朴"。

著作颇丰，有《法训》八卷，《五经论》五卷等多种，可惜已经散失。只在《三国志·谯周传》中保留了《谏帝后疏》《仇国论》《谏后主南行》等少数文章。

至于谯周该不该骂，我们应该有一双历史的眼光、客观的眼光。

谯周当时力劝刘禅投降，实则是在王朝无力回天时的无奈之举。想来这先生也真是，大家都束手无策，你何不静观其变呢？就是劝后主决一死战，你未必会死，失败虽是必然，却能全身而得美名，何苦为"全国之功"而背千古骂名呢？

吉老师一脸苦笑状，逗乐了大家，也逗乐了自己，更逗乐了教室门口夹着书本而立的准备下一堂上课的老师。原来，大家忘记了铃声，下一堂课都开始了，而吉老师至少课间"压堂"十分钟。

这就是充国人的实在，有些可悲又可笑、可爱又可叹的实在！

事后，同学们听到一些零碎消息：吉老师毕业于云南大学，本在大城市教书，在"四清"和"文革"时思想上长了一点毒瘤，便被下放到了充国这个小县城。

吉老师，你可能记不起当初拿毕业证那件事了吧，你可能不知道当时一位乡下农民、一个学生家长差点跟你茨了吧。

61

返回杨家湾不久，捷报便像长了翅膀一样飞遍每一个角落。

人们老远就打招呼，父亲大着嗓门回答。遇到对方是男性，还会热情地迎上去，打上一支烟，聊上两句；遇上对方是女性，则问孩子读书成绩如何，叮嘱要好好培养。母亲则风风火火地忙着准备柴草，以便给儿子办"八大碗"。

老实说，那时石兵不是很高兴，因为"中师"不是自己填的。"中专"是干什么的？"中师"是干什么的？父亲没有给石兵讲过，老师也没有讲过，石兵似乎从来也没有听说过，只知道考上后就脱了"农皮"，每个月国家就发工资，用老人们的话讲叫作"旱涝保收"；只知道"中专"可能比"中师"难考点。在填志愿时，石兵不假思索就填下了"中专"二字。其后两天回到家，父亲得知情况，惊悚了一下，什么也没说就上街去了。收假回校，老师告诉石兵的志愿已变成"中师"。原来父亲赶了八里路到学校把志愿给改了。那一年，"中师"录取分数比"中专"高十三分。命，这是命。

在杨家湾，红白喜事、婚丧嫁娶是要摆上"八大碗"的。用现在的话讲叫作"宴席"。石兵成为"国家人"，用村民们的话说，是文曲星下凡，是大秀才，当然得沿袭这一传统。白头山下吃皇粮的不多，去年堂哥考取中专，村里为其免费演了一场电影《峨眉飞盗》。天公不作美，天黑时下了一场小雨，地点由晒场改为祠堂，村民们把祠堂腾空挤着一屋。大家为堂哥，也为电影里武功超高的飞盗"草上飞"，津津乐道了好长一段岁月。今年轮到石兵了，大家庭中又多了一个红人，白头山又体面地走出去一个，大家能不高兴吗？在宴席的头几天，父亲利用赶场下街的机会，该带信的带信，该动腿的动腿，于是四亲六家亲朋好友都知道了。

62

头一天，姑姑姨姨来了，村里有名的厨子也来了。

院坝里临时码了两口大灶，几块树疙瘩和青冈棒已被劈烂堆在一边。厨子把圈里的一头大白猪宰了，需要油炸的全部炸了，需要上蒸笼的碗全部装好，大碗汤炖熬成熟，肉类荤菜大都煮熟，为明天的"八大碗"做好准备。

宴桌上要摆八个碗，有荤有素，有凉有热。其中有一碗是主打，装着八个黄黄嫩嫩的大丸子，用精瘦肉、豆腐、鸡蛋等八种原料加工而成，菜色晶莹泛黄，尝之鲜美爽润，娇嫩无比，又曰"八大丸"。"八"，传统意义上象征着"发"，象征着团结、合作、友

162

好吧。

"正日子"这天上午，院坝里早就有人忙忙碌碌了，大灶里的火光早就熊熊地燃烧起来了。

邻居也来帮忙了，每个人都忙着搬桌子、搭凳子、洗碗筷、摆酒杯、放餐纸。

日头正中的时候，客人也差不多到齐了，村里的书记、村长、社长、会计和几位老师及信用社的赵主任全来了。院坝里，公路边，大家或坐或站，三五成群，话话碌碌。

午饭时间到了，三三两两相邀入席，八人一桌；相好的，就九人十人挤一桌。趁这机会，大伙儿吹会儿壳子，能把壳子吹上天。吹壳子，就是摆龙门阵，聊天。

有十来桌，每桌都摆上了"山城啤酒"、58°的"斯波白酒"和"红梅"香烟。街阳内侧，还摆着两件备用的啤酒。

"噼噼啪啪"，公路那边一阵鞭炮响，孩子们一阵欢呼。"八大碗"送到了桌上，书记先讲了一番话，然后父亲又说了几句，午餐正式开始了。父亲端着酒杯带上石兵，一桌一桌地敬酒。父亲好酒，今天尤甚，别人喊干，他干了，爽快；别人不喊，他也干了，说敬酒先干。父亲脸上泛着红光，享受着从未有过的溢美之词，享受着家里第一次如此大规模操办的美味佳肴。记得敬酒到赵主任处时，赵主任摸着石兵的头，端详了片刻，说："这娃儿命硬，能吃苦，将来有出息。"这赵主任，其后不久便消失了。后来才知道他被调到外地做副乡长了，若干年后又回到斯波乡做乡长了。此乃后话，不提。

午饭后，有事的回家做事，没事的留下来打牌或者帮着收拾碗筷。"八大碗"常常要剩下几碗，这是父母早就让厨子准备的。于是，母亲把多出的几碗给邻居给村子这头的杨大爷和那头的张婆婆端去了。

下午，孩子们见人就说"今晚放电影啦"，即使没有人也兴奋地在公路上狂跳。大人们则叫自家的孩子或邻居传个信，请亲戚什么的来村里看电影。

夜幕在白头山巅张开的时候，一轮明月却又高高地挂上，又大又圆，照亮了漆黑的世界。树啊、竹啊、房子啊什么的，全裹在一层银色的、薄薄的轻纱中，皎洁的月光如倾泻的清流，注满大地。

大家早早地吃过晚饭，带上板凳，还有加厚的衣服，来到晒场，坐在幕布正前方；迟到的，只能坐在边边角角。

孩子们欢笑着、打闹着，其实孩子们看电影就是图一个热闹玩耍，却不大在意放了什么。

大人们在一起东家长西家短地闲聊着，忘记了白天的疲劳和夜晚的凉意。

放电影的师傅开始调整电影机，孩子们兴奋地围在旁边，不时地伸出手指对着幕布做倒影。其后，书记致了祝词，电影开始了，放的是《喜盈门》，故事中的大嫂是个臭娘们，高高的、胖胖的，一口气能吃十来个饺子，还记得影片结束语"完"字是用几十块转动的饺子拼成的，好笑呢。

电影结束了，人也散了。偌大的坝子，只有祠堂孤独地矗立。

秋收后的农历八月，连续月余的透雨肆虐地吞噬着川北大地。杨家大院的祠堂耐住了"破四旧"的革命运动，却再已耐不住岁月光怪陆离地侵蚀而变得摇摇欲坠。队长一声令下，男男女女一窝蜂涌去（杨二公没去，还劝说大家都别去），两天两夜后，祠堂塌成一堆瓦砾，每家每户分得几块厚厚的木板和粗粗的木方。傍晚时分，昔日繁华的杨家大院，冷清清只剩了一树柳弯腰。一周后，小鹏的父亲去世，杨二公说是性急冲犯，毒浸三焦，攻于心肺，危相不消。见者说，石匠是在扛木方时，脚下一个趔趄，木方一端横扫出去，祠堂前的镇宅石碑被击成碎块，一条白蛇不知从哪儿冒出来，机警地在石匠的脚踝处吻了一下，瞬间又钻入残垣断壁。石匠眼疾手快，抓起一块碎石砸过去，恰好破了那厮的脑袋，正欲逮尾往回拖，一面厚厚的土墙忽地扇过来，一阵铺天盖地的灰烟过后，眼前堆成一座土山。

　　杨二公站在公路边，像对病人望闻问切，凝神沉思。口耳相传的一些记忆碎片，像湖底泛起的尘沙，在微波粼粼中点点滴滴虚化成线，模糊又清晰。祠堂住着的大户人家杨氏，祖籍在山西洪洞，永乐年间移居成都；李自成进京、张献忠剿川时，又逃隐于充国丘陵山地，在此生根发芽；晚清时期，后代渐长出息，修宅置田，有了杨家大院，后来又有了盐店、酒家、茶坊、绸庄等商铺；民国时期，后裔杨百万走南闯北，跟川西坝子和山城的袍哥人家都有接触。杨家有一独苗，仪表堂堂，别无他好，偏嗜中医。祠堂有一药铺，公子自然成了坐堂中医。某年农历2月19日，观音香会，杨百万从川西平原请来戏班子。祠堂原有书场，白头山顶也有一方平地，大家嫌其逼仄，便在杨家大院牌坊前搭起临时戏台。其间一位唱花旦的清秀女子，娉娉婷婷，低音软语。唱戏这一周，忽感风寒。中医殷勤周到，给其气血同补，细心呵护。一来二去，眉目传音，天雷勾地火。最终女子滞留，两人戏剧般迎春开花。民国初年，某天夜里，杨百万忙里慌张，携部分家小去山城购药，结果再也没回。有的说在棺墓山被山贼给灭了，有的说被水盗丢尽了长江，有的说上战场成了炮灰，还有的稀里糊涂穿越时空说乘坐飞机去了台湾。树倒猢狲散，那两三房和四姑五表惶惶然，携带各自家眷人去楼空。川东北解放后，祠堂庄铺收归集体，中医的儿子在秋冬的一场伤寒病中匆匆逝去，女人又莫名失踪，给杨家大院留下一个十多岁的孤儿。村里念其孤苦，在祠堂后面留下一间小屋，成了孩子的窝。孩子上无父母教养，下无兄妹扶持，却头脑灵活，手脚勤快，上过高小。加冠之年，在乡邻的帮衬下，竹林旁多了一间茅檐草舍，孩子也成为一名赤脚医生；加之人情天赋，为人低调，在"大跃进"

"四清"和"文革"等运动中，上级几次来人调查"家庭成分"，最终摇头苦笑，主人也就减了特定时期胸口挂"牌"、头顶戴"帽"、敲锣打鼓游行的殊遇。

千头万绪的往事，如同秋的落叶，飘然沉重。诡非鬼，机巧万端终有了；谜莫迷，阅尽千帆道寻常。

杨二公抬头看看白头山，收回眼光又看看祠堂，好半天才摇摇头，眼里噙着泪水，自言自语："不听劝，不听劝，现在好了。"

63

王家坝之所以称为"坝"，是因它处于群山环抱中。

其西南有一高峰，躯体庞大，山巅如帽，故曰"帽黑山"，有点像家乡的白头山，于是不自觉地多了一分亲切。石兵在王家坝工作三年，曾登上山巅几次，印象深的有两次。

一次是春暖花开的时节，带领全班学生去踏青。

看着小草钻出了地面，花蕾绽上了枝头，柳树垂下了丝绦，山川大地披上了绿色，大家兴致很高，一路上唱着歌儿打打跳跳，就像当年一群孩子上白头山一样。不同的是当年是大人带石兵，而现在是石兵带小学生。在山梁处一块巨大的草坪上，大家玩起了游戏：背古诗、猜谜语、老鹰捉小鸡、赛跑，玩得大汗淋漓，不亦乐乎。这就是童真，这就是已经消逝了的难忘的童年生活吧。旁边，松软潮湿的土地上，麦苗舒展开了身肢，杨柳冒出了新绿，不知名的小草则笑嘻嘻地露出了星星点点的乳芽。

最后是唱歌比赛。石兵先带头唱了一首儿歌《春天在哪里》：

春天在哪里呀

春天在哪里呀

春天在那青翠的山林里

这里有红花呀

这里有绿草

还有那会唱歌的小黄鹂

这首歌是读小学时李老师教的，居然印证了歌词："小时候我以为你很美丽，领着一群小鸟飞来飞去。小时候我以为你很神气，说上一句话也惊天动地。长大后我就成了你，才知道那间教室，放飞的是希望，守巢的总是你。"

稚嫩的眸子放出了惊喜的光芒，理想的翅膀可能在无垠的天空中自由地飞翔吧，一双双小手举着争着，你一句我一句地唱了。这是欢乐，这是童真，这是没有任何杂念和欲望的天空。

学生们闹得筋疲力尽时，把机会让给了老师，异口同声大声喊："老师，又来。"

触景生情，老师掏出竹箫，声音低沉婉约，又来了一段：

我的思念是一张不可触摸的网，

我的思念不再是决堤的海，

为什么总在那些飘雨的日子里，

把你深深地想起……

唱到这儿，唱不下去了，眼溢泪水，举起双手，做"小鬼子"投降状。孩子们不解风情，也听不出故事背后的沧然，肆无忌惮地笑了。

"放牛娃儿不要夸，三月还要冻桐花。"起风了，杨柳高兴地晃着细长的辫子。

老师担心孩子们着凉，一声令下，大家兴高采烈地下山了。

田里，农民们还在抢天时，插秧。

狗争先，牛断后，一担新秧绿透。半灌水，两馒头，肠饥不用愁。秧抛就，卷双袖，手似钢琴演奏。腰欲裂，腿筋抽，归家酒入喉。

64

另一次登山，是秋收后的一个下午。

地里刚刚撒上麦种，一垄一垄的泥土还泛着新色。

坡上，荒草衰败，枯叶叠加。

放学后，石兵独自登上山巅，极目四望，群山茫茫，苍穹寥廓；斜晖脉脉，紫雾霭霭。西方，一轮落日靠在山头，比平日大了一轮，满脸绯红却又冷冷地盯着石兵。

"日暮相关何处是?"那边，那个小黑点可能就是棺墓山吧，那个小黑点可能就是金子山吧，更远处那个小黑点就是白头山吧，天边那片烟霭静卧之下可能就是斯波初中吧，再远处可能就是斯波场吧，更远处就是杨家湾吧。近处，那块草坪就是石兵唱《心雨》而没完的地方吧。"回望天涯，一抹斜阳，数点归鸦。"起风了，寒意钻衣。"因其境过清，不可久居"，于是，匆匆下山。

山路苍茫，杳无人迹。

在山路的旁边，在枯枝败叶的缝隙，有几支矮矮的苗倔强地挺立着，褐色的茎，青色的叶，黑中透红的花瓣，在山风中轻轻地摇曳，这可能就是野棉花吧，白头山的地边上也有，尤其是第二台——山夹坪。石兵记得有一次在地里栽完油菜苗，妹妹在地边采了一大束，母亲告诉她这是野棉花，开在秋天，经霜耐露，都不容易死。母亲后来用它编织了一个花环，其间点缀着几只金黄的野菊，戴在妹妹头上，把妹妹变成了一位"花仙子"。

石兵蹲下身，摘下一只，攥在手里，细细审视着荒野中不屈的精灵。

其花甚媚，色如妇面，花瓣似开还合，外围黑色，间内次红，硬朗而艳丽；顽强的求生力量，使它拥有了与命运相抗衡的力量。万紫千红斗东风，野棉傲霜立寒秋。石兵突发奇想，自己是不是该做这样一支野棉花？"大梦谁先觉，平生我自知。"不是孔明，也做不了庙堂上供设的珍果，就做一棵白菜，一棵瓷瓷实实的包心白菜；就做一个萝卜，一个水多肉脆的好萝卜。后来自考《写作》里边的作文，石兵写的就是这次特殊的经历，写的就是野棉花，轻轻松松"96分"过关。

"西风烈，长空雁叫霜晨月。霜晨月，马蹄声碎，喇叭声咽。雄关漫道真如铁，而今迈步从头越。从头越，苍山如海，残阳如血。"背着毛泽东的《忆秦娥·娄山关》，石兵手握一支野棉花，有一股力量充斥着全身，发狂似地冲下山。

回到苍茫夜色中孤零零的学校，立刻点亮油灯，摊开借来的自考书，埋头阅读起来。

65

自考教材是从中师同学李飞鸡那儿借来的。

李飞鸡中师毕业后，也滚入村小教师队伍，在祥龙乡的一个村上教书，想不到一年后，就拿了专科文凭，进了祥龙完小。一次不期而遇，石兵才知原来他在中师时就快人一步，悄悄参加了全省统一组织的自学考试。

下午放学，学生一个个背着书包离开，另一个民办老师也匆匆赶回自己的家里干农活去了。石兵一个人倚着教室的土墙，孤单单地留在四处敞开的学校。这时候，脑洞顿开。什么？一套教材要三百来块，可一个月工资加完加尽才五六十块，有时周末回老家，还要先绕路上街割一两斤新鲜猪肉带回去，这不是要自己半年不吃不穿喝西北风吗？而且还要买教辅，又得一百多块。还有，到哪儿买呢？村里没有邮局，交通又不便，经常有村民哭闹外地寄回的东西丢了，跟邮局打口水仗。

石兵犯难了。

五月的一个周末，石兵没回老家，而是东打西听，抄小路又赶车，去了祥龙完小。

阿弥陀佛，飞鸡居然周末还在学校；而且居然久别不生，打开房门，十平方米左右的小小寝室，居然还有一个圆脸短发的女孩。

在祥龙场上逛了一圈后，大家进了一家饭馆，炒了两个菜，石兵饱饱地填了一顿，然后又厚颜"有"耻地借走了自考教材。临走时强颜说，一定来看看我哈，我那学校可是世外桃源，山清水秀，遍地果香哦。

飞鸡真没失约，其后的某个星期三下午，真还带着一位同事来了。

哪晓得这么远咯？飞鸡站在教室门口的石阶上，喘着气说，比我以前待的那个村小还癖。

今下午我们没课，说转出来看看。那同事补充说。

好吧，已经放学了，我们去转转。石兵说。

五月天时长，夜幕放得慢。石兵手指远处，说山梁那边有一个九龙潭水库，我经常去，站在山顶，风景还好。

两人说要得，客随主便。

石兵就带路，沿菜地，走河边。

河边，桃树挂果，鲜艳欲滴；树下，蒜苗青青，蔬菜郁郁。

今晚我们吃点啥呢？石兵自言自语，问大家，也问自己。

你这儿有腊肉没得？飞鸡问。

还有点，老家带来的。石兵也爽快。

那就蒜苗炒肉。对方也不客气。

大家爬到山梁顶处的时候，气喘吁吁，小汗淋漓。远远的九龙潭水库上方，已经罩上了一层薄薄的夜的水雾，几只水鸟展开双翼快乐地滑向远处，白白的月亮已从另一个山脊爬上来，好一副淡淡写意的山水图画。

饿了，累了，回去搞饭吃。飞鸡摸摸肚皮说。

大家原路返回。这一返，一路，一夜，搞得石兵心惊肉跳。

路上，大家蹲在河边，各自挑拣几个拳头大的香桃，用水冲了，皮都没削，啃进口中，脆响生津。

回到学校，大家洗的洗，切的切，在蜂窝炉上先用铝锅蒸了米饭，再用铁锅腊肉炒蒜苗。

吃完饭，夜已深了。三人简单洗漱，挤上一张破旧的木床。有两人很快就呼呼沉睡，一人却睁着眼睛，望着头顶黑黑的瓦和从瓦缝里漏进的月光，脑海如麻，翻来覆去地折腾着一个严峻的问题：天亮了，你们倒溜之大吉，我咋办呢？我还要待在这儿工作，有何颜面面对附近的村民呢？要是那个村民要横不依不饶，咋办？要是有闲来无事的两三个好事者现场围观，咋办？

石兵怎么睡得着呢？没打招呼，也不知跟谁打招呼，那葱苗是从哪儿来的？顺手牵羊真不为偷么？大家大饱口福的香桃是从哪儿来的？真的可以瓜田李下么？那一锅葱苗，两人拔苗比赛似的，没人听得进劝，逼得石兵成同谋压低声音，再三叮嘱少扯点，最好一处扯一点，隔几窝扯一苗。为摘那香桃，两人摩天比赛似的，垫着脚尖，回归动物本能，追逐着一种原始的乐趣，吓得桃树浑身打抖，断枝折叶，容颜尽损……

天没亮，两人说要赶回学校，抱怨鬼天一路泥泞走了；天亮了，河平两岸阔，山川大地一派明媚风光……

原来不是自己心甘情愿的罪证，老天是可以开眼的！原来夜半时分，电闪雷鸣，一场透雨，彻彻底底地毁灭了罪证！在青春的人生旅途中，有些事回忆起来虽然酸涩，却也幸福。

一年后，飞鸡结婚了，不久便离开祥龙，也离开了充国。母鸡变凤凰，他跳槽了，原来圆脸短发女孩的外公在市里某机关工作。

66

那次登山唱歌，孩子们怎会知道老师唱不下去的原因呢？

歌声的背后，隐藏着一个青涩的秘密——

有一天下午放学后，一个女孩来到学校，见房门紧锁，默然离开了。

在闭塞的乡村，在乡亲们新奇而又如刺的眼光下，一个女孩独自来到单身教师家，得需要多大的勇气啊！那时候没有通讯工具，她不知道这位老师为了"自考"，一放学就锁了房门去遥远的其他村小请教问题去了。当晚这位老师没有回校，而是在外地的哥们儿处栖了身。第二天有学生告诉石兵这件事，石兵没在意。结果某天村卜有一位大姐大大方方地进了石兵的办公室却害害羞羞地吞吞吐吐，说女孩一年前初中毕业，闲居在家。唠叨半天，石兵终于明白了。

石兵见过那女孩，衣着朴素，身材苗条，眉清目秀，长发及腰，如"清水出芙蓉"。记得有一天路过一块油菜地，一尺来高青青的菜叶之间，零星地点缀着黄色的菜花，身着素色的女孩弯着腰在地里扯草，抬起头，用手擦着小汗，不经意见到了石兵，流转着新奇的秋波，却又连忙低头，忙着手里的活儿。这情景，正应了李清照笔下最生香、最诗意、最惆怅的词《点绛唇》："蹴罢秋千，起来慵整纤纤手。露浓花瘦，薄汗轻衣透。见有人来，袜划金钗溜。和羞走，倚门回首，却把青梅嗅。"

其后某天，中午放学，石兵大胆地串门了，不到半个小时又失望地回来了，原来女孩家的房门紧锁。后来再去的时候，女孩见到石兵，青春的脸庞泛起了桃花的酡红，但随即改写，写满长时间的忧郁，似春光明媚的天气转为阴云密布。女孩一直到石兵离开，都没有说话，其父母露出冷冷淡淡的表情，冷冷淡淡地寒暄。于是石兵离开了，也再不去了。其后不久，那位大姐又上学校来了，说了一些话，好像是解释，又像是安慰。

原来，女孩的父亲是铁路工人，退休在家，前不久翻山越岭去了白头山那边的杨家湾。高大的白头山让他摇了摇头，贫穷的杨家湾让他摇了摇头，寒碜的老屋让他摇了摇头，众多的人口挤着一屋让他摇了摇头。唯一的女儿怎么能嫁给这样的大山、这样的老屋、这样的环境呢？于是铁路工人站在公路那头远远地向人打听，没有到任何人家里喝口水，也没有人认识他，仅仅用挑剔的眼光对老屋瞄了瞄，就径直走了。现在想来，人，还是现实一点好，女孩肯定不可能当"剩女"的，但在物价如洪水飞涨、房价如疾风追月的今天，石兵连自行车、摩托车都没有，谁保证她能心甘情愿当一辈子的"蚁族"或"房奴"呢？

石兵懵懵懂懂不知道情感是什么，不知道爱情"姓"什么，更没有设计自己家安何处，只是一门心思地"自学"，希望"自考"改变命运。这里得补充一句，在当年，像石兵这样的人、这样的小学教师是没有资格参加"成人高考"的，用某领导厉声的训话，"学历已经达标"。写到这，石兵想到一则寓言：

某天，刺猬去猪医院找工作，在住院部碰到小白兔。刺猬问："你怎么进来了？""猪医生说我得了红眼病，需长期治疗。"小白兔说："你怎么也来了？""我是来找工作的。""我听说这儿要招保安。"小白兔提供了一个信息。"那我去试试。"恰巧，猪领导路过这儿，停下来，仔细端详刺猬，猪拱嘴往前一撮，说："不用试了，你被录取了。"刺猬懵了，丈二和尚摸不着头脑。猪领导说："你身上自带武器，连培训也可省了。走，签合同吧。"

那时候，"打工潮"正热，初中毕业的女孩去了南方。听说先是进公司，后来坐办公室，再后来就为人妇了。石兵欣赏戴望舒雨巷的寂寞而悠长，欣赏徐志摩康桥的空灵而忧伤，因为最动人的美丽是有距离的朦胧，这可能就是说不清道不明的情愫吧，可能就是匆匆而过的缘分吧，可能就是天边飞来又飞去的一只小鸟吧。

其时，灰黑色的条桌上摆的是"自考"教材《古典文学》；摊开，却是陆游的词《钗头凤》：

> 红酥手，黄滕酒。
> 满城春色宫墙柳。
> 东风恶，欢情薄，
> 一杯愁绪，几年离索，
> 错，错，错。
> 春如旧，人空瘦，
> 泪痕红浥鲛绡透。
> 桃花落，闲池阁，
> 山盟虽在，锦书难托。
> 莫，莫，莫！

"当自己的玫瑰投入他人怀抱的时候，我用凝霜的枯藤在凄凉的大地上写下，相信未来。"也许世间本没有完善，所以"东风"才夺走了陆游和唐婉的挚爱。

67

悠长是最寂寞的回味。今天，独处书桌，窗外是浓得让人难以看清的冬日雾霭，回味往事，不免为年轻时的青色苦果百感丛生。石兵写下三首小诗，以祭青春时期这段柔弱无助的碰触和翩若惊鸿的引力：

（一）

> 王家有女初长成，怡然风雨潇湘神。
> 小生执手三生幸，女胜山竹青永恒。

（二）

> 雾的心思
> 像十六岁红晕的脸上
> 埋藏的情愫
> 很深
>
> 雾的心思
> 像沉甸甸湿淋淋的江中
> 密密牵扯的渔网
> 很重
>
> 雾的心思
> 漂白了世间的冷漠
> 掩去了月夜清亮的箫声
> 很浓

（三）

> 天边，有一只小鸟
> 从深秋的白云那边
> 不经意地飞来
> 悄悄地落在风中稚弱的肩上
>
> 你，弱小的

笼中瞪着一双新奇眼睛的小鸟
曾经，曾经
自由自在地在无垠的天空欢叫

我，艰难的
风尘中艰难的跋涉者
偶然的机会
清风玉露相逢在并不完美的日子里

在秋天迟迟不黄的季节里
揣着一大堆的心事
沸腾在，心事沸腾在
湛蓝纯净远离世俗杂念的天空里

微风在水上写诗
山花在大地绘图
你用闪着光亮的修长羽翼
在灵魂孤寂的天空勾下盛开的太阳

地平线，自考地平线
刚刚出现疲惫而舒心的身影
扑来一股，迎面扑来一股寒流
让头脑冰冷地清醒

睁眼四望
冰凉的音符散漫在寒风
远处的经幡被风撕扯

苍天雾霭不见鸟儿熟悉的身影

轻轻地
你含着微笑野百合般轻轻地来
默默地
你低着头泪水盈盈默默地走

茵茵草坡掠过的倩影
简陋屋檐缥缈的音符
风中羽毛淡淡的泥香
难道仅仅是童话里才能编织的故事

生活果真如此
得与失
祸与福
如此相依不打折扣地充满人生哲理

曾无情地痴心
痴心你永远孤独
无人分享，只能永远
攀在一张宽阔的额际自由地舞蹈

天边，有一只小鸟
从我身边飞过
带来满天蓝蓝的梦想
在风吹叶落的深秋
转瞬消失在白云那边

在苍穹留下一望无垠的苍白和迷茫

"少年"不识愁滋味。这点"少年"的忧郁，在金币坚硬和物欲横流的今天回想起来，不再是青涩的苦恼，而是苦涩掺杂着甜蜜的美梦，梦里有不死的"年轮"。正如曹雪芹所说："满纸荒唐言，一把辛酸泪。都云作者痴，谁解其中味。"

68

其后不久，邻居紧挨着老屋修了两间房。

父母砍了院坝前那棵高大的梧桐树和自留地边的几棵柏树，又贷款挨着邻居家的房屋修了一间房，大家称它为"新屋"。父母是有打算和计划的，说将来两个儿子一人住一间，他们住猪房。父亲，母亲，你们要和猪一起住，你们一辈子总在给孩子考虑啊，你们是不是听到了什么才有如此决定的？是不是冥冥之中得到了什么暗示呢？该不会是白头山的菩萨指点的吧。可是，你们没有想到，孩子在长大后根本就没有住这两间你们用血和泪砌成的房间啊。父亲，母亲，你们是欣慰呢还是难过？应该是欣慰吧。梧桐树，老屋前面伴随成长的梧桐树就这样走了，如果今天还在，一定比水桶还粗，慈祥而大气地站着，浓荫匝地，巨冠蔽日吧。

在王家坝，石兵最大的欣慰是获得成就时的快乐——所带班级的三十七名学生全部升入初中，还有两人考入城里的重点初中。通过一年半的自学，完成全部学科，其后一年调入斯波初中。白头山，你的子孙走出大山了；杨家湾，你的儿子终于可以挺挺胸膛了；父亲，母亲，你们赶场上街终于可以直着腰杆走路了。某年过春节，特地带上妻儿，绕路骑车，重返王家坝，有了后来儿子的文章《情系王家坝》：

"王家坝"这个名字，可能绝大多数人都不熟悉，但爸爸时常在我面前叨念它，因为他在王家坝经历了不平凡的三个春秋。今天是正月初七，乘着春节的余喜，爸爸说要带我去那遥远的地方，忆苦思甜。

下午四点，我们从中林镇至斯波镇的公路分界线——棺墓山出发，前往小豪方向。公路凹凸不平，在群山脚下蛇行，旁边是窄窄的斯波河，由北往南逶迤而来，远处丘壑连绵，路面崎岖，坐在摩托车上，就像走进了蹦床。路上少有人影，眼见的是一块块狭长的青青麦地和干裂的水田。摩托速度较慢，偶尔从草丛中传来几只不知名的昆虫单调而凄凉的叫声。途中，我看到两个人口较为集中的地方，有十来间房子。爸爸说，一个是天仙村小学，一个是螺丝沟小学；虽是村小，却是分配工作时神往的地方，可惜没去成。这两个地方离场镇都很远，一个隶属于斯波镇，一个隶属于猴山镇，只是因为它们紧邻公路，所以竟成了中师生心中的香饽饽。

经过一个半小时的颠簸，我们来到一个叫李家嘴的地方，它隶属于小豪。爸爸说这里离小豪场只有五公里，而我们去的地方却隶属于中林镇，从前是弯弯曲曲的羊肠小道，现在有了可供小车通行的碎石路。在这里分路，我们前往王家坝。摩托车继续颠簸着，两旁高高的群山夹着脚下狭长的田沟，又半个小时过去了，地势逐渐变得开阔起来，我们终于到了王家坝。

王家坝是个依山傍水的秀丽小村。

从远山深处爬出的一条小河，蜿蜒至此，突感累了、渴了，便绕了一个大弯，似乎想停留下来。于是四周绵延着的山势都依顺着它，向后退了一些。水流环抱的转折处前前后后就留下了一块空旷平坦的坝子，又似乎以村中最醒目的两棵黄桷树为圆心，以千余米长的距离为半径，在山脚画了一个不规则的圆。黄桷树枝繁叶茂，如巨伞，如华盖，荫蔽着脚下近两亩的贫瘠土地；黄桷树下有一头老水牛，半卧着，悠闲地反刍。好一幅秀丽的山村风景画啊！

黄桷树前方约两百米的地方，就是王家坝小学。爸爸说，这地方离中林场约38里，离斯波场约36里，离猴山场约36里，离小豪场约28里，而它却隶属于中林镇，应该是全县离场镇最远的村，似乎与世隔绝。这里有一排土石为墙、青瓦为盖的房屋，共三间，两边是教室，如今一间庞然堆着杂草，另一间有一张由几块木板拼凑起来的小黑板，六张课桌。看来，这几年生源减少，该校只剩下了六名学生。中间是一间小房，前面摆放着一个破旧乌黑的八仙桌，里面靠墙的角落一头是一张床，另一头是堆满灰尘的灶台。这是当年爸爸的办公室兼卧室兼厨房。

房子前边是一块较为平整的泥地，只有一亩见方，是学生活动的主要场所——操场。没有跑道，没有篮球架，没有乒乓台；如果撒点麦种，到春天纯粹就是一块青青的麦田。这几天是假日，没有老师，没有学生，甚至没有一个村民和行人经过，显得荒凉而落寞。

这就是爸爸17岁中师毕业后教书的地方。我们老家在斯波镇的白头山脚下，离这里有约30里山路，那时家境贫穷，无权无势又无钱，爸爸只能分配到这个地方。爸爸笑着说："我不下地狱，谁下地狱呢？"我被爸爸的乐观态度逗笑了。这里两间教室两个班。爸爸是吃"皇粮"的公办教师；另一位是当地的民办教师，据说现在已经随儿女搬到城里去了。那时交通不发达，每个周末都要回家拿米拿面；老家再穷，也想回家。你想啊，一个17岁的孩子，孤孤单单地爬过荒无人烟的大山，趟过小河，前往陌生之地，怎能不想家呢？遇上雨天，这山沟沟里的30多里小路泥泞不堪。这里四面是大山，爸爸曾去山里拾过柴，也曾和 5 名学生去遥远的中林镇煤站背回共五十个烧火的煤丸。那一次，大家汗水淋漓，衣服污脏，师生都成了妖怪般的大花脸，以后就再也不去背煤丸了。爸爸在这里人生地疏地工作了三年，如今这一排房屋用砖头和石头砌起，但几乎快倒了。这里的两个教室根本没有玻璃窗，只有几根木头架子，既作支撑，又作窗户。无论春夏秋冬，它们承受着风吹雨打，摇摇欲坠。"暗牖悬蛛网，空梁落燕泥。"瓦檐下、屋角里、窗棂上，拇指般大小的肥硕蜘蛛正倔强地编织着丝丝缕缕残缺的梦。

爸爸以前给我讲了一个故事。寒冬的下午，学生放学后，他又闭门自读了。这张八方桌上一旁堆满了自考书籍；一旁是一支蜡烛，一口茶杯，旁边还备了一个热水瓶。他做事，总喜欢做好一切准备工作，包括上厕所。不知过了多长时间，爸爸觉得寒气逼人，浑身打抖。他根本不知道大片大片的雪花已经偷偷地从窗户从瓦缝钻进来，浸湿了被子和衣服。一看表，已经深夜 12 点半了，而此时，他没吃没喝，甚至没上过一次厕所。当天晚上，爸爸把被子一分为二，垫一半，盖一半。第二天起床，打开房门，眼前一遍银装素裹的世界。教室周围全是纵横交错的田地，冬日的早晨，万籁俱寂。爸爸打扫完屋里的积雪，已是上午八点过，偶有路人的说话声；九点过，才有本来就不多的学生三三两两地来到教室。这里是那么的寂寞，那么的孤独。"虚堂人静不闻更，独坐书床对夜灯。门外不知春雪霁，半峰残月一溪冰。"听公公讲，爸爸读书时特勤奋，门门功课都是"优"，还发表过不少文章。我不知道老天爷为什么要这么捉弄他，我不知道爸爸初为人师时在这儿呆的三年是怎么过来的。

爸爸把教室、操场乃至厕所转了个遍，我知道他在寻找失落的记忆。

　　操场边有一口井，旁边有一丛竹林，竹林郁郁葱葱，没有行人，也没有村民。村民原本不多，年富力强的都外出打工去了；老人、小孩和妇女待在家里，守着自己的家园。我们看见有稀稀拉拉的几个村民，在远处的田间地头，重复地耕耘着简单而又单调的日子。眼前也曾出现几个小孩，用新奇的眼睛打量着我们，然后陌生地跑开，玩他们的去了。

　　一片青竹幽篁地。父亲说这里住着一位老村长，当年第一次踏上这块土地时，曾帮助过他，可惜，如今这儿已寂无人声，不多的房门全部关锁；于是，我们又悄悄地退回。此时，我脑海里冒出两首唐诗：一首是岑参的《山房春事》："梁园日暮乱飞鸦，极目萧条三两家。庭树不知人去尽，春来还发旧时花。"一首是贺知章的《回乡偶书》："少小离家老大回，乡音未改鬓毛衰。儿童相见不相识，笑问客从何处来。"

　　半个小时后，我告别了这方淳朴而清静的土地。

69

　　斯波初中，有两件事难忘。

　　暑假，从城里回杨家湾的客车上，石兵与另一位"伯乐"并坐最后一排。他姓庞，当年是教师，现在已是校长了。

　　石兵涎着脸介绍了自己的情况，然后毛遂自荐："庞校长，我能不能到你们学校来工作？"

　　庞校长没有过多的发问，丢了一句话："应该可以吧。"

　　"世事波上舟，沿洄安得住？"造化弄人，总是喜欢跟人开玩笑——当年中师毕业分配时，父母钻天钻地找门道却一无所获，而那次邂逅，几句扯谈就搞定了。暑期收假，石兵便告别了白头山，告别了杨家湾，告别了父母，在乡亲们奢望的眼光和殷切的祝福声中回到了母校——斯波初中。

另一件事，发生在班上的学习委员黄婷身上。

有一天上午，她像一只小鸟，扑棱棱地飞进办公室，红扑扑的脸上挂着惊喜，手里握着一份《读与写》，上面有她的文章《我的语文老师》：

> 近十年来，教过我的语文老师很多，但印象最深的只有一位，他姓杨名石兵。杨老师今年才任我们的语文课，尽管相处才一个多月，但他给我们的印象却很棒。
>
> 杨老师个儿不太高，一米六七的样子，他说："个儿是爹妈给的，不高不要紧，站在黑板前才不影响同学们的视线。"你听，多有趣儿。
>
> 杨老师有一头乌黑的卷发，梳理得整整齐齐。脑袋似乎有些大，正因为有这个大而灵活的脑袋，所以他的文章写得很好。听很多人说，他曾经在不少报刊上挂过名。我也曾经看过，文章可精彩呢。
>
> 杨老师衣着朴素，经常上身穿着雪白的衬衫，配上黑色的西装，下身穿一条灰白的裤子。虽说朴素，看上去却有几分风度，几分潇洒呢。杨老师说："朴素不怕，只要整洁。如果穿得妖姿艳丽，岂不是走上了星光璀璨的舞台，当上了让你们欣赏的时装模特儿了么？那你们还有什么心思学习？"现在有的青少年就知道吃好、穿好、玩好，喜好干冒，哪有杨老师做的够味？
>
> 杨老师上课真逗。他嗓门很大，语言抑扬顿挫，让同学们听得津津有味。上杨老师的课，我可一次也不开小差，像进入诗画境界一般。杨老师特别会用词，他嘴里蹦出的那么多词汇，我可是第一次听到。杨老师精神还特别爽朗，听他的每一句话都带有几分快意。记得有次谈遣词用句，杨老师静静地说："一

个目不识丁的人，站在长城上，很想抒发心中的感慨，却有找不到恰当的词汇，粗话冲口而出：啊！长城，你真他妈的长。"话音刚落，全班笑得东倒西歪，空气活起来。

杨老师上课挺负责。有次晚自习，他在教室徘徊几圈，没有一个提问的。杨老师说："闹不懂一定要问，你们不问，我可要问你们咯。读书，要培养一种精神，那就是'不要脸'。"你听，多形象！杨老师可把同学们的心说动了，现在提问的同学可多了。

杨老师的眼睛特别"精"，那次我看小说，装得很像，桌下却藏了一本八卦期刊。我身板笔直，背靠墙壁，目光下射，成四十五度角，加上鼻梁上架着的一副近视眼镜，够专业的了吧，可还是被老师发觉了。当时可害怕了，心怦怦直跳，脸上火辣辣的，预测大祸临头。但后来的事实并非所料，师生欢快而散。

我们的杨老师，真是一位好老师。

石兵给可爱的弟子道了祝福，自己也感到欣慰和惭愧。欣慰的是，文章虽然夸饰，但必定从心底认可老师了。惭愧的是，学无止境，自己卑微如尘埃，何才何德能见诸报端呢？散文《心路小语》写道："当步履匆匆、神采奕奕地站在百年古刹之前时，我似乎也超越了血肉之躯而变得顶天立地。究竟要直面人生，还是要随波逐流？"思来想去，立誓要"改造"自己，不再跟身边的伙计们"一般见识"，在寝室的墙壁贴上了龚自珍的词《鹊踏枝·过人家废园作》：

漠漠春芜春不住。藤刺牵衣，碍却行人路。偏是无情偏解舞，蒙蒙扑面皆飞絮。

绣院深沉谁是主？一朵孤花，墙角明如许。莫怨无人来折取，花开不合阳春暮。

70

当老屋前面的公路扩宽，变成沥青油路延伸到祥龙场的时候，石兵加入了党组织，也获得了大学本科学历。白头山众多的子孙中又出一个大学生了，白头山的子孙中又有一个"先进"人物了。其后，石兵结婚、生子，有了自己的家。杨家湾，你宽阔的胸膛里是不是又有了欣慰的笑声？

这一年，父亲特爱赶场，特爱与人喝上一杯，可能石兵小小的成绩让他脸上生光了吧，可能父亲眼中的幸福不在于舒适的高楼大厦，不在于丰盛的美味佳肴，不在于昂贵的奇装异服，而在于子女通过努力取得的一点回报吧。重阳节那天，恰好逢场，父亲破天荒和母亲，邀上杨二爷，到场上的"夕阳红"茶楼，看了一上午"川戏"《穆桂英挂帅》。

下半年，西南最大的人工湖——升钟水库的滔滔水流翻越千山万壑来到了白头山。

白头山高大的身躯抵挡不住滚滚洪流，人们开山架桥，热热闹闹地迎接它的到来。

村民们从白头山横生出的一只"臂膀"下钻出了一个长约200米的洞，引来了致富，水引来了幸福水。白头山的层层土地早就渴望着丰润的乳汁前来滋润，白头山干涸的心田早就希望涓涓水流前来灌溉。村民决定修一条上山的大道，以便托运石头、沙料上山修支渠，路线就是老屋背后的上山之路。村民们有钱的出钱，无钱的出力，轰轰烈烈地在白头山千万年来不曾改变的躯体上敲敲打打起来。那时候，村里的精壮汉大都外出挣钱了，再加上"退耕还林"，一块块土地芳草萋萋，田边地头杂草丰茂；白头山从第四台开始就少见禾苗，有的是郁郁葱葱的树木和兔跑鹰飞的热闹。

白头山，面对此情此景，你肯定特别高兴吧？

"轰!"炮响了,一片土石腾空而起,然后纷纷扬扬地洒落大地,紧接着山体"扑簌簌"地垮了一大片。人们抬的抬,挖的挖,背的背,夯的夯,仅过一个月,一条宽约三米的土石大道就出现了。它从老屋那头的公路边接头,穿过菜地,穿过竹林,来到尖角地。这里,一旁是石兵家高大茂盛的柑橘树,一旁是高约六米布满青苔的绝壁。似乎遇到了瓶颈,大道在这儿变得窄小,怎么办?是挖掉三棵柑橘树呢,还是在绝壁处用石料填补?难题摆在了村民面前,更摆在了父亲面前。填补石料,工程巨大;挖掉这三棵柑橘树,它过去可是家里重要的经济来源,砍掉它,家里可能就缺了一袋盐或是一袋洗衣粉,甚至是周末全家人打牙祭的一斤腰黄猪肉。这三棵柑橘树,曾经是三个孩子学杂费的来源呢。

为此,父亲和母亲一直嘀嘀咕咕到深夜。

71

第二天,村里决定在"绝壁"处进行填补。

这时,父亲来了,和大家一起嘀咕后,决定不再填补"绝壁",而是砍掉培育多年的三棵柑橘树。大家忙忙碌碌地折腾了一个上午,中午回家,父亲筋疲力尽地瘫坐在椅子上,眼角挂泪,说右手腕有点疼。大家想,可能关节扭伤了只需受伤部位制动,少活动,什么药也不用,几天之内就会自然痊愈。何况干了一天重活,不累才怪。父亲没在意,大家也没在意,下午又去修路了。

当大道修通的时候,父亲的腕关节活动不灵了;当支渠修好的时候,父亲的手腕无力了;当升钟水汩汩流向麦田和菜地的时候,母亲捎信说医院检查出来父亲手腕处的韧带断裂了。于是大家慌了神,赶紧找出干栀子,加点蓖麻籽用椒钵捣碎,再加上蛋清搅成糊状,然后倒在布条上,待成黏稠状时,再捆在手腕上。医生说这方法很好,可惜已经迟了,彻底迟了。

当村民在山脚最深处的一块凹地因地制宜地建成一口水田时，父亲的手腕彻底伸不直了，右手半瘫了。父亲残废了，在生养他的土地上；父亲残废了，在尖角地的柑橘林；父亲残废了，为了集体的利益。父亲残废后，收到村支书送来的一张奖状，奖状不是因为"残废"，而是因为村里升钟水库配套工程收工得早。事后，石兵问该不该找村里说点事。父亲说，算了吧，那肯定是扯皮的事；事情都过去一年了，能说得清吗？于是大家不再掺言。

72

暑假，石兵和父母前往陕西看望二爸，中途停留升钟水库，看到几弯浩渺烟波，也看到《升钟水库碑》铭文片段：

天生一水，水生万物；水兴则百兴，水利则百利。星光点燃篝火，红旗争辉日月。肩挑背驮，依稀精卫填海；银锄翻飞，仿佛愚公移山⋯⋯碧波荡漾，乃水上运动场所；青山叠翠，亦人间秀美画卷⋯⋯渠道三面光，农家稻粱肥⋯⋯抚今追昔，饮水思源；功在当代，惠及子孙。

不久，在当地报刊上读到诗人郑晋的一首诗《一枚珍藏的党徽》：

⋯⋯他的故事，再次带我到了一个创业年代。北风的刀割掉了他一只脚，一朵大红花，一枚党徽，迅速缝合了他的伤痛。这个时候，党徽好像在他手中轻轻唱歌。他情绪高涨，

似乎又经历了一次淬火。而我——又沐浴了一次阳光。

老人，不愧为社会的宝贵财富！也曾自问，父亲的一生，难道吃苦还不够吗？上天为何还要把灾难降到弱者身上呢？如果灾难能够转嫁，哪怕十倍百倍，那就统统转嫁给我吧！

73

百年大计，教育为本。

闹闹嚷嚷磨磨蹭蹭几十年，斯波初中终于迁到了斯波场上。教工有了方便的家，石兵回杨家湾也更便捷了。

蜉蝣人生不易，何时忘却营营。在大家都以为日子会如此波澜不惊地磨下去的时候，白头山下这个不安分的子孙，却偏要离开，决定去沙栖中学工作。

妻子反对，母亲反对，朋友反对，亲戚也反对；在一片反对声中，在父母苍颜白发、泪水涟涟中，石兵执拗地告别了斯波初中刚刚分给他的八十平方米教工宿舍，告别了关爱他的庞校长，去了一个他从未去过的边远地方。父亲，你眼噙泪水沉默不语；白头山，你静静地一言不发，是在冷眼相看呢，还是默默地认可呢?

石兵走了，独自一人。石兵走了，勇敢地跨开步伐。这是身边朋友不敢逾越的一小步，也是努力而自信的一大步。石兵走了，横越迢迢山水，乘车又转车，花了五个小时，终于到了沙栖。在场镇打听，别人告诉他说学校在山那边，于是顺着公路，沿着山脚走了三里路，转过一个山嘴，沙栖中学终于出现在眼前。沙栖中学，一所怎样的学校啊，占地不大，似一个密集的小院落，窝在一个山湾里，似乎与世隔绝，称为"孤岛"。命，这是命，命中注定如此吗?中师毕业后工作的首站是离中林场镇极远的村小，大专毕业后工作的地方是离场镇有几里路的初中，本科毕业后工作的地方还是远离场镇远离"现代文明"。"沙栖，沙栖。"石兵叨念这名字，想到自己漂泊不定的工作，不由自主地记起杜甫的诗句："飘飘何所似，天地一沙鸥。"

晚上，路灯残照，雨滴瓦檐。在不足二十平方米的简陋寝室，石兵独自一人躺在床上，望着破陋的天花板，想起了陆游的《夜闻杜鹃》："茅檐人静，篷窗灯暗，春晚连江风雨。林荫巢燕总无声，但月夜，常啼杜宇。催成清泪，惊蝉孤梦，又捡深枝飞去，故山犹自不堪听，况半世，飘然羁旅。"

梦，在哪儿？

路，在哪儿？

父亲，儿子让你们寒心了；父亲，儿子会努力的；父亲，你的儿子走出去了，他已经没有了退路。

74

"孤岛"自是一方水土。

课余，大家常常窝在寝室里打牌搓麻将，或者邀邀约约踱出校园，来到公路边的几个小商店，要么下象棋，要么"三五反"；或者干脆就在校门口门卫室，搞几把手气——短平快的"赌青花"。赢钱输钱似乎都无所谓，戏曰"搞点空玩意儿""经济半小时"。

丁酉年冬天，充国下了一场雨雪。

近十年没下雪了，大家兴奋不已。

这雪下得如何呢？网上出现了一个帖子——

这场雪下得讲政治，讲大局，接地气，展示了充国的精神面貌，体现了以下三个特色：一是规范有序，北京下过，西充才下。要是北京还没见雪，充国则不可能带头下雪。不像别的城市，跟着首都同时下，如内蒙，有的还下在首都之先，如沈阳，那叫不懂政治。二是适度适量，遵循"不讲排场、不攀比、不奢靡"的原则，适量就好，各地都下了，充国也下了，但雪量和雪势不靠前，低调、普通、不扎眼、不出头，真所谓既隆重又节俭，既规范又有序！三是接地气，充国这场雪在空中是雪，落地是雨，充分说明下得接地气，符合"两学一做"的要求，既不是高高在上的漫天飞舞，那有官僚主义之嫌，也不是只有雪水不见雪花，当然，必要的形式是必须的，但不搞形式主义。其结果是既净化了空气、促进了农业生产，又没有大雪封路、影响民生，符合和谐社会中国梦的定位要求。

沙栖忆，最忆是橘林。

石兵不合群，爱独处，最爱去的地方是学校后面山上的一片柑橘林。

山不高，但柑橘树密密麻麻，堆满了山梁，很容易让石兵想起白头山，想起白头山下尖角地里的柑橘树，那儿一年四季也是郁郁葱葱的，赏心悦目。

冬季，一场小雪光临川北大地。小雪极小，仅仅在屋顶的瓦楞上残存了一撮或一线白，但已让石兵兴奋不已。他赶快套上棉衣就登山。

走在冷飕飕的山梁，看着满目的青翠，石兵惶惑躁乱的心终于有了一个可以停靠的秘密地点。那安静的白色似乎降低了这个发着高烧的世界的温度。他走着走着，竟然诗兴大发，口占了一首《冬日橘林感怀》：

> 川北有丹橘，经霜犹自绿。
>
> 彼桃春争景，此木冬傲菊。
>
> 培心静养性，红烛当燃情。
>
> 寓形能几时，鬓发各染雪。

心，在适度的寒冷里可以变得安静而宽阔。石兵继续往前走，不见了柑橘树，不见了零星的积雪，而只有冬日满目的衰败和潇潇寒风。时值中午，石兵正想返校，忽见山崖之边，一支红梅傲然而立，不多的花蕾和花瓣似大自然的精灵在调皮地招手，将他无处投靠、无处逗留的目光遥遥地接住了。

梅，一种什么样的精灵呢？南宋诗人陆游写道："驿外断桥边，寂寞开无主。已是黄昏独自愁，更著风和雨。无意苦争春，一任群芳妒。零落成泥碾作尘，只有香如故。"新中国的缔造者毛泽东则曰："风雨送春归，飞雪迎春到。已是悬崖百丈冰，犹有花枝俏。俏也不争春，只把春来报。待到山花烂漫时，她在丛中笑。"

石兵怔怔地注视了一会儿，想攀摘一支，但她又是那样的遥远，于是只好惆怅地折回。回到办公桌，却挥笔写下了一首七律《西山一梅》：

> 霜锁西山万木疏，幽涧清啼落叶重。
> 清光转壑三星灵，素面迎寒一梅红。
> 磨砺自古出高俊，危石原本立青松。
> 但令无伐恣意长，寄傲桃李笑春风。

白头山，你厚重的身躯给了子孙不屈的性格，他们又在狭小的缝隙中寻求发展之路了。

75

在"孤岛"工作了三年。其间，外公、外婆年老去世了，大爸也生病去世了。年老去世，属于寿终正寝；而大爸去世，则和生计和生活习惯有关。大爸做过卖货郎，也干过石活，风里雨里，走乡串户，肩挑背磨，落下了颈椎病、腰椎病。颈椎又压迫神经，导致后来手脚麻木。长年累月没少吃自家地里种的叶子烟和廉价香烟，心肺心血管也严重抗议。一辈子营养不良，导致心血管不畅和脑萎缩……总之一句话，百病缠身。杨二公说，这是老年病，人人都要过这关。六十多岁，老么？

孙二妈也走了，小鹏匆匆赶回来。

记得入土那个冬天上午，白雾茫茫。

村里有点劳力的人都来帮忙了。所有亲戚，包括从外地打工赶回来的侄儿侄孙，都头裹白布、身披麻服。

院坝那边，一个临时搭架的帆布帐篷里，两条长凳支起一张木板，逝者仰卧在木板上，被一张白布从头到脚地蒙着；这边，用砖石支了几口大锅，柴木吐着红红的火舌，舔着锅底。

锅里有饭，有冒着热气的水。这水气升腾不到一尺高，转瞬就和白茫茫的雾气合在一起，笼罩着大地。人们吃着饭，雾气在每个人身边、头顶任性地飘来飘去。

一位阴阳大师和几个年轻人，从中林场那边的祥龙乡请来，已经早早地吃完饭，说要赶时辰，在院坝边热水净手。

有四个年轻人不动声色地走过去，在那边把逝者用麻绳绕了三圈，固定在木板上。

大师身着齐膝黑服，神色凝重，右手拇指掐着中指，左手拿着一本泛黄卷角的小本子。据说，大师精通天文、历算、阴阳之说。侄儿侄孙们跪在帐篷前，脑袋折腰，双手撑地。大师神色肃然："道场庄严，法令如山！"又听其念念有词：

"天地玄黄，宇宙洪荒。日月盈昃，辰宿列张。寒来暑往，秋收冬藏……轻清之气，上浮为天；重沉之气，下积为地；二气交感，化生万物。兹有孙氏……斯人已去，呜呼哀哉，伏惟尚飨！呜呼哀哉，伏惟尚飨！"

待双膝酸痛、体力难撑之时，大师又念了几个"呜呼哀哉，伏惟尚飨！"后，终于加了一句"可以起来！"语速和音调呈直线行走，波澜不惊，有的人没听清，继续跪着；有的早有此想，立即起身，却腿膝麻木，腰肢酸软，站立不稳，踉跄着扑向木板，像是想拥抱，作最后一次告别。要的就是这种效果！杨二公悄悄耳语。大师就是大师！大家不得不十三分佩服，再也不敢三心二意。

大师手里拧着一只雄壮的公鸡，那鸡披着金黄色羽毛，绑着脚，着了魔似的，一动不动。

大师把鸡捆在逝者腹部，那鸡仅仅扇了扇翅膀，又无声无息，像睡着了。

公路上没有一辆车经过。

亲朋没有言语。

村民没有言语。

四周静悄悄的，气氛凝重而肃穆。

大师等人也没有言语。大师两个指尖对掐，竟在中指指头上掐出一道深深的红沟，可能终于掐痛了，便停下，丢过去一个眼神，那四人抬起了木板。

"呃——呃——"短促而凄厉的两声"呃"，从院坝那边迅速传过来，穿透云雾，穿进了每个人冷飕飕的耳朵和躯体。大家身子一紧，不寒而栗。那鸡好像醒了，"葛葛葛"尖叫，翅膀扑棱棱折腾起来。这是站在生与死的边缘，在对不公平的厄运进行抗争吗？

大家还没回过神来，"乌拉——乌拉——"刺耳的唢呐便响了，向天地倾诉着莫名的哀怨。

一行人终于出发了。

大师走在最前面，嘴里偶尔小声地"哇啦哇啦"，像是在跟天地间的神明亲近私语。

乐队其次，"啵啵啵"锣鼓响了，"欻欻欻"铜箔闹了，幽怨的二胡哭了，清冽的笛子也叫了……

小鹏再次，披麻戴孝，胸口前端着母亲的照片。

那四人抬着木板，小心翼翼，屏气跟着。

后面跟着的是至亲和村民，每人手里都扛着花圈，走向白雾深处。

来到白头山的坟地，穿过没脚的荒草，雾气更浓了。

在密密麻麻的土堆之中，一方条形的土坑像张开的嘴巴，等着。

自然的、人为的一切声响，全都消停了。

雾气太重，天空飘起了毛毛小雨。

大师在土坑正前方，也是白头山腹地，用一方麻布铺地，跪下，开始祷告：

"蛮荒时代，诸神林立，群魔乱舞；自盘古开天，女娲造人，三皇治世，五帝定伦，天地之间，有天地灵长。乾道成男，坤道成女。万物生生，变化无穷。立天之道，曰阴与阳；立地之道，曰柔与刚。原始反知，故知死生之说……"

祷告结束，大师手起刀落，那鸡利索地轻轻应了一声，便在旁边耷拉下了脑袋。大师早已积了红艳艳的鸡血，在土坑四周洒上一圈，在坑底抛上几枚一分两分晶亮亮的硬币。几个年轻人一起动手，放棺，入殓。

大师问要不要再看一眼，还有什么话说。小鹏摇摇头，摇出两串滑落不止的泪水。

大师双膝跪下，麻利地从背篓里取出草纸和冥钱，点燃。火苗诡谲地跳起了舞。大师双手合十，唱念："地灵灵，天蓝蓝。烧的是纸，用的是钱。阎王小鬼都有份，大家各自来。如果不够花，不要找生人，腊月三十又烧来。"

掩土垒石，生者安慰，死者安枕。

此时，雨大了，淅淅沥沥。大家匆匆告别新砌的条形土堆，下山。

76

寒暑易节人难料，世事蹉跎天地老。在工作之余，石兵蜗居陋室，焚膏继晷，忙活着长篇小说《折断的羽翼》。

寒夜。低矮简陋的板房。昏黄的灯光。

一个年轻人正在乌黑漆墨的方桌上，腾出一角"爬格子"。

楼下，有领导路过，拖着尾音高声喊："杨老师，杨石兵，又在搞空玩意儿啊——"

年轻人亢奋地沉浸在自己独有的空灵世界，幸福着呢。幸福也许不在于拥有金钱而在于创造力迸发时的惊喜吧。

几分钟后，"咚咚咚"，门又响了。领导上楼了，委婉而关切的声音：

"睡了，该睡了！少搞空玩意儿，明天早点起床——"

年轻人知道对方说的"空玩意儿"是什么，此"空玩意儿"非彼"空玩意儿"——记得在王家坝工作时，石兵曾因想变动工作找过几次教办蒲主任，蒲主任莫名地发火："不×好好教书，整天尽搞×些空玩意儿！"

一口气下来，连续几个"球"字，好像喉咙里码着一堆"球"。

有一回，在中林完小开会结束，几位同行聚在一起，闲聊。

石兵问其中一位："平时爱看文学书不？"

"啥子文学书？"对方不解。

石兵奇怪地盯着对方的眼睛，说："譬如四大名著。"

"看那些空玩意搞啥？"对方也奇怪地盯着石兵的眼睛。

石兵扭头问旁边另一位："你呢？爱看文学作品不？"

"我不爱看。"对方一口回应，似觉掉价，调侃道，"还是要看呢，蹲着屙屎的时候翻两页《故事会》"。

有辱斯文，大家笑嘻嘻地散了……

年轻人出离地愤怒，被迫切断畅游的思路，打开房门——

天气阴冷，寒气从门口蜂拥而进。门外无人，领导已走。

校园里弥漫的是幽幽的月光和肃杀的雾气。据说雾是空气中的小水珠附在飘浮的灰尘上形成的，雾多表示空气中灰尘变多，是危害人健康的。

月光如雪水流遍，清冷浸入灵魂深处，缓缓地渗透，空气中弥漫着儿时的味道——

琼踞蓝天

一抹清辉倾洒

洒出一朵朵心雨

在一支清亮的竹箫里

静静叩拜流逝的童话

山弯有一汪水塘

两个月亮

一个在水里一个在天上

辉映着房前的秋玉米

还有农田里一捆一捆晚割的谷桩

玉米金粉闪闪发光

稻谷胡须格外张扬

萤火悬绕

蛐蛐的鸣叫清澈悠扬

坐在稻草堆

嚼着玉米馍

细心品尝手中的月亮

心头泛起丝丝薄雾

熟悉的篱笆墙里的味道

月亮走人也走

跑出山谷跑出村庄

城里的月光又圆又大

人流熙熙

桥面红灯高挂

虹溪婉约

凝目天上一抹白白的月光

微风徐来

湖水破碎了满地的红灯笼白月亮

品着桂花楼里的月饼

炫目繁华

却少了泥土淳朴和厚道

追溯潮水

眺望月光

月光清澈

在惦记的农历日中

拾捡窗外箫声里的一桌茶话

此玩意儿还真非彼玩意儿。

第二天上午，校园出奇地冷冷清清。

下午，从城里回来的几个教师家属口中得知：充国两千余名中小学教师，打着横幅，愤然走上"212"国道，堵断交通两个多小时。

教师们一大早从各乡镇坐车赶到县城，上午8点在县政府楼前请示，要求解释一些问题，但一直等到11点都没有主要领导现身，只有一些工作人员出面搪塞。于是教师自发涌上出城处的国道咽喉，堵断交通。警察试图疏畅，一度与教师发生推搡，就差发生暴力冲突。城乡教师闻讯赶来，最多时竟有三千人，警察最终无法控制，道路堵塞到下午2点。当地主要领导一边组织公、检、法队伍，强行疏散人群，一边答应在政府会议室对话。

事件源于政府近几年来的各种硬性摊派，如环城路集资、广场建设"募捐"、城市绿化费和下岗职工年年一百元的统筹费等，这些

"苛捐杂税"说扣就扣，连二指宽的收条也不见一个。

沙栖中学竟然有三四十名教师参加，还真不可貌相。昨夜，学校领导警觉石兵窗口散发出灯光这些小小的空玩意儿，却没察觉校园里即将发生的大玩意儿。不久，教师们得到政府部分补偿。秋后算账，想抓几个带头肇事的教师，又忌惮法不责众。不久后的不久，几位校长极不情愿地异地就职，几位校长诫勉谈话。"212"堵车事件就这样草草收场。这些看似松散的群体，让人大跌眼镜。

77

孤岛，似乎是异乡，遥遥天涯路。

小说源于生活，高于生活，大家耳熟能详。小说《折断的羽翼》叙写的一件事，石兵真实地记录了芸芸众生中一个凡夫俗子的"囧"生活——

去乡下的学校有两条路。

一条是从北街车站出发，车费六元；一条是从西街环城路出发，乘过路车，车费四元。前者遇见同行熟人的可能性较大，且要多花费两元，那就从后者吧。

下午两点钟，"教书匠"看了看表，再次环顾一眼空荡荡的小屋，出了门。

昨天下午，在城里寄居带娃的妻子一个电话打到学校，说明天就要跟人南下打工，看你能不能回来一趟。"教书匠"在距离三十余里的乡下中学教书，从教十余年，到现在工资加奖金不足九百元钱，是个十足的匠人，一个彻彻底底的"教书匠"；确切地说，甚至连砖匠、木匠、打石匠都不如，他们每月千多块钱，还有人供吃供住呢。接到电话后，"教书匠"颇犹豫了一阵：这几年由于社会大环境等诸多因素的影响，学校不景气。

大家拿大环境没办法，于是内部开刀加大整治力度。刁校长在会上说全国上下都在改革，各行各业都在竞争，学校部门也要紧跟形势，严格管理，不准随便旷工、调课，否则……可是，妻子今年快三十了，第一次出远门，今天不回家一趟，难道让她……

　　到西街环城路乘车，得步行十分钟，虽说可以花上三元钱打的，但"教书匠"认为不值。反正昨天已经私下里悄悄把课调换了，今天的课是下午四点钟。妻子走了，儿子也送姥姥家了，"教书匠"心里有些失落。相濡以沫八个春秋，虽说小两口也曾动过口舌，但毕竟相处得还算和睦；只是最近两年，妻子下岗后手头顿显拮据，常常为一些鸡毛蒜皮的小事莫名其妙地滋生出一些烦恼。不久前，妻子说要外出打工，当时"教书匠"正在怄气，于是没好气地说："走就走吧，免得坐吃山空！"没想到妻子真的说走就走了。

　　"教书匠"朝西街走去，脚步有些空，也有些闲。有辆红色的TAXI从身边疾驰而过，屁股泛出些轻烟。里面一个人影好熟，胖胖的，额头宽阔，该不会是学校的黄主任吧？这个念头刚刚火花般一闪，又迅速地熄灭了。世上哪有那么巧的事？"教书匠"安慰自己。

　　走出西街，百米外就是环城路上的候车点。"教书匠"没有忘记提醒自己，谨慎地避在一家商店的柱子后。候车点上人不多，那胖胖的黄主任不就马步般骑在一只凳子上么？"教书匠"下意识地避进了一家商店的深处。

　　自从环城路通车以后，几个乡镇的车辆必须从此经过，于是此地便自觉不自觉地成了一个临时的候车点。一分钟，两分钟，三分钟……十分钟过去了，就是不见一辆中巴或"扬州大客"什么的从此经过。那胖胖的黄主任似乎也等得不耐烦了，干脆摸出一支烟，腾云驾雾起来。

两点二十分，一辆白色中巴终于映入眼帘。眼瞅着黄主任上了车，"教书匠"长长地舒了一口气，索性在商店里闲逛起来，再等他两分钟，让这中巴走了再说。

怪！那中巴就是不动。车坏了，等人，还是……"教书匠"悬吊吊的心似受惊的小鹿。

两点三十分，中巴终于启动了，屁股后"突突突"地冒出一股浓烟。

天空，太阳在懒懒地挪步；地上，行人来来往往。"教书匠"坐在黄主任刚才骑过的那只凳子上，眼巴巴地盼望着下一趟过路车。

等待令人难耐而焦灼。地上有一张废报纸，卷着角儿。"教书匠"信手把它捡起，发现上面转载有两条打油诗。一条是：教师——人类灵魂的工程师，看上去比谁都好，起得比鸡还早，睡得比小姐还迟，干得比驴还累，吃得比猪还糟，装得比总统还严肃，责任比总理还大。

第二条是教师的七种死法：上告教委整死你，以人为本哄死你，选拔竞聘玩死你，混蛋学生害死你，教学课改骗死你，绩效竞聘气死你，不让休息累死你。

第三条是学校的"十化"：校长贵族化，领导多元化，教师奴隶化，学生祖宗化，人际复杂化，上班日夜化，加班无偿化，值班责任化，检查严厉化，待遇民工化，想翻身？神话！

"教书匠"草草地扫了一遍，笑了笑，悄悄把报纸放在凳子下；抬头揉揉双眼。不妙！不远处的公用电话旁，一个胖胖的身体闯入"教书匠"的眼帘并步步紧逼过来。黄主任低着头，正专心地盯着自己手中的手机。"教书匠"身体发毛，心跳加快，回避是不可能的了，于是在四目相遇的一刹那抢先问话。

"哟！您也要回校么？"黄主任倒是挺热情。

"教书匠"红了脸，脑海里思绪乱飞。今天车费涨了两倍是小事，要是发觉擅离工作岗位……

"昨晚大家给教委王主任的母亲祝生。刚才上了车，王主任给我打来科机，问我走了没有，他要去我们学校，走，四个人一起坐。"黄主任殷勤得让人没法拒绝。事也至此，硬着头皮吧，反正主任还没有学校的"生杀大权"。来不及思索，黄主任已经招来一辆出租车。

司机说："十元。"

"教书匠"立即掏腰包。

黄主任忙说："我来，我来。"手脚异常麻利地在全身摸索，结果第一次从衣兜里掏出来的是一团卫生纸，第二次又掏出一叠发票，再掏第三次的时候，出租车已经一溜烟跑了。

黄主任说："我请你坐车，倒让你破费，多不好！"

"教书匠"说："没得啥。"

于是两人站在街边等王主任的小车。

滴答，滴答……"天王表"不紧不慢耐心十足地走着。

"怎么还不来？"黄主任皱皱眉，头顶有些泛红了。黄主任似乎也着急了，扔下嘴里的烟屁股，匆匆去路边，拨响了公用电话。

"小车被辆货车堵在教委门口了，现在正在找人清理。"黄主任回来说。

"教书匠"决定再等几分钟，于是没话找话地说："黄主任，刚才您说有四个人坐车，哪四个？"

黄主任掰着指头，说："大家两个、教委王主任、我们学校的习校长……"

"教书匠"身子一震，鼻子有些酸，天色暗淡得似乎要下雨。于是低低地说："黄主任，你慢慢来，我四点钟有课，要先走了。"

黄主任露出讪讪的相，额头亮光了些，说："我本是一片好心，说坐小车舒服，又快当，你看……"

"教书匠"紧走几步，算算时间，觉得打紧，于是招来一辆出租车，迅速赶往北街车站，又乘上一辆中巴。中巴一路颠簸，一路呻吟，慢似蜗牛爬步。"教书匠"心急如焚，心里祈祷：一路顺风吧，都一路顺风吧……

中巴气喘吁吁地赶到学校时，"天王表"已经走到四点十五分。

校门口，刁校长瘦瘦的鼻梁上架着厚厚的玻璃瓶底，双目如炬，发出一晕一晕的光……

生活在岁月中颠簸，在表演中轮回。父亲，儿子的这种"囧"，是不是自讨苦吃呢？

78

孤岛，隔绝了外世，也隔绝了家人之间的关爱。

孤独的世界是充满恐惧和喜悦的，她充满了痛苦的自我贬低和狂喜的自我膨胀，偏偏很多创造和奇迹就发生在这里。

周末回家，石兵意外地也很绝望地发现儿子的考卷上，出现了几把不寻常的草草的钢"×"！过后，痛定思痛，触景而感，写下了一篇教学随笔。

儿子上小学五年级了。

作为家长，同时又是一名教育工作者，看着他小屁股上沉甸甸的大书包，我的肩头也不再轻松，每日都得检阅其书本上的得失。近日，翻看其语文期中考试卷，不觉间自己儿时读书的情景就像泛黄的日历飘然而来——

老师手握红笔，类似判官。

学生的作业摆在案前，静静地等待着"判官"的生死宣判。

试卷上，"√"，鲜艳夺目似三月的桃花；"×"，鲜明刺目似腊月的寒风。那时候，我是多么渴望满卷盛开大把大把鲜艳夺目的三月的桃花啊。

低头，儿子的试卷上有这样两道填充题——

①"你敢碰我吗？陶罐子！"应该读出_____的语气。

②"一盒火柴只要一个便士呀！"应该读出_____的语气。

这两道题没有上下文，即没有特定的语言环境。我沉思良久，有了多种答案。看试卷，儿子的答案是——

①"你敢碰我吗？陶罐子！"应该读出凶猛的语气。

②"一盒火柴只要一个便士呀！"应该读出诚恳的语气。

试题旁边，两把大"×"赫然刺目。我一惊，急忙沉思再三，无果。后来，查阅"标准"答案，原来——

②"你敢碰我吗？陶罐子！"应该读出挑衅的语气。

③"一盒火柴只要一个便士呀！"应该读出乞求的语气。

儿子很听话，在试卷发下来但老师还没有评讲前，已经主动订正了答案——

①"你敢碰我吗？陶罐子！"应该读出有感情的语气。

②"一盒火柴只要一个便士呀！"应该读出十分有感情的语气。

我哑然，浑身散架沉沉地瘫在椅子上，看着身边已昏然入睡的儿子，想到一个故事：有一个国王，养了三只鸡，要三只鸡比赛谁生的蛋最美。第一只生的是一个中规中矩十分标准的蛋，第二只生的是一个五颜六色硕大无比的彩蛋，第三只生的是一个四四方方的蛋。结果国王判定这三个蛋都是最美的，三只鸡都得第一名。

长期以来，我们的教学模式以社会为本位，以教师为主体，以书本知识为主要内容，以灌输和背诵为主要方法。毋庸置疑，在特定的历史环境下，这一模式是有不少优点和特长的。但在实施素质教育和贯彻新课标的今天，学生们的思维模式和精神生活有了较大的拓展，不再单一，而呈现出多元化、发散性、灵活性的特点。当代教育家魏书生曾说过，任何一个问题，往往都有一百个解决的办法，绝不是"自古华山一条路"，而是"条条大路通罗马"。由于学生的阅历、经验、知识储备及认知水平参差不齐，见仁见智就在所难免，因此，答案也往往"丰富多彩"。

在深化教育改革的今天，我们做老师的，应该怎样适应这变化呢？我认为既要要求学生尊重科学、严谨思维，又要鼓励学生大胆创新、"异想天开"。只有与时俱进，才不会扼杀学生的创造力。于是，我想到了一个成语——"画地为牢"，在学生面前，老师是不是经常"画地为牢"呢？

于是，我从心底发出一个声音，说给他人，更是说给当老师的自己——

老师，请慎用笔下的"×"。

这篇文章，后来在教育系统征文中，获得特等奖。

79

自己的孩子是孩子，别人的呢？

在孤岛，石兵常扪心自问，并在教学工作中提醒自己，检点自己。石兵承担着两个高三班的语文教学，每班都有 100 余人，"周考""月考""期中考""期末考""会考""一模""二模""三模"等大大小小的考试接连不断，试卷雪花般片片飞来，及时阅卷、及时评讲、及时总结，把老师和学生都逼成了一部部铆足马力的机器，整天"轰轰隆隆"转个不停。现在的高三，在过去"一模""二模""三模"的基础上，又冒出一个"0模"考试，说不定何时，还会钻出不少怪物，譬如倒计时的"－2模""－1模"和超强化的"4模""5模"等花样来。

这是顶层设计，底层教育工作者无法抗拒。石兵能做的，就是在语文教学中强化学生的听说读写能力，教会学生多元思考，做一个有灵魂的人。

几个学期下来，班上的学生先后在各级刊物发表文章八篇。下面摘录一篇，以飨读者。

适懵懂于夏日，逢"五一"之长假。西山余晖洒水面，学堂结友亲河畔。

视万里之无云，唯苍穹之红日。道畔竹林意清凉，小桥流水心神往。迎扑面之凉风，临初夏之暖阳。清水泛绿波，红霞跃碧浪。游鱼轻吻水花，野鸭漫挥翅膀。非闻淙淙之流水，唯见粼粼之绿光。河畔新树吐绿意，两岸蒹葭换新裳。草长莺飞，无限风景现眼眶；牛羊遍地，欢喜号角传四方。

随河溯行，逆流而上。相距不远，却是另一番景象。碧草萋萋，缀怒放之花；彩蝶飞舞，呼辛勤之伴。远山层林似碧海，大风扶摇绿浪生。石桥卧波，如小酣之飞龙；巨石斜矗，同欲腾之潜蛟。从旁飞瀑，如九天之银河；古木参天，同擎天之巨柱。铁塔出于丛林，看是伟岸，乃众星拱月；亭阁耸于异石，想必奇特，是基石固牢。雄鹰立顶，似金鸡之报晓；栀子欲放，待众人之夸耀。

脚踏蛟龙之背，足立石桥之上。俯首视水，波如仙露琼浆；抬头看天，日同顽皮小将。侧耳流水响，正面惠风畅。不知不觉，层林已映红日；不声不响，归雁已随残阳。深巷犬吠，音传河谷；对岸鹊鸣，声回云漾。天籁之声，纵横交响。虽无渔舟望晚唱，但见群鹭依树傍。

天起帷幕，夜色即至。半月临空，映平静之水面；群星璀璨，衬虚无之山色。万家灯火，天女散花。宜气降于重霄，如瑶池之仙浆；白露临于水面，同久旱之甘霖。视欢鱼喜游亲河之畔，听声蛙响穷巴蜀之川。

物是人非，斗转星移。想孟德之天下难统，叹孔明之壮志未酬。人生在世，白驹过隙。似天地之蜉蝣，如沧海之一粟。敢问曹操，天下大业谁人统；借闻孔明，江山姓谁几人晓。岁月匆匆，韶光易逝。胸怀大志，何人能万事俱成？功盖千秋，有谁能永垂不朽？名人英雄皆成灰，盖世骁勇俱土垒。东流之水何时复，天降之雨几许还？灰飞烟灭，人去楼空。上古圣贤皆已去，唯独此景留后人；遥看天际上弦月，回望宇宙闪烁星。欢娱人生似流水，寂寞半月才痴情。短暂旅途似浮萍，闪烁明星却永恒。

虽欲望月止步，但却欣然起行。怎能见水伤怀，何必望月兴叹？人生之路，并非条条坦途；世间之事，绝非件件顺心。弗为眼前黑暗绊，不被身边烦事牵。昂首挺胸，豁然迈步。道路昏暗月光撒，前途明亮玉无暇。怎能在此恋美景，何不乘风去学涯？

这篇文章的作者是学生文安明，多少年过去了，虽没有联系，也不需要联系，但记得其文其名。当时是在教高中教材《过秦论》《阿房宫赋》等骈体文后，随便说说有兴趣的同学可以课后片段练习，不想这小子居然成文。后来文章在班上两次范读，并刊于学校手抄报。这小子大学毕业后去了某杂志社工作。

80

夏天的一个早晨，杨家湾发生的一件事，震动了全乡。

那天一早，天气热得出奇。

起床后，石兵依旧双耳发热，眼皮直跳，浑身不自在。

昨晚一宿未睡，辗转反侧，还做了一个奇怪的梦——

白头山巅那顶"官帽"在一片大火的红光中或沉或升，飘忽不定，随之又变成一团火球，在一股强劲的风流带动下，落入一片深不见底的黑暗深渊。转瞬，那火球又腾跃而起，照亮了半个夜空，稳稳地落在白头山巅。山巅烟雾弥漫，热闹非凡，众多的男男女女来来回回在路上、在云间杂乱地穿梭。父母声嘶力竭地朝着无边的旷野无助地呐喊，痛苦焦急，但又听不见声音。

石兵一会儿醒，一会儿睡，一会儿热，一会儿冷，恍恍惚惚地意识到明天还有课，明天还得早起，于是就数数："一、二、三、四、五……"结果数出了"第一台牛转山，第二台山夹坪，第三台蛮子坟，第四台坟地……"于是又翻身，强迫双眼紧闭，结果"欲遽就床眠，解带翻成结"，最后，迷迷糊糊天就亮了。

洗漱完毕，正准备去上早课。邻居告诉石兵，老家来电话，打到他这儿了，说紧急得很，好像是烧房子了，叫他立刻回去。石兵心惊肉跳，匆匆去办公室请了假，窜出校门，拦下过路的汽车，进了县城，然后又转车，赶向多日不见的老家。车子走走停停，石兵不停地催师傅"快点"。师傅烦了，问啥事。石兵不敢也不相信将会发生的事，只说有急事，"咚咚"直跳的心呀，早已飞回了魂牵梦绕的白头山。汽车转过一个弯，白头山映入眼帘。梦中的白头山啊，一年难得回两次的"游子"终于回来了。再转一个弯，杨家湾终于出现在眼前了。

杨家湾人声鼎沸，车流不通。车子在路边还未停稳，就听见有人惊呼："烧房子了！"石兵眼前一黑，脑壳"呼"的碰在车门上，踉踉跄跄地下车。

81

明火已经熄了。丝丝缕缕的烟雾，仍在幽灵般四下飘游在寻找吞噬的目标。

"没了没了没了没了……""119"叫着"没了"，在众人的唾骂声中假惺惺地呜咽着，匆忙地逃走了。

几个人穿行在废墟之上，寻找着残存的价值，石兵加入了队列。

大火发生在深夜两点，烧了两个小时，烧掉了四间半房屋。也就是说，从那头"新屋"烧起，一直烧到"老屋"，"老屋"也被烧掉一半。村民们说"119"来后，车厢里没装多少水，几分钟就喷停了。于是大家破口大骂"鬼捣的拿着皇粮不做事"，便忙着用水桶、尿桶、脚盆、面盆等一切能装水的工具挑水、端水、传水，一直折腾到天亮。

老屋后半部分坍塌了，几根横梁黑黑的横在天上，倔强地冒着黑烟。老屋前半部分也就是靠近街阳的地方，还倔强地挺立。"世事相违每如此，好怀百岁几回开？"石兵鼻子一酸，眼泪模糊了双眼。父亲，母亲，面对黑夜里熊熊的火光，你们应该是怎样的惊魂未定啊！一辈子省吃俭用的全部家当，转瞬间差不多焚为灰烬了，白头山的菩萨没有保佑你们，老天无眼，世道是何等的不公平啊！有人告诉石兵，父亲为了不影响你工作，没让大家通知你，还说即使通知了也没用，从那么远的地方赶回老家能起什么作用？

大家折腾到天黑，一座简陋的房棚依托老屋的前半部分，倔强地站立起来。

暗气初消，残月西挂。大家帮忙筑起了临时石灶，草草煮饭、吃饭，以草作铺，似乎回到了印象中的小时候：银河璀璨，满天星光，一张篾席铺在院坝里，小孩睡在上面。旁边，一把老式木椅上，一位父亲手摇蒲扇，给脚下的儿女赶走闷热、赶走蚊子。随着天上星光的闪动，孩子们的思绪早已飞到了遥远的神秘的无边无际的银河。而今晚呢，石兵和父亲挤在一起，谁也不说一句话，默默地承受着漫长黑夜的煎熬，思考着明天一早将干些什么，思考着如何度过今后的日子。

82

第二天，父亲早早地起床，在石灶上煮了红苕菜稀饭。

吃完饭，父亲赶走了石兵，要他立刻回校上班。父亲，亲爱的父亲啊，在你倾家荡产的时候，心底装的仍然是儿女和儿女的前途。后来石兵才知道，父亲和母亲还上山下乡地串门，虽然不是拄着拐杖，背着背篓，但也是乞讨啊，因为脚下还有更小的一双儿女没有长大成人。父亲，母亲，当初石兵离开斯波初中远离杨家湾丢下你们是不是太自私了？当时你们流下的眼泪是不是预兆了今天的不幸呢？昨晚梦中的火球是不是白头山巅的菩萨给的暗示呢？早知如此石兵是不会远离你们而要与你们长相厮守的。

杨家湾人千百年来和睦相处，没有冤头，没有死敌，不可能有人故意放火。难道罪魁祸首是那夜梦中白头山巅圆圆的火球？难道是半夜的行人不经意扔下的一个烟头？公安部门走访，结论为电线老化导致漏电。

"金窝银窝，不如原来的狗窝。"一个月后，原址上重建，房屋和先前没大的区别，仍旧称为"老屋"，老屋的旁边还修了一间偏房。邻居早已消逝了。幺爸离开废墟，利用多年积蓄在水塘边建了两层青砖楼房。父亲责无旁贷地照料着残存的几间老屋。父亲的烟瘾越来越大了。父亲，袅袅香烟能让你一辈子的厄难随风消逝呢？一辈子被这白色的精灵缠住了呢？父亲的白发更多了，父亲咳嗽得更厉害了，父亲的背更驼了。面对杨家湾里错落摆放的栋栋新房，石兵曾莫名地苦笑，难道真的印证了一句话——"旧的不去，新的不来"么？

"父亲老了。"有一天，石兵在心底对自己说。

"昨夜扁舟雨一蓑，满江风浪又如何。今朝试卷孤蓬看，依旧青山绿树多。"高三毕业，石兵《折断的羽翼》发表了，所带班级在全县教学质量评估中获得一等奖。暑假考调教师，石兵报名县城最好的一所国家级示范性高中。国家级示范性高中又称省级一类示范学校，那是层面的文字游戏，换汤不换药。

83

语文学科考调一人，报考九人。船到险滩，石兵硬着头皮冲了。

临近中午，石兵最后一位临时抽签，看看抽到的课题，是舒婷的一首现代诗《祖国啊，我亲爱的祖国》。想想此诗借一组组意象，并存哀痛与欢悦，交融着深沉的历史感与强烈的时代感。于是没有急着像其他人那样急阅教参，固守陈言，而是从小处切题，细想古今往事和自身感受，健步走上了讲台——

想到川北故乡的这块红土地，豪情万丈：

"朱德扁担三尺三，一头挑起沉重的家国，一头挑起绵长的思念。"

想到历朝历代底层生活和现实民众的艰难，拎起讲台一角的手机，又放下，凝目远方，沉郁顿挫：

"一整天了，你躺在角落里，

默默地待着，老想着一个尴尬的问题——

失去信号的手机，还是不是手机？"

想到古老大地今天的崛起和奋飞，激情涌动，狂语：

"此生若得潘陆笔，哪容群蛙鼓泥喧！"

石兵思绪翻江倒海口若悬河。主考官忽地用拳头雷响桌面，扬牌。

石兵急忙刹车，评委面面相觑。

全场肃然，屏气，哑静。

主考官一下站起，嘴角上扬，手一挥，掷地有声："有激情，有担当，有抱负！不讲了，今年的考调，就考调一位才子吧！"

不足五分钟，考试结束了。这主考官，就是县城学校的李校长。

进县城教书，也逼着石兵不得不到处借钱买房，捉襟见肘。

工作调动兼乔迁新居，可谓双喜临门，但石兵和妻子商定的结果却既没有像当初考上中师时那样放电影，也没有像身边众多的朋友一般宴请宾客，换句话说，没有跟上时代的步伐，没有"与时俱进"，这也许就是被人口讽为"不入流"吧。遗憾的是，相伴多年的竹箫丢了。生活中有些东西欲盖弥彰。关于石兵的消息不胫而走，像一阵春风吹过，吹到了白头山，吹进了杨家湾，然后又吹到了片区的几个乡镇，于是家乡扬起了一阵旋风，说石兵创造了一段青春神话。在家乡，石兵似乎成了名人，一提起名字，尽是"啧啧"之叹。当一位资深的领导说石兵用青春书写了自己的不朽，可以激励后来者时，石兵的心脏差点跳出口腔，眼泪倒流，流成了一肚子五味俱全的苦水。

父亲，你应该有所安慰了吧。赶场下街，路头路尾，邻里乡亲只要碰着父亲，就会远远打招呼，就会套上一阵子近乎，就会邀父亲到茶楼酒馆呷上一杯；付钱的时候，争着抢着，有人干脆趁中途上厕所的间隙，悄悄地把账结了。父亲的脸上也活泛了，说话的嗓门也大了，双脚也勤了。没事的时候，上山去转转，享受着地里青青麦苗带给他的喜悦；上街去转转，享受着别人打招呼时带来的虚名。

84

在县城教书，石兵的办公地点几经辗转，最终定在三楼行政办，正朝校门。有事无事，总喜欢站在窗前，最喜欢看窗外——

喜欢看窗外，窗外的楼下，一南一北各有一棵树龄三百载的被称作植物活化石的银杏树。据说，当年新校刚刚落成时，银杏树被几辆加长大卡车从遥远的大巴山深处请来。银杏树拔地而起，高大繁茂，直刺蓝天，像守护的卫士，英姿飒爽，精神十足，护佑着身边儿女永久的精神家园。记得每年很长一段时间，银杏树满身披金，脚下一地金黄，随风飘飞的金黄色请帖，点燃了人们心中的激情，驱散了时令死寂的容颜。

喜欢看窗外。窗外有一宽阔场地，一左一右坐着两位慈祥而稳重的老人。右边是东方的文化巨匠孔子，左边是西方的科学巨擘爱因斯坦。老人窃窃私语。有风轻轻吹来，从草间跑过，在广场漫步，脚步轻柔。凝神注目间，我听到了从多视角、多元化解读有关东西方文化根基和碰撞的"对话"。一个谈"教育"，一个讲"科学"；一个讲"人文"，一个谈"智慧"；一个说："相对论，永远对。"一个说："满招损，谦受益。"

喜欢看窗外。窗外100米远处有宽约50米的校门，弧线流畅，直线严谨；纵立的墙体似三本竖立的书；蜿蜒的吊顶似一本摊开的历史长卷，又似奋飞的雏鹰展翅翱翔。这是知识之门、智慧之门，让过往行人浮想联翩。

喜欢看窗外。窗外稍远处是烟波粼粼的莲花湖，湖水碧绿，人们逢山打洞，遇壑架桥，断断续续地用了近三十年时间，从两百公里外剑门山系的崇山峻岭中旖旎而来。朝暾夕月，云蒸霞蔚，白鹭斜飞，舫船泛波。记得老家也有一口塘，青山环抱，绿水萦绕，静如明镜，动如丝绸，小伙伴们曾无数次赤条条跃入，水面上溅出的一个个欢乐音符，快活了塘边的青青竹林和黄黄麦地。

莲花湖旁边，有一名曰纪信广场的开阔地带。有健身的男男女女、老老少少，或悠闲踱步，或激情舞蹈，或凝思静立。一侧有汉阙、汉碑和汉钟等古迹；一侧有长约99.8米的青石群雕。其中一方是刘邦坐在车上，缩头侧目，仓皇离逃；一方是数名壮士逆向前赴后继，为首的是纪信，站在车头，王者装束，衣袂飘飘，大义凛然，视死如归。前端，四匹骏马马蹄轻扬，步伐矫健，威风八面。这是公元前204年夏天的故事，刘邦兵困荥阳后无计可施，纪信挺身而出，诳楚存汉。"骑白马以扶刘见危致命汉室功臣居第一；驾黄车而诳楚替王身死果州义士勇无双。"历史掌故触手可及，世代传承，每次行走其间，总觉"忠勇义信"之魂在天地间驰骋。

喜欢看窗外。窗外莲花湖深处有一座叫莲花岛的小山。山脚有一女神——美人鱼，圣洁脱俗，体态丰盈，玉臂高举，妩媚大方。山前有一碑，碑旁有一青铜像，铁骨铮铮，凛若晨霜，铸就出解放战争时期充国籍革命烈士于震江浴血疆场的英气。山顶有一仿古三层建筑，名曰"莲花阁"。阁前有两条对称的长长的宽敞石级。两旁有仿古雕饰，有一盏盏红红的小灯笼，还有五彩缤纷的其他缀饰。华灯初上时，远观，各种灯饰交相辉映，这里是金碧辉煌的御街，是海市蜃楼。

喜欢看窗外。窗外更远处有一黛逶迤的群山，很矮，比此时我所在的三楼还矮，比校门还矮。山腰、山弯、山嘴，点点白色零零散散地缀在青山之中，那是农家的房屋。城市在扩张，乡村在退缩，但我还是闻到了老家的气息。矮小的土屋前，那棵高大的梧桐树还在等我，等我放学回家依偎在她身边做作业吗？还在等我捡起她脚下大片大片的落叶作柴火吗？朽蚀的门槛下，还有那小脑袋大肚皮蜘蛛在风中的丝线上荡秋千吗？公路旁边的那棵歪脖子桃树上，还匿着一两个硕大的百花桃吗？弯弯曲曲的山路上，还残留着歪歪斜斜的小脚印么？

喜欢看窗外，哪怕看不见山那边。山那边有一座建制 2300 余年的曾叫顺庆府的历史文化名城——南充。城里有一位老人，头脑睿智，在 20 世纪 90 年代写出了一系列文字，文笔犀利，眼光独到。在农村普法宣传和教育洪流中，其作品获得了"五个一工程奖"。他曾手把手地指导，让我的处女作变成了铅字。其后，铅字如涓涓流水，流成我心中抒写的永恒信仰。记得在物资匮乏的年代，那七元钱的稿费让我体面地打了几天牙祭。

喜欢看窗外。再看就放眼世界了，目光收回来。窗外右斜角有一处繁茂的小树林，树林掩不住一座黄白相间的科技楼，楼里漏出的笑声和朗朗书声，青翠了树林，也青葱了岁月。那里有一群学生，青春靓丽，风华正茂。学习时孜孜不倦，休息时打打跳跳。跟他们在一起，我就有了邀天下英才而育之的快乐，有了疑难困惑被攻破的快乐，有了青春成长共分享的快乐。他们也是一群知己，爱读书，爱文学，或激昂或隽秀的文字常常让我目不暇接，赏心悦目。古人云："春之精神写不出，以草木写之；山之精神写不出，以烟霞写之。"跟他们在一起，还有什么写不出呢？

喜欢看窗外，不等于窗内不好。此时放笔抬头，三月的阳光正从窗外拥进来，一室灿烂。

这篇散文，酣畅淋漓，几乎一气呵成，少有改动。短短两天时间，微博就圈定了一箩兜粉丝。

85

在父亲眼中，儿子是能人，不但能出人头地，而且几乎无所不能。

结果事情就多起来了，甚至囧相百出。譬如家乡时不时有人打电话来，说送娃儿进城读书的事、分班的事、学习成绩的事。于是父亲带着那人和孩子进城来了，找上石兵的门，或者干脆带到学校来了。

石兵笑眯眯，问："门卫那么严？哪个把你放进来的？"

父亲理直气壮地，说："我儿子在这儿教书，他敢不放我进来！"

石兵无言。父亲无意间平视世间，甚至睥睨万物的神情，却贯穿着一种人人生而平等的理念；父亲骄傲的语气，令人回味，那是儿时在村里才能听到的少有的豪迈，而随着父亲一天天地衰老，这种豪迈绝迹多年，如今再闻，难免感慨万千。

说到正事，石兵说孩子没考起高中，最好复读一年初中吧，基础夯实，也好少缴高价。没考起要交高价，高价费是领导一支笔批，高价生是要分到普通班的。那家长不屑地说，你在这儿教书，弄个人进来读书还不容易么？你别推了，我会一生一世记得你的。

说到这儿，石兵就记起两年前表弟进城读书而不得的事。高价费先是少了两百，而后少了五百，结果姨姨不满意，表弟回乡下读高中了。后来父亲捎话给石兵，说姨姨跟他们打肚皮官司呢，说石兵什么都忘了呢！"长恨此身非我有"，白头山，石兵怎么会忘了你呢？杨家湾，石兵怎么会忘了你呢？亲戚朋友们，你们伴我一路成长，石兵怎么会忘了呢？石兵解释，自己一不是官员，二不是名流，三不是"老板"，有些忙是没有办法帮的，于是劝父亲"少管闲事"。父亲，你是不是失望了呢，你是否认为儿子欺骗了你呢？

86

那家长说，我的孩子初中成绩好得很，经常受到老师的表扬，这次考试应该是失误了。

石兵说，这样吧，你去找一下领导，当面具体说说孩子的情况，看领导怎么解决。那人脸上就挂不住了，那孩子站在一旁，瞪着一双惊恐的眼睛，就像小时候的石兵。父亲也像看着一个陌生人似的看着石兵。那家长说我们可是亲戚哦，我和你父亲关系好呢。于是石兵带着那家长和孩子去找领导，让父亲在办公室待着。

父亲没有在办公室待着，去校园转。

接下来就是那孩子分班的事了。

为了因材施教，为了班级管理，为了三年后高考上线人数达到市县内定的指标，学校常常把学生分为三六九等，美曰"分层教育"。

当然，师以生为荣，变相地，这潜规则也就把教师分了几个层次。从教学规律的某一面来说，这也并不是完全没有道理的。

但家长不干了，因为他们也被分出了几个不同层次，同时，谁能保证分班时不任人唯"亲"、任人唯"徒"、任人唯"近"、任人唯"色"呢？这也很容易让人想起历史上雅利安人进入古代印度后，逐渐产生的不同等级，形成了严格的"种姓制度"：最高级为"婆罗门"，往下依次为"刹帝利""吠舍""首陀罗"。人与人之间有高低贵贱之分，有一条谁都不愿挑明的无形间隔，那么，真正的英雄是什么？石兵认为就是刻意和现实特别是热闹保持距离的人，是那些即使在孤独的情境中也依然内心丰盈、独品清欢的人。

石兵认为分班应该这么做：要么分班彻底平衡，是骡子是马走着瞧；要么分等级，重点归重点，"北大"归"北大"，"清华"归"清华"；要么班分好后，班主任拈阄或公开"招标"。石兵赞成前者，它似乎更适合于"新课改"，适合于"素质教育"，而后两者是应试教育的产物。上级评价，只能针对学校，而不能针对教师个人；教师作为知识分子、教育的专家、独立的职业人，任何形式的个人能力检查和等级优劣的划分都是不恰当的，而应重视良知的呼唤和技能的培训。前面说过，石兵是一个天真率性坦诚无谀的家伙，或者是一个典型的柏拉图式的乌托邦主义者，现在他讲出这件事，就再次证明他"发育"迟缓、幼稚和不"早熟"、不"入流"、"无意苦争春"。现状是教师与教师之间、教师和家长之间、教师与领导之间，不可避免地出现了一系列矛盾——教师想教"好班"，学生想进"好班"，社会认可好班，可怜的天下父母，更是一门心思削尖脑壳为子女分班钻机会。

　　其实，天地万物都是平等的。譬如，山中虎豹是毛虫，天上飞鸟是羽虫，水中鱼类及虾蟹是鳞虫。人呢，也不过跟青蛙、蚯蚓一样是裸虫。都是世间一虫，何不惺惺相惜，随其自然，各得其所呢？

　　石兵带那家长去了分班的地方，那里人头攒动，排队的、抢队的乱作一团，一台电脑被围得水泄不通。

　　石兵说领导已把字签了，后面你自己去办就行了。

　　等那家长去教务处排队，石兵才夹起书本赶向教室。

87

　　晚上，石兵打电话问父亲白天在哪儿"转"。

　　父亲说学校真大，学校的花草真多，学校的地板真干净，学校的橱窗真好看，学校的楼房真高。

　　石兵又问那孩子读书的事。

　　父亲摇摇头说："再也别提了。"

　　石兵一惊，忙问："怎么呢？"

　　"他气得差点把机器砸了！"

"啥机器?"石兵不解。

"就是桌子上放的那台电视。"

"那叫电脑。"石兵明白了,苦笑了一下,小声纠正。

原来上午在教务处办事时,那家长差点把肺气炸了,但碍于孩子要读书、要进学校、要见老师而最终肺没炸成。

正常排队只需十几分钟就能办妥的事情,他却候了一个小时。待候拢了,见电脑前围着一堆人,其中一位可能是"官"吧,白皮,方脸,戴眼镜,不耐烦地接过六千元择校费条子。正要办,一双手细皮嫩肉伸到电脑前,差点触到鼻梁。对方正要发火,抬头却缓了神色,多年练就的修养和情怀,在人情社会偌大的海洋里,顷刻荡然无存。女人粉面含春,嗲声嗲气:"老同学……"方方的脸庞立即幻化为一轮满月,红光温润。他便满脸堆笑地接了。于是把他的条子扔在一边,给女人先办了。这时候,队列后面又抢上一位老人,老人又办了。若在平日,石兵会开玩笑地对那家长说:"尊重老人,女士优先嘛。"但那犬不敢说,因为那家长的肺后来真的气炸了,拳头差点给那鬼捣的送过去,差点把那台电脑给砸了。原来在排队的过程中,他和后面那位老人攀谈了几句,互相看了条子,一个"性质"的,结果那老人的"条子"进了一流班级——"奥赛班",而他手中紧紧拽着的宝贝"条子"却进了年级末流班——"普通班"。于是,等了两个小时,下午又去排队,说了一箩筐的好话,没用;结果在吵了一架后,那"秃驴"才给办了,进了一个二流班级——"实验班"。

石兵便问父亲:"你劝没有?"

父亲说在回家的车上"劝了";林子大了,什么样的鸟儿都有,他能理解,只是那家长难受。"佛家把发脾气称为火烧功德林,一把怒火,能烧尽一切福绿寿喜功德。你们进城,又不是为了生气。对不?"也不知是否听懂,双方不再言语。

每个单位都有麻烦，也许大家都是对的。话虽这样说，心里却想，父亲，你是不是自讨苦吃呢？你们可是耽搁了整整一天的时间啊，你们的中午饭可能是满含怨愤带着米饭一起吃下去的吧。父亲更不知道，那孩子后来因为成绩不好而厌学，又因迷恋网络游戏而最终退学了。你的心里怎么想呢？是不是比那家长更难受呢？

可能失望了吧，以后渐次减了这方面的麻烦。父亲爱儿子，爱邻里乡亲，爱天下所有找他帮忙的人。孟子曰："老吾老，以及人之老；幼吾幼，以及人之幼。"父亲，文化不高，但具有某些文化人所不具有的品德。

88

岁月在四季匆匆的脚步中走过，阳光相伴，风雨相随。

不久，一场无妄之灾再次降临。天摇地动，山崩地裂，房塌屋陷，灾难沿龙门山脉直下，波及盆地东北边缘苕国。白头山顶的观音、天臧王、地臧王，在大自然面前束然无策，随着巨石的轰然崩塌，化着一团四散的尘烟。

广场成了避难场所。和多数人一样，石兵恍然隔世。妻子提醒，是不是该给老家打个电话，掏出手机，拨了十余遍，信号全无，老家的音讯也就一无所知。其后余震不断，连续几天放假，城里人在广场搭起了帐篷，惶惶然栖息。耳闻目睹，石兵写下《当地震来临时》，发表在《充国文艺》：

> 当地震来临时
> 儿子已经出门
> 在楼下的广场
> 荡着秋千
> 飘飘荡荡

儿子说，风
真大

当地震来临时
我正下楼上班
哼着歌儿
訇訇訇訇訇訇訇訇
是飞机是坦克是压路机的光临
不，不是
是不知名的噪声污染
真烦

当地震来临时
妻子正在拖屋
电视摇摇晃晃
吊灯荡来荡去
她愣了片刻立马
三楼到二楼
二楼到一楼
蹦蹦跳跳
兔子般
真快

当地震来临时
我第一个陪学生
通宵睡在学生公寓 2 栋
窗户在动

栏杆在动

窗外的树叶在动

我的心脏在动

因为我还活着，我在

思维

当地震来临时

我站在讲台上

面对惊恐而复杂的眼神

声音洪钟——

敬畏的自然

脆弱的生命

多灾多难的祖国

2008，我

祈祷

当地震来临时

广场出现了太多的帐篷和窝棚

头顶繁星点点

耳边絮语声声

离奇的谣言

恐怖的信息

野草样疯长

于是，便有人演绎

杞人忧天——

现代版

笑谈

地动天不塌

形销骨不毁

当地震来临时

我学会了豁达

我学会了坦然

我学会了坚强

这年冬季，耄耋之年的杨二公和周二婆去了另一个世界，忙忙碌碌的乡村对他们不再忙碌。几十年漫长的平凡生活，平凡生活下自己才知的轰轰烈烈，如同如泣如诉的画卷，缀满了血色的梅花，让人惊悸，随后木然，最后一片宁静，如同这茫茫的天，茫茫的地。

"没有过不去的坎，说不定扛一扛就过去了。"杨二公的话，石兵刻在心里。

89

某日，省城一位编辑来县里文化馆，搞文学讲座。

课后收集了几篇习作爱好者的文章，发现这首诗内容贴近生活，语言朴实自然，主题鲜明积极，可以"用"，拿走了。

不久，寄来一则通知，打开，鲜红的获奖证书映入眼帘，也映红了印有岁月沧桑痕迹的脸庞，石兵很是美了一段岁月。在四面八方推介自己的写作时，曾一度高调："当地震来临时，我学会了豁达，我学会了坦然，我学会了坚强。"

闲话扯远了，拉回来。

几天后，父亲进城了，见面第一句话："你们还好吧！"石兵先是一愣，随即面潮。已入而立之年的人啊，整日在讲台上教育学生的儿子啊，在放假期间都不知道回老家去看看而要父母进城来看你，难道城里的"钢筋混凝土"没有乡下破旧的老屋牢固么？你只知道保护妻儿，却忘记了生养你的父母啊！这就是"豁达""坦然""坚强"？

父亲问石兵捐了没有。

石兵问捐啥。

父亲说给灾区捐款啦!？

石兵说捐了。

父亲说好惨哦，该捐，他在村里捐了五百元。

石兵的脸红到了脖根，不再言语，因为他在学校组织的赈灾大会上，才捐款两百元；不再言语，眼里噙着泪水，似坠非坠。有人因眼多流泪水而愈发清明，因心饱经忧患而愈发温厚；更多的人却因在路上走得太久而渐渐迷路，因为路边有太多太多的鲜花或小草或荆棘，不经意间容易让人忘记自己为什么出发，根在哪儿，路在何方。一旦如此，就不会再对亲人或他人负责，当然更不可能有资格、有雄心和能力对社会负责。因此，一个人的伟大，首先应是灵魂的伟大，其次才是出众的才华和取得的成就。

"就像那钱是大风刮来似的。"母亲喋喋不休，像是抱怨，又像是小孩告状，"村里给的低保名额，他也让给别人了。"

90

其后不久，石兵有了一个大胆的举动——准备把父母接进城里。

学校有多余的寝室，因楼"高"而"漏"，一直无人居住，于是准备内部出售换成资金。说其"高"，因占位第十五层；说其"漏"，因其为顶层，外面下雨，里面也下。先前房价飙升，似一路狂奔的脱缰野马，于是在朋友的劝说下，贷款买了一套准备日后再卖赚点小钱。人算不如天算，一场地震让房价一路下跌，又似雪崩般不可遏止。看来有些东西似孩子口中吹出的泡沫，说大就打，说小就小，瞬间又无影无踪；看来，有些行业还真的需要"国家干预"，老百姓才不会吃亏；看来，石兵这一辈子没有发财的命，老天是不允许石兵这样的人发财的，有碗红苕稀饭喝就够了，"富贵由命"嘛。房子与其卖不出去，还不如让父母进城来住。

父母进城居住，这可不是一句简单的话和一个简单的动作。首先妻子答应吗？房款还未还清，父母却要进城，这工作好做吗？软磨硬泡，妻子居然答应了。石兵欣喜若狂地调侃："家和万事兴啊！"立即请人对楼房进行了简单的装修，还花费几千元安上了天然气。第二步工作是动员父母搬家进城。父母有两个"家"，一个在杨家湾，一个在斯波场上。妹妹出嫁到斯波场上，迫于现实，夫妻二人去了南方打工，于是丢下一儿一女，让母亲上街来带。其后弟弟成家，下岗后也去了南方，挣了一点钱，在斯波场上修了一屋，也把女儿丢给了父母。于是父亲在杨家湾坚守"根据地"，母亲在斯波场上照管三个孩子。石兵发觉这是一种宿命，父母年轻时带大兄弟姊妹三个，年老时又要带孙子孙女三个。父亲，母亲，这就是命吧？这就是人活一世的全部内容吧？

对父母的生活，大家曾做过安排：父亲上街和母亲一起住，家里的粮食和家具，能搬则搬，能卖则卖，能送则送；老屋要么卖掉，要么送人居住；土地上则简单从事，一年春种秋收，回家忙上两天就行了。父亲默默地听，听着听着就流下了眼泪。

妻子答应父母进城来住，让石兵喜出望外，连夜打电话回杨家湾。父亲已经睡下了。他接了电话，磨磨蹭蹭半天，才说考虑考虑。石兵的心凉了，因为考虑的结果只会是父亲失眠，至少是连续几天的前思后想，前思后想的结果是不会进城。他们心底固守的某种东西，是生养他一辈子的白头山？是白头山上的一草一木？是整日寸土难舍的杨家湾？是杨家湾里朝夕相处的乡亲们？

"石兵，我的钱哪个也不能用，你妈也不能用，我要把它用来修坟。"父亲语气坚定，一字一顿。哦，父亲，难道你舍不得的是白头山上的青青麦地？是那橙红的柑橘？是那破旧的老屋？也许就是所谓的"重土难迁"吧。于是石兵只得要求父亲逢场过节都要上街走走，和母亲团聚；每逢周末，母亲则带上孙儿孙女会杨家湾看看，共同料理生产和家务。

世事三分天注定，其后，石兵把那想发财而没有发到财的高楼亏本卖了。

91

陪伴，是最好的孝道。在周末，在工作闲暇，石兵赶回家带上父母四处逛逛。父亲身体不便，即使不去，也要说服母亲去换个心情。回来后，石兵将其形成文字，镌刻进时光——

读书不觉已春深。周六夜 11 点，风打钢棚，雨敲玻窗。

"雨横风狂三月暮，门掩黄昏，无计留春住……"

周日一早，雨止风住晴方好。最近这几个周末，认真践行"5＋2"工作法，没回老家，老家桃花已谢了吧。去年这时节，还带着母亲去赏花，那今天，就带着母亲去看绿吧，说不定"残红尚有三千朵"呢？

无计留春住？我喜欢规划，更喜欢即兴。如果即兴节点合拍，也不失一种从天而降的惊喜。我试着拨通了斯波场上的座机，一拨就通，就像母亲一直候在电话机旁。

"老妈，我回来看看，我们一起去看桃花！"我不假思索。

"那有啥看头？"母亲性子急，嗔怪。

我不急，我等。果然，顿了两秒，电话那头又传来声音："还要去啊？可能花都开完了。"

这就好了，我立即大声说："你等着哈，我立马回来一起去桃园。"

我邀上爱车，风驰电掣赶往斯波场。

桃园在斯波场乡下老家杨家湾，离场镇近 10 里。前几年，母亲身体欠佳，死活不进城，好说歹说，母亲才挪到斯波场上弟弟闲置的房屋居住。母亲瘦弱的身影早已远远地出现在街边树下，身着蓝底白花小薄袄，手里提着零食，静候着。

汽车缓缓地驶着，在临近老家约半里地时，差不多也就进入了香桃源。桃园春天的气息扑窗而来，应接不暇的是青的草，艳的花，还有和煦的微风，清新的空气，亮丽的阳光……

母亲坐在副驾驶，系着安全带，身子端端正正，眼睛小孩般好奇地左瞅右看。转过一个山嘴，白头山下的一弯坡地展现在眼前，杨家湾到了。

汽车停在白头山脚路边的一排老屋前。老屋土墙黑瓦，常年没人居住，在风雨的侵蚀下，更显低矮破旧，飘摇颓败。母亲站在院坝里，岁月的风霜染白了黑发，风霜的利刃在额头无情地刻下了一道道沧桑。这儿是生我养我的老家，承载着兄弟姐妹儿时难忘的脚印，也见证着母亲出嫁五十年来，用一个女人柔弱的双肩扛起的这个并不富裕却充满欢声笑语的家。十年前，院坝边还有一株土桃树，每年六月挂满的拳头大小的毛桃，成为村里孩子们的口福，后来为让位院坝边的公路扩展，母亲忍痛砍了桃树。没等几年，在政府的大力倡导下，有些人家种上了优质香桃。如今，老屋依存，老屋空空，母亲抬起右臂，用袖角揩了揩眼角……

汽车继续向前，驶上一个坡嘴，一望无垠的桃园便展现在眼前。桃枝旁逸斜出，在春风中尽情舒展；青青的枝叶间，倔强地残存着零零散散的桃花。母亲沿着一条砂石路，像年轻人一样迈开大步，敏捷地闪进了桃源深处。

"慢点，雨后路滑！"七十多岁的人了，我不得不大声提醒。

"没得啥，我闭着眼都不会走错！"母亲头也不回地说。

在这片熟悉的土地上，她曾起早摸黑，肩挑背磨，挥汗如雨；这山、这水、这路、这剪枝修叶的桃树，她可以如数家珍。在一片竹林的旁边，有一片半亩见方的桃林，这是别家为了建房兑给我们的责任地，几年前种上了 20 来棵桃树，蓬蓬勃勃刚挂果时，母亲却移居场上了。

"这么好的桃树，你们舍得送我？"新主人满脸疑惑。

母亲没有二话，只说了一句："你们把它经育好，我就高兴了。"说完，别过脸去，眼里噙着亮光。

新主人没负这桃树，细心地除草、剪枝、施肥、洒药。桃熟时节，还带上新摘的几十斤香桃送到斯波场上。第二天一大早，母亲就会出现在县城儿女的门口，手里提着香桃，说是赶鲜。那香桃白里透红，品着脆甜爽口，五脏生津。

桃枝上到处是青青的嫩芽，有的嫩芽已经变成了油油的绿叶，绿叶下面冒出了几颗毛茸茸的青色的小疙瘩，这些小疙瘩就像一个个刚刚出生不久的婴儿，惹人怜爱。

"嘿，这儿好多花！"母亲在前面发出惊叹。

我闻声而去，在密密竹林遮压的那边，一棵桃树落红无数，残存的桃花依然在枝头怒放。艳丽的桃花，映着青青的桃叶，绿绿的竹枝，还有肆意生长的油油的三叶草，大自然用它的丹青妙笔描绘出一幅绝妙的山水图——"竹外桃花三两枝"！

"又不砍掉一些，看把桃树欺的！"母亲抬头看看挺拔的竹，又看着低矮的桃，摸着一撇小桃枝，笑着说，"越欺越好看！"

在"桃醉山庄"，我们遇见了几个好友，相邀着一起午饭。

"老人家，你身体还硬朗啊！"

"还可以，结实着呢！"母亲大声说，全然不察自己脸上的鱼尾和霜白的鬓发。

"结实好啊，好好养着，把春留住，明年又来看花！"我紧声应和。

在绿叶红花的桃园，汽车缓缓返程。我仿佛看见桃花盛开的时节，十里桃源，姹紫嫣红，远远望去，好像天上落下的大片大片彩色的朝霞……

92

"冬夜，触碰开关，是那样的艰难；厕所，是那样的遥远。被窝，爱你没商量！"子时，被窝再暖和石兵还是被一种无形的力量逼着起了床。他披上棉衣，穿过客厅，打开推拉门，走到露天阳台，拿起手机，对着对面十米远处的灯光和"轰轰隆隆"，咔嚓咔嚓咔嚓地照了三张相。返回卧室，石兵再次拨通了市民热线"12345"。加上以前给县里环保部门的投诉电话，这已不知是第几次了。

原来秋季开学前，石兵参加教育扶贫，外出一月。接到妻子的电话，说小区对面的高档会所——北斗星，白天黑夜空调"轰轰隆隆"闹个不停，生意好还闹个通宵达旦。石兵不相信，心想能开高档会所的，一定是成功人士，觉悟较高，素质过硬，否则会玷污"高档"二字。也知道这家会所，有不少"体面"股东，大股东套小股东，据说开始是七个股东，最后大股套小股，稳定下来的有二十八个。

你回来就晓得了！烦死人了！要是老人来住，还有法睡吗？妻子大声嚷，都说那是害人的"二八瓢虫"。

情况果真如此。石兵先打听会所股东，多是名贵贤达，石兵找到了他们中的几位，反映情况。有的通情达理，说我们立即整改；有的装莽吃蒜，反问，真的么？还有几位是教育系统的官员，其中一位"哥"还是自己顶头上司，负责安全维稳。一问，对方劈脸一道符，黑沉着脸说，他又没股份，会所是表哥开的。

我又没说是谁开的？那你就给你哥哥说一下嘛。石兵若笑着走了。

"北斗星"由七颗星组成，因组成形状像斗而得名，也称"北斗七星"。从北斗七星勺子柄最顶上的那颗恒星，向北延伸一段距离，就能看到北极星了，延伸的距离是北斗七星中最顶上那颗星到第二颗星距离的七倍。北斗七星原本有益，老百姓也知道一些，是田地里那些像半球样的"花大姐"，即七星瓢虫。七星瓢虫身体很小，只有一粒黄豆那么大，呈半个圆球样。这小甲虫，翅膀坚硬，颜色鲜艳，还生有很多黑色或红色的斑纹，讨人喜爱，能吃繁殖生长在植物茎叶上的蚜虫、介克虫和壁虱等有害的软体类昆虫。据科学家测算，一只瓢虫平均一天能吃掉近千只蚜虫。在环境污染日益严重，人类对无化学农药污染的粮食、蔬菜、水果的需求日益增大的今天，像"花大姐"这类益虫正逐渐成为生物防治工程中的排头兵，那么现在这儿摆着的二十八只瓢虫，一天能吃多少害虫？

二十八星瓢虫，二十八星瓢虫，二十八星……在床上一叨念，后脊竟然冒出了小汗：

"苍龙连蜷于左，白虎猛据于右，朱雀奋翼于前，灵龟圈首于后。"二十八星宿，是中国古代天文学家为观测日、月、五星运行而划分的二十八个星区。一个小小的北斗星会所，居然蛇吞大象，左右天地星辰地运行……

二十八星瓢虫，体色淡褐色，体背微细短毛，光泽度较弱，是茄科植物与瓜类作物上常见的害虫。

"是的，是害虫！"不知从哪儿炸出的声音，如雷贯耳。

石兵醒来，自知噪音也让自己神思恍惚，走火入魔。于是，按按胸口，慢呼慢吸……

依法走第二条路——投诉。居然，居然第二条路也走不通。搞得市长热线那头的女话务员在电话里都把他当成熟人了，最近两次，石兵说话激动，本想还说再不解决，居民会通过微信转播、朋友圈扩散、阳光问政栏目、社情民意电话、平安建设热线以及报刊网络论坛等途径寻求解决，结果那话务员趁他喘息之机，恰到好处抢过发言权，话音柔柔，不紧不慢："先生，你不要着急，你反映的问题我们会立即转给给相关部门，请你再耐心等待，好吗？"

耐心等待、耐心等待，一耐心，就又等了四个月。

石兵楼上楼下敲门找到一些受害者，一提到噪音扰民，大家义愤填膺，再提到北斗星会所，结果不再义愤填膺，坚决支持者寥寥，多是打着哈哈，有一个还说算了。背来有人悄悄耳语石兵，我们这栋楼里，就有几个小股东。对方说的应该是真的，就在当天晚饭后转路时，一位邻居迎面而来，若在平时，都会礼节性地笑脸寒暄，走近了，石兵正想招呼，对方却黑脸别过，把颈脖和后脑硬硬地呈现，像对方借米还谷子似的。

算了吧，人都得罪了。妻子已看出端倪，想退却，以便给事件染上温和的色彩。

无知！你这是在折磨自己！算了？都像这样没有一点点意识，没有一点点行动，都不觉醒，他们岂不更加无法无天？石兵加快了脚步，把妻子落在后面。

"一段往事一云烟，一层霜月万木眠。此生若得潘陆笔，哪容群蛙泥中喧？""乡愿，德之贼也。"石兵不是"骑墙派"。

公职人员不是不准兼职经商么？石兵暗暗佩服身边居然还有这么多人铤而走险。既然较上劲了，就不得不挺身而出了。

93

日子艰难地行走，过去了半月。

晚上，石兵睡不着，起来看书，又看不进，双耳入蝇，胸口憋闷。于是上网查询，居然发现还可以微信投诉。于是披衣靠床，连同照片，实名举报：

此时已是寒夜 11：20，窗外轰轰隆隆。昨晚更甚，充国县城北斗星会所顶楼空调通宵达旦地闹个不停。四个多月来，附近居民多次给县环保、市长热线等相关部门投诉，结果没解决任何问题，且没人跟业主交流。后多次投诉，市上说县里已给过答复，解决了问题。居民欲哭无泪，原来他们答复的是整改了，办法是外围安装了不起作用的木框，在无居民住的一方立了一扇所谓的隔音板，又说安了地暖取缔了空调。最终，居民看到环保整改的最终结果是，噪音依旧。请问，这种层层欺骗组织和上级，欺骗老百姓的做法，该不该追责？几个月了，谁来监管和整改？恳请还老百姓一方宁静，还充国一片净土！

日子仍在艰难地行走。

大概又过去了一周，上午，石兵的手机微信闪了闪，显现文字"投诉有新进展了"，立即高兴地打开。结果不是高兴，而是出离地愤怒。

山高皇帝远，县官才现管。静下心来，石兵放下手中的工作，趟趟河水，给素不相识的"父母官"——张县长写了一封信，慨然陈言：

几个月来，与北斗星会所相邻的北斗星小区居民多次给县环保、市长热线等相关部门投诉，结果至今没彻底解决问题。随后居民又多次电话投诉市长热线，其接话员解释说："县里已给答复，已解决了问题。"令居民义愤填膺，原来他们答复的是已经整改了，而实际解决办法只是在中央空调压缩机外围、在无居民居住的一侧，安装了一个不起作用的木框和所谓的隔音板，而距离不到 10 米受到吵闹一侧则空空荡荡，每天声音直达居民楼，且比过去增大了音量。后又说安装了地暖而取缔了空调。12 月 12 日，相邻的居民再次投诉，最终结果，答复已经整改的最终现实是，不见丁点效果，噪声污染依旧。

就在居民天天眼睁睁看着对面的机器轰轰隆隆、热切盼望环保部门整改促结果的时候，12 月 18 日下午，忽然收到微信，说："举报人您好！您反映的问题，经环保局与城管局执法人员现场检查，发现存在空调噪音扰民问题，已责令其整改，现该会所已安装了隔音设施，并将噪音监测报告进行公示。感谢您对环保事业的支持！"但是，就在 12 月 18 日寒冬当晚，该会所顶楼的中央空调机依然轰轰隆隆通宵达旦。

朗朗乾坤，竟然公开说假话——

噪音源就在居民眼皮底下，12 月 12 日以来，对方没有任何动作，何谈整改？还在用过去的答复作幌子！！

说"安装了隔音设施，已责令整改"。噪音源在对面三楼，居民楼是六层，一个简简单单的两三米高的空空荡荡的板，能隔音吗？能起到隔音作用吗？就算隔音，轰轰隆隆的噪音反射回来，直接到吵闹距离不足 10 米的居民楼，遭到的噪音不是更大了吗？在三楼的中央空调机的风筒朝天轰轰隆隆，相邻的三楼、四楼、五楼、六楼的居民却直接受害，可看照片。

说"并将噪音监测报告进行了公示"。这些天来，噪声天天如故，居民没有一人收到监测报告，也没看见附近区域张贴有任何公示。就在 18 日晚上，噪音依然肆无忌惮，特别是每隔十五六分钟，"呼——"的一声，压缩机加大马力，唬得人魂飞魄散。不说午觉、晚觉，就连白天的正常生活都无法清静。请问，主管部门真的就没法对此噪音污染进行监管吗？随便哪天晚上，都可以来现场取到实证！！

在 11 月，市长热线话务员电话回信"北斗星会所取消了空调，安了地暖"，话务员不会说假话吧。这次环保局回复怎么少了这一点？是那地暖短时间不翼而飞，是那空调死灰复燃？还是……请问，瞒天过海的做法，能自圆其说吗？难道真是如老百姓所说，这北斗星会所是官商勾结，是国家公职人员入股从商？

有老百姓说，可请有良知的大记者曝光，有人说可转发朋友圈、微信圈、麻辣空间，有人说从"请耐心接听党风廉政建设、社情民意调查、平安充国建设"等电话调查都可以直接曝光，让大家来看来评……但是，采取极端行为，将损害充国的美好形象。

在党"两会"召开的今天，在强调反对"四风"和再讲"八项规定"的今天，在严禁国家公职人员兼职经商的今天，这种糊弄组织、欺骗老百姓的做法可行吗？？

请问几个月过去了，这家会所的噪音污染能真正被监管吗？能不能还居民一片宁静……

94

老人没进城，倒是老人的二儿子探亲，在哥哥家住了一晚。

第二天一早，弟弟一脸倦容，说话夹枪带棒："这是啥地方哦，一晚吵个不停，还没得乡下清净！长久下去，人都要疯！"一语中的，石兵一脸囧相。

一周多时间又过去了，张县长再忙，也该看到了吧，可是没有动静。石兵找到几个伙计，大家一合计，就拿起手机，给张县长发了一条短信：

张县长：您好！充国县城北斗星会所的噪音扰民，还真无法无天！大型空调白天黑夜轰轰隆隆，5个月来，居民给县上和市民服务热线反映，反馈回答是，县里说已经整改了……直到今天下午，噪声扰民依然如故，严重影响背后距离不足十米处的几十户居民的工作和生活。朗朗乾坤，居然说假话，所谓整改竟然只做表面文章，噪音扰民至今未解决，这种糊弄组织和上级、欺骗老百姓的做法，究竟该谁监管？老百姓实在不愿影响充国形象，希望相关部门彻底整改，还小区一方宁静！

北斗星会所小区居民代表敬上

第二天中午，正在食堂吃饭，手机响了，石兵一看，陌生；一接，却喜出望外，原来对方说你反映的噪音扰民问题已解决，对方已被强制断电、整改。石兵情不自禁连续说着"感谢感谢感谢"，并迫不及待地把这一喜讯告知了家人和几个邻居。

晚饭后回家，石兵怀着忐忑和激动的心情回家。

打开房门，第一件事就是按捺住忐忑的心，侧耳倾听。

第二件事就是走向阳台。石兵后悔当初书读少了，无法用分贝来考量；后悔没有买或者借一只仪器，测测噪音是否超标。问妻子，妻子说有声音，嗡嗡嗡的。出门问邻居，邻居说还是有声音，吱吱吱的。石兵不再三话，拿起手机发了第二条短信：

张县长：晚上好！关于北斗星会所噪音扰民的问题，上午有人回信，说已断电，责令整改，现在已近10点，灯光依旧，噪音依旧，究竟怎么回事？

北斗星会所小区居民代表敬上

几分钟后，石兵正在上厕所，电话响了，意识到有人回信，立即关闭尿路，回去抓起手机接了："喂，哪位？"

陌生的号码陌生的声音："你刚才给张县长发短信啊，你怎么能这样呢？"

234

听话听声，弹琴会音，石兵察觉对方语气不对，并且还要说什么，立即打断："我那样呢？我们冤枉哪个了么？"

"你是人民教师嘛，教语文的。今上午我们亲自去断电，责令整改，你怎么这样呢？"对方不依不饶卖着官腔。

看来，在信息时代，人类行迹真的无处可藏，短短几分钟，已经被人肉搜索。石兵没着急，也没被吓着，提高音量反问："我哪样啦？没错，我姓杨，是人民教师，是一名高中语文教师，上年全县文科状元还是我班的。几个月以来，老百姓给县上、市上反映，一直欺欺哄哄，这会儿给'父母官'反映，错了吗!？你是谁？态度好点哦，电话全程录音了哈！"

硬硬的声音软了一些："我姓王，秘书科的，你们想要我们干什么呢？"

对方一软，石兵也就跟着软："王主任，老百姓不想让你们干什么，只想看最终结果。你们说断电，对方可不可以有两套系统？你们可不可以派人，立马现场查看？我们所有居民打开房门等待，打的的钱我们老百姓出，可以不？"

王主任没回答，继而手机黑了屏。

半小时后，阳台外突然清风雅静，世界一派宁静祥和。

第二天，几个邻居找到石兵，竖起大拇指，又指了指那边会所，悄悄说："瓢虫不闹了，我们终于可以睡安稳觉了。听人说，昨晚'七星瓢虫'吓惨了，还有两桌麻将，两个穿制服的走进去，大家以为抓赌的来了，一哄而散，有几个边走边抱怨，说才打几盘就输了几百元，一个还说吓得老子抽屉里钱都没拿就跑了，狗日的老板又赚了。"

赚昧心钱，居然就成了狗日的。大家心照不宣，笑了。

"说不准，也许是服务员赚了。"一个打趣。

"这可不关我们的事。"一个身子笑扭起了。

"我们算是手下留情的了！"有人在前面冲锋，另一个扬起了脖子，"还可以找环保督查组。"

"这噪音扰民，会不会反弹呢？"石兵经历了一些世事，觉得有必要点醒，一说出口大家都方木样杵在原地。

"那就给张县长发一条感谢信吧！"有人说。

"最好再做一面锦旗！"有人补充。

"好！"大家异口同声。拿起手机，字斟句酌："张县长：感谢您为老百姓撑腰，让我们睡上了安稳觉，我们更希望北斗星会所的噪声不再反弹。全体居民敬上。"

这短信也发给了秘书科，只不过"张县长"改为了"王主任"。

短短一分钟时间，王主任就回信了："这是我们的职责，能让你们满意就好。也希望你们依法、依规，合理反映问题。"

"谢谢！"石兵不再一根筋计较字词"依法依规合理"。

不久，一面红红的锦旗做成了："政府严格执法，百姓赢得安宁！"

95

锦旗要不要立马送呢？噪音会不会反弹呢？

等一下吧，再等一下吧。石兵把锦旗叠好，放在书柜顶部。

农历冬月二十三，戊戌2018年元月9日。

"如果事情有变坏的可能，不管这种可能性有多小，它总会发生。"墨菲定律再一次验证了。晚上回家，大家发现北斗星会所老毛病复发了。一弯残月在轰轰隆隆的噪音中颤抖。

心里一嘀咕，就给秘书科王主任通了电话。

王主任说："那看领导怎样说。"

"您能不能给领导或者相关部门反映一下。"

对方没有回音，看来毛病深沉非肌肤之痒。

北斗星会所很兴奋地闹，这边也很耐心地等。残月抖垮了身子，消失了。

"大雨落幽燕，白浪滔天，秦皇岛外打鱼船。一片汪洋都不见，知向谁边？"冬月二十五，新年元月十一日晚上，央视一台热播电视剧《换了人间》。

"打过长江去，解放全中国！"屏幕上，毛泽东同志大手一挥，斩钉截铁，好像还在说，"为人民谋幸福，是任何反动势力都阻挡不了的！"

幸福？幸福？石兵的耳朵里灌进的却是窗外苍蝇回旋般永无休止的嗡嗡声。是可忍，孰不可忍？石兵拿起手机编了一条短信：

> 张县长：晚上好！此时近9点，居民正在看电视《换了人间》，室外北斗星会所轰轰隆隆，才过几天，这噪音扰民又开始了。能不能彻底整治，还北斗星小区居民一份宁静，换个人间？
>
> 居民代表敬上

点了发送后，石兵紧绷的心弦松弛了下来，苍蝇似乎也飞走了一半。半小时后，剩下的苍蝇也飞走了。

"世外人法无定法然后知非法法也，天下事了犹未了何妨以不了了之。"石兵不是世外人，他没法不了了之，他是一个当事人，一个活得是自己并且纯粹的人！

诡非鬼，机巧万端终有解；谜莫迷，阅尽千帆道寻常。是药三分毒，告状七分险。看来，这是一场持久战。

96

其后某天，刚刚下课，李校长打来电话，嗔怪："咋搞的？你去一趟教育局。"

石兵心中没底，先去了李校长办公室。

237

"究竟怎么回事？"李校长一脸疑问。

"很简单啊，北斗星会所噪音扰民。居民先给会所反映，无果；再多次给环保局反映，无果；后来又多次给市民和市长热线反映，还是无果；考虑到当地形象，没有升级，就给县里主要领导写信反映。"石兵心中有底，平静地说，"昨晚 11 点，那会所还在轰轰轰，居民们聚在一起，给张县长发了一条短信。"

"不会乱发吧？"李校长敛了神色。

"没有。只是实事求是反映问题。"

"哦，这么回事。"李校长气色缓和，笑了，"你去好好给局领导汇报一下吧。"

石兵本想说那领导穿开裆裤我就见过，话到嘴边又咽下。

机关大楼。

领导就是当年的"导弹"，不认识对方。鸟枪换炮，"道蛋儿"年纪轻轻成了系统一把手。

"是这么回事，北斗星会所噪音扰民。居民先给会所反映，无果；再多次里环保局反映，无果；后来又多次给市民和市长热线反映，还是无果；考虑到地方形象，没有升级，就给县里主要领导写信反映。"石兵心情平静，说："本是一件小区居民的私事，没想到惊动了单位，真是大水冲了龙王庙。"

"大水？就是水小了，庙子小了，装不下你了！你还振振有词！""导弹"火力全开，反问，"你还想哪个？"

"我不想哪个，只想噪声不超标。"石兵万万没想到对方会发火，一个系统的领导会对自己手下职工的困难发火，依旧语气平静。

"你那么能干啦？有组织没有？有核心意识没有？我行我素！无法无天！""导弹"黑着脸继续发射，声音在办公室嗡嗡回响。要是在平日，这声音会震得身边那些校长们头冒虚汗。虚汗一冒，他们头顶的帽子就湿漉漉的，戴不端正。衣冠不整，加之公用经费一减缩，这校长还好当吗？

石兵静静地盯着对方，本想反问我咋我行我素无法无天了，想想不能一般见识，此时更不能火上浇油，就伸出双手往下压空气，挤上怪怪的笑脸，说："别生气，别生气！此事好像应该和组织无关。"

"无关？你的工作也跟组织无关？""导弹"火力开发，"你还想不想工作？"

"噪音扰民好像跟工作无关。"对方一激动，石兵的语气反而更加平静，如小溪流水，干净而平缓，"不要扯远了，好不好？你班子里的'哥们儿'，没给你提起过么？"

"导弹"身子震了一下，脸色铁黑，嘴唇哆嗦，半天不发，又好像在积蓄力量，准备发起新一轮狂轰。这时候，手机却响了，他低头一看，匆匆抓起文件，门也没关，却找到了突破口，留下一句狠狠的话："不听解释，我没时间。"

大雪压青松，青松挺且直。石兵伸了一个大懒腰，舒舒服服走出房门，帮"导弹"轻轻地带上门。

夜摊。啤酒。几个约好聚在一起，美其名曰解烦。

"看来他领导水平还是不怎么样？"一个说。

"这是农夫打牛，牛角撞田坎。肯定是张县长把他捆惨了！"一个神猜。

"这个关教育系统啥事？"一个问。

"安全维稳啦！"一个说，"干脆你把房子卖了，换窝！"

"给老子爬哦。"明知对方在开玩笑，一个却口吐脏话，"这不是叫给恶势力低头么?!"

"他在恐慌，不自信，肯定他屁股上有屎，怕捅娄子。"一个端起酒杯，指着自己的脑袋，"问题出在这儿，缺乏政治民主，不想给上级也不想给他自己添麻烦"。

"别再小人之心度君子之腹了。来来来，干！"

"干！"石兵端起酒杯，一口闷下。

连干几杯后，大家你一言我一语，好像事情发生在他人身上。

公生明，廉生威。"导弹"自这次走出办公室房门后，再也没有"明"和"威"。原来"导弹"几年前就在学校的灾后重建和小微改薄工程中被"糖衣炮弹"击中，如今东窗事发，"双规"了。

在电视剧《换了人间》里，有这样一个细节：

1951年7月，抗美援朝战争出现了长达两年多边打边谈的局面。

不久，各大报纸上刊登了消息：应麦克请求，二十六颗原子弹运抵朝鲜海域附近，先在平壤投放，投放成功后，再往北京放一颗。消息很快传到北京，当时正在召开最高国务会议，毛主席在台上坐着。秘书满脸苍白，说："主席，绝密，看看。"毛主席一看，不以为然："念给大伙听听！"秘书念完后，台上台下一片寂静。

这时，毛主席拍桌而起，掷地有声："你打你的原子弹，我打我的手榴弹！"

1953年7月，战争双方在朝鲜停战仪式上签字，"联合国军"总司令克拉克，成为美国历史上第一个在美国没有取胜的条约上签字的将军。最终，原子弹没能唬住手榴弹。

今天，土蛋又抗衡着导弹……

"往事越千年，魏武挥鞭，东临碣石有遗篇。萧瑟秋风今又是，换了人间。"欲知这"二十八瓢虫"有没有后事，后事如何，还得靠时日来检验，那就在另一部小说《锦旗》中且行且吟吧，但愿那锦旗永远束之书阁，高枕无忧。石兵心力憔悴地想。这次他却想错了，因为几天后"瓢虫"全部飞走了，"苍蝇"全部飞走了，窗外宁静而祥和。

97

天时人事日相催，冬至阳生春又来。

农历腊月，一年中最清闲的时光。冬忙已去，春耕还早，大家有事没事上街溜达了，有足够的时间和精力去关心一些跟自己毫不相干的事情。

接近春节，平日不见的帅哥靓女也多了起来。一群群打工的候鸟，"扑棱棱"地飞回来了，穿回花花绿绿的时髦，带回大把大把的红钞。大街上，红红的灯笼挂起来了，红红的春联挂起来了，五彩的门画挂起来了，浓浓的喜气四处洋溢，空气中都有那种甜甜香香的味道。

某日，石兵陪父亲在城里转，和堂哥相遇了。

大家正在闲聊春节咋过，一辆轿车"嘎"的一声停在身边。

在外多年，只听说"发了"而无影子的杨三，身着双层羊呢外衣回来了。

"这么巧啊，父子俩?"杨三取下墨镜，一边是女人，一边是小孩，陪伴的还有一辆乳白色的"雷克萨斯"。

杨三"发"了，矮矮胖胖的身体让人想到了冬瓜，这是以前干瘪瘪的杨三吗?眼睛更小了，发福的脸庞把眼睛挤退成了一条线。

小孩衣着鲜新，扎着两只羊角，活脱脱一个洋娃娃。圆圆的脸庞上，恰到好处地安装着一双亮晶晶的眼睛，好似两颗鲜活的黑葡萄。

父亲说还要去采购点年货，寒暄几句，准备离开。

"土巴都埋到肚巴眼来了，还在昼夜忙!"杨三一边嗔怪，一边从羊呢外衣内兜掏出一个皮夹，从皮夹里掏出一个红包，硬塞给对方，说是拜年。

两人推来攮去，像是打架，这一推一攮，让人忘记了对方，忘记了过去，也忘记了自己。两人都笑了，乐呵呵的，笑是好东西，至少能泯"恩仇"。

原地剩下的，不约而同望了望，目光锁定在不远处的一家沁园春茶楼。

停好车，大家边走边聊。

石兵欣赏孩子这双水汪汪的大眼睛，说："洋娃娃，你是吃黑葡萄生的么？"

"你怎么知道？我就爱吃黑葡萄。"洋娃娃一点也不生分，头一歪，眼睛更大了，说，"你知道不？我爸爸是吃葡萄干生的。"

大家看着杨三的眼睛，不约而同地笑出了声。

杨三说，"大爸是教授，肚子里喝的墨水可多哦！"

洋娃娃获得表扬，胆子更大了，瞪着一双黑葡萄，摇头晃脑地唱："青葡萄，紫葡萄，一串一串藤上吊。摘下一串尝一尝，又酸又甜味道好……"

98

沁园春茶楼。

典雅明净，有水池，有吊灯，有字画，有轻音乐。

我生在一个小山村，那里有我的父老乡亲，胡子里长满故事，憨笑中埋着乡音。一声声喊我乳名，多少亲昵，多少疼爱，多少开心……

临窗，卡座，"铁观音"。石兵还特地点了上好的黑葡萄。

空调屋有点热。杨三脱下外衣，掏出手机，摆在茶几上。

石兵盯着那手机，黑色镶边，似有珍珠在闪烁；细看，珍珠沿着边沿儿，在缓缓流动。

杨三说："国产货，华为的，5G，超过苹果！"

"炫哦，高科技！好马配好鞍！"石兵不失恭维，商人喜欢被恭维。

"国家大力鼓励社会力量办学，扶持民办学校，你那儿有门道没？"。

"我只晓得把我那三尺讲台站稳，什么办学啊，助学啊，脱贫啊，这些挑大梁的事儿，只有你们才敢想！"

杨三盯着石兵，皮笑肉不笑，说："你知道猪和狼的区别不？"

石兵说不准，就说："我咋知道啊？你说。"

"教授，我说了，怕扫你兴啰！"

"说吧，谁跟谁啊？！"

杨三当真说了："一个养尊处优，吃了睡，睡了吃；一个无房无车，为了生存，在野地里不停地跑。"

"长见识了。士别三日哦，刮目相待！"石兵忽然思维发散，"你刚才在说教育，大家可以捐资助学，成立一个助学扶贫资金撒！"

"你说回乡创业，我倒有一个渠道，一个朋友在深改办负责……"堂哥寡言少语，开腔就实际。

石兵也认识这个朋友，就是当年蓝色碎花衫。这位师姐几次无厘头的离婚，成为茶余饭后的八卦。石兵想到了最近噪音扰民的事，想到了王秘书和张县长，想到了大学毕业后在投促局上班的刘倩倩，想到了在宣传部工作的黄婷，也想到了正在创业的刘博……想到渐长出息的弟子们，石兵脸上露出了微笑。

"这儿还有第一书记呢？"石兵指着堂哥，兴奋之情溢于言表。在脱贫时期，堂哥主动请缨，挂职杨家湾村第一书记。

"好啊，我去联系。"杨三兴奋起来，冲口而出，"号码发给我，还是你们吃香。"

桌上手机响了，杨三抓起，嫌室内吵，出去接了。石兵去吧台买单，才发现杨三抢先了。

杨三讲起了自己的"创业史"。南下后，先是找不到工作，在广州蹬三轮，收入是涨了好几倍，但不是办法，于是去经销农机产品，后来联系上杨小鹏，和另外的十来个打工仔凑股份，自己开起了销售公司。后来和公司里的外地打工妹结婚了，有了孩子，杨三指了指身边的女人和小孩。还有一个大女儿没回来，上中学，快毕业了，天天补课，由外婆带着。再后来公司庞大了，开了三家连锁店。多年没回老家了，今年腾出时间，专门回来看看。

杨三说："哦，对了，我和小丽、小鹏都有联系。小丽在珠江那边有一家食品公司，很成气候，计划三年后上市。刚才他们来电话说春节前都要回家探亲，顺便考察一下家乡的投资环境，有回家乡发展的念头。等两天，我去乡上联系一下，说在搞什么土地流转，看能否承包两千亩土地，搞点绿色农业方面的项目。乡长叫什么来着，以前在信用社当过主任，哦，来过广州，搞过联谊会，姓赵……"

99

中午。

餐厅。墙面淡黄色，家具是稳重的天然木色，色彩明朗轻快。头顶，高悬着的一个直径约三米的大灯座，在十二个小灯环拱之下，放射着温馨而柔和的光芒。

几杯酒下肚，大家几乎是不约而同地做出了一个"惊人之举"——

不用乡亲们出资，也不必分摊，在春节前夕，搞一次盛大的聚会，不分年龄、不分身份、不分富贵、不分性别，甚至不分姓氏。

一个说："必须每家每户都要请到。"

一个说："那八大碗必须充实。"

一个说："酒水一定要够。"

一个说："烟必不可少，至少要五条。"

一个说："要买上鞭炮和焰火。"

一个说："我早点回去请厨子，搬桌凳。"

一个说："必须都带上妻儿，全家回去。"

一个说："还要买点东西，吃晚饭后最好让乡亲们手里提点什么，荡悠荡悠地悠回去。"

一个说："那就买狮子膏，它是我们充国特产。"

一个说："应该扯一幅大红标语。"

一个说："主持人就是石兵了！"

石兵说："这个简单，可以效劳，那就叫'杨家湾桑梓联谊会'。"

杨三起身，说："我要去一趟乡上，后面的事就麻烦各位了。"

100

农历腊月二十七，新年二月十二日，清晨。

杨家湾。远在陕西的二爸，带着儿孙也回老家探亲了，弟弟妹妹也从遥远的南方赶回来了。

屋里屋外，一大群儿女和儿女的儿女们进进出出。

母亲在灶房忙活着。

父亲在堂屋抚摸着从外地带回来的新衣新貌和时新用品，张着瘪瘪的嘴，"呵呵"地笑。"我的钱哪个也不能用，你妈也不能用，我要把它用来修坟。"父亲，你怎么忍心说这样的话呢？父亲是农家的孩子，他深深懂得一分耕耘，一分收获。半个多世纪的辛劳操作，该不会功德圆满仓满斗盈了吧？

在厨房，石兵悄悄问母亲："父亲说他有点钱，他究竟有多少钱？"

母亲想也没想，说："他有啥钱嘛？还不是这几年祝生啦，逢年啦，过节啦，你们给的！"

"可能还是有点吧？"石兵无意探个究竟，随口说。

母亲掰着指头，算了算，说："加上这几年卖水果和卖粮的钱，最多五千元吧。"

石兵哑然。父亲，五千元，就是你一辈子的积存啊！它抵得过别人一顿饭钱么？抵得过别人一件时髦服装么？抵得过别人进一次洗脚房的消费么？抵得过别人汽车的一只轮子么？抵得过……是呀，五千元能做啥？五万能做啥？五十万能做啥？五百万，五千万……时下不是有句风靡大江南北的话吗？——"最痛苦的不是没有钱，而是到死时钱都还没用完。"大江东去浪淘尽，峨冠博带落成泥。人，活着就要快乐，活着就要精神，活着就要做事。快乐是一天，不快乐是一天，何不天天快乐呢？

母亲面有难色，似乎有话要说，却欲言又止。

石兵吓了一跳，忙着追问。

"他什么也没有了，他又给灾区捐款了。"

半晌，母亲的眼睛红了，用衣袖揩了揩，似乎有泪水溢出。

101

腊月二十八，新年二月二十三日。

白头山，这座不知历经几千年还是几万年沧桑才造化出的大山，这片生生不息并将永不止息的土地，终于有了一个前所未有的行动——她的儿女们第一次享受了大团圆，第一次完成了体面而辉煌的集体亮相，第一次让欢声笑语传遍了躯体的每一寸肌肤。

油路一侧的两棵白杨树之间，扯起了一幅大红标语——"杨家湾桑梓联谊会"。红彤彤的太阳升起来了，天地清明，旗标漫卷。过往车辆都要不自觉地刹上一脚，或是放慢速度。行人止步，问问，羡慕地咂咂嘴。

喇叭高吼着流行歌曲《篱笆墙的影子》：

星星还是那颗星星哟，月亮还是那个月亮。山也还是那座山哟，梁也还是那道梁……

原来的晒场一直闲置，衰败的杂草恣意铺陈。现在这儿已打造成运动场兼文化广场。

两天前，几位老人带着扫帚、铁铲，把周边打扫得干干净净。

从秋冬的落叶声中，可以听出新春的调子。在晒场边缘，残存着一些草根，细看，白色的茎里泛着丝丝绿意；新翻的泥土里，有蚯蚓、蚂蚁和不知名的虫子在动。神奇孵化臭腐，臭腐复化为神奇。这是庄周的生死循环之道。

晒场后方，也就是原来祠堂的位置，矗立着一栋两层白墙楼房，是村上"两委"办公室。晒场正中，纵横有序地排列着三十张桌子。

乡亲们团团围坐，嗑瓜子、嚼糖果、喝茶水，有说有笑。

在酒桌间，孩子们在公路边窜来窜去。

在支起的几口红朗朗的石灶前，女人们笑语喧天，笑容是那样的甜美，均匀地分布在脸上，和谐得就像早春里的一抹阳光。

人清明，经脉通；天地清，万物灵。老人们享受着低保，岁月在脸上刻下无数的犁纹，银丝如雪，熠熠生辉。父亲没有老，眼睛如两颗星星，神情温和而慈祥。此时，他戴着一顶护耳防风帽，提着水瓶，在纵横排列的方桌间转来转去，笑呵呵地掺水。手脚似乎灵便了，左手手腕和肘部微微上提，茶水弧形注入杯中，沫子且激且泛，末了还要收一收，杯中茶笑得吐出了泡泡。以前总认为幸福很遥远，遥远得如同天上的星星，可望而不可即，现在，看到父亲小孩般乐颠颠的模样，幸福不就在身边吗？父亲，你不是健健康康的么，怎么当初在电话里谈到"百年"之后的事呢？看来，父亲骨子里固守着的东西，是坚不可摧的，他担心别人，特别是担心子女失去了这种东西。父亲的内心是一个小宇宙，内部是非常圆满自足的。作为旁人，哪怕他的儿子，即使进入也不能深彻其全部。丰子恺说生活有"三个境界"：一是物质生活，二是精神生活，三是灵魂生活。父亲生活在社会的最低处，但过的却是不止于物质生活的安静的自我环境。

喇叭里传来欢快而抒情的歌曲《常回家看看》：

> 找点时间，找点空闲，领着孩子常回家看看；带上笑容，带上祝愿，陪同爱人常回家看看。妈妈准备了一桌唠叨，爸爸张罗了一桌好菜。生活的烦恼向妈妈说说，工作的事情向爸爸谈谈……

102

小丽带着丈夫和白色的"宝马"回来了。多年不见，一边寒暄着，一边给乡亲们分发着大包小包的礼物。这时，耳边又飘来热情洋溢的祝福：

> 我恭喜你发财　我恭喜你精彩，最好的请过来，不好的请走开，礼多人不怪……

当年的花痴——杨小鹏，带着女人回来了。女人容貌俏丽，体态轻盈，头发黑中掺黄，一袭瀑布直下，发梢微卷，在肩头溅起浅浅的浪花。耳朵上附着两只小环，晶晶的。脖子上一条小链子，亮亮的；中间吊着一个心形坠子，润润的。领口低开，斜透出一片白，中间一条小沟，两边山峰隐隐。拢一拢头发，山峰便高耸起来。不消说，这是一位颜值"90分"以上的女人。

好久不见，难兄难弟聚在一起，少不了喝上几口"斯波白酒"，从当年的"饭盅事件"，说到辍学后家里曾给设计当"司机"当"大厨"也研修等等往事，调笑着一回人生之路，究竟谁给谁抢走了。一个回眸一段缘，一个擦肩错一生，但时过境迁，聚聚散散，分分合合，还有多少人清楚地记得自己曾经的无知。两人沿着公路溜达，又挨家挨户地走走，寒暄。

赵乡长也驱车来了……

天空敞亮。

103

午时。村委会门口。

赵乡长等人，"一"字排开，衣着整洁，向乡亲们三鞠躬。

石兵出列了，手拿麦克风，拍了拍，清了清嗓子，用最大的肺活量高声喊：

"大家静一静，大家静一静——"

等大家静下来，他用眼睛环视一周，声音发自丹田，深沉有力：

"父老乡亲们：

杨家湾首届桑梓联谊会——正式开始了——

下面，请珠江兴旺食品有限公司董事长任小丽女士讲话——"

石兵把麦克风递过去。

小丽身着一款藏青色的风衣，款款而立，笑意盈盈，活脱脱一枝盛开的凌风傲雪的蜡梅。两撇星尾眉，使本来就立体的五官更显深邃。

尊敬的父老乡亲、兄弟姐妹们：

我是小丽，你们可能记不得了吧！大人叫我小人，小人叫我大人。

大家笑了。

很多年没回老家，心中很是愧疚。今天，我有幸代表杨家湾的众多子孙发言，激动万分，我想讲我心中想讲的话，真心话。

年轻时，我们都在为财富为名利而奔波，可是归根结底一场空；都在为权威为影响而追求，可是最后还是烟消灰灭了。所以当有能力行善积德的时候，还是趁早的好；能为乡亲们做点什么的时候，就要尽快去做……"百灵鸟般婉转的嗓音，从山林里飞出来，又似涓涓细流，流进每个人的心田。

"啪啪啪……"场下响起一片热烈掌声。

104

"下面，掌声有请赵乡长讲话！"石兵正想送上麦克风，赵乡长已经出列，笑盈盈上前。

"乡亲们，朋友们——"赵乡长开始讲话了，"们"字拖着上扬的尾音，似一注喷泉，长长的直冲高处，恨不得把"们"把"朋友"把"乡亲"全都送到白头山巅去。

"在春节即将来临之际，请允许我代表乡党委、乡政府向杨家湾的父老乡亲拜一个早年。

斯波乡有外出务工人员三千余人，为充分发挥外出务工人员信息灵通、视野开阔、观念超前等优势，响应县乔政府提出的建设中国西部现代农业公园的号召，我们积极实施乡村振兴战略，采取寄发慰问信、发放宣传单等方式，鼓励有志之士回乡创业。在做大做强劳务经济的同时，在农业供给侧机构上大做文章，将传统农业向现代农业转变，手工农业向机械农业转变；出台优惠政策，加强创业基地基础设施建设，改善回乡创业的环境，加大信贷支持力度，拓宽农民工回乡创业的融资渠道。

我们鼓励外出务工人员，在家乡献爱心，设立教育和扶贫基金；利用资金和专长，大力发展种养殖业、加工业和现代观光农业，成立种养殖专业合作社。本着入社自愿、退社自由的原则，户户都可以成为股东，人人都可以成为社员。合作社可以流转，也可以承包一千亩土地，种植香桃、柑橘和竹娃娃，开辟两个水塘和一家集餐饮、娱乐、住宿为一体的农家乐。这件事情，连张县长都知道了。

这件事情，我们还得感谢杨三同志……"

大家转头都盯着杨三，杨三得意地笑了，吃葡萄干的眼睛画成了一条线。

麦克风很是卖力，吼出吃奶的劲，气息激荡，音量洪钟，久久回荡在杨家湾上空：

"绿水青山就是金山银山。杨家湾有的是优越的自然条件，这儿有充足的水源，有便捷的交通，有肥沃的土地，有国字号、省字号特产——红苕、竹林、柑橘……"

联谊会结束后，村委收到捐助的教育和扶贫资金达20万元。

105

"噼噼啪啪……"鞭炮响了。

"嘘——"烟花上天了。

"嘭，嘭，嘭……"一支支花弹劲射而出，凌空绽放。

点点火花在天上闪烁，在蓝天丽日下在头顶炸出了一片片惊喜。烟雾在天际飘荡，丝丝缕缕，飘向白头山巅。大家抬着头，久久地望着，白头山不再是光秃秃的，而是郁郁葱葱，难道历史老人又凛然肃然地别过头来，关注着自己脚下的芸芸众生了么？蓦地，石兵有了一种错觉：这到底是人间绚丽的烟火还是白头山巅圣洁的灵光？杨家湾，你的儿女四海为家，但没有忘记自己的根！乡亲们，什么也比不过血浓于水！悄然屹立的白头山啊，难道你没听见脚下子孙铿锵前进的不屈步伐么？

蓦地，一个声音响彻天宇——

"开——席——了——"

2019年3月，三稿。西充。

后　记

不求深刻，只为喜欢

为什么那么喜欢写？朋友问。

我一笑了之，静默不语。

哪有那么多写的哦？你就那么喜欢写？问多了，我随口说"喜欢"。大家相视一笑，我知道，此笑非彼笑。

接下来，我静心把自己从内到外反反复复地剖析很多遍，还是只有一种答案——喜欢，只缘喜欢。喜欢，也就是兴趣、爱好，不过"热爱"一词有点拔高。对我而言，静静地看书写字，就像爱打麻将的，三天两头不打就手痒；像喜欢跳广场舞的，一天不动浑身就没劲儿；又像喜欢喝酒的，饭桌上无酒不欢；还像吸烟的，明知有害身体，却依然乐此不疲……

有人说，文人的天性是批判，批判隐藏在字里行间，一枚枚字词就是一发发子弹。我自诩半个文人，草根文人，那么，我还喜欢什么呢？小气些，西充这个地方孕育了我和我们的过去，还将孕育更多的人和更久的以后。我不太在意这个世界，也不需要太多尊重，我比较随意，那就以县城为坐标，谈谈我的喜欢——

喜欢城东十公里处的凤凰山，不因她是华严宗五祖、圭峰宗密禅师的出生地，也不因她是明末农民起义大西军首领张献忠喋血的古战场，而是因为，在晴朗的夏天傍晚，透过气势恢宏的山门，我能看到那高高矗立的汉白玉观音塑像后光芒万丈，恍惚仙界圣境……

喜欢城南郊区不远处的南岷山，不因汉孝廉何岷隐居此山，也不因为唐程真人在此得道，而是因为，沿着盘山公路蜿蜒而上，荒草蔓蔓间，明明到了，却又进入一条长约百米的两旁苍柏覆顶的甬道，穿过去，柳暗花明，迎接我的是一块半斜的敞亮的水泥坝子，像一个心仪已久的女人，终于敞开久闭的心的城堡……在这儿，山风徐徐，天朗地清，一览众山小；在这儿，我曾无数次半开车窗，晒太阳、读书、睡觉。

喜欢城西十五公里处的张澜故居，不因张澜是民主同盟主席、第一届中央人民政府副主席，而是因为，在故居的前面，有一汪田田的荷塘，荷叶清新，荷花清香，荷姿清透，出淤泥而不染，濯清涟而不妖；最前面有一条象溪河，河面舒展，不紧不慢，波光粼粼，河边植被葱郁，树叶婆娑。倒垂的柳叶儿，在水面写下一行行有关大自然的诗篇。

喜欢城北二十公里外的充国香桃源，不是因那里桃之夭夭，灼灼其华，也不是因国字号的香桃脆甜爽口，而是因为，每年三至六月，可以携亲唤友，一起去看绿，一起去赏红。有一回，我们去早了，桃花含苞欲开，零星点点，像瞌睡人惺忪的眼。母亲打量一阵，忽然说："这花开得，像人一样，要笑不笑的。"母亲随便说的，比我挖空心思写得还好。在桃源的边缘，残存着一处用砖石、土木和篾条编制而成的有些破败了的瓦屋，那是生我育我、一辈子也割舍不去的故土。有时候，忙里偷闲赶回去，在故乡的田野上行走，吹吹童年的野风，看看村庄里田野里跑动的鸡鸭，忽觉此刻自己独霸了故乡的田埂与山地。水塘的气息、泥土的气息、庄稼的气息、野草的气息、村庄的气息，甚至晚霞的气息都是我的，都是我家乡独有的，外人不可能领会和享受。来来回回地走走，也谈不上十足热爱，但就是有说不上来的喜欢。

我喜欢县城的"绿肺"化凤山，不因其森林茂密，峰峦叠翠，也不因其"西奈日出，化凤朝阳"的神奇传说，而是她孕育出一批又一批个性闪亮的艺术儿女。无论是寒冬的早晨，还是酷暑的傍晚，翰墨书香在空气中浸润，琴声笛声在山涧流淌，曼妙的倩影在林间舞动……川音、川美、传媒等大学的学生从这里走出。这是南充唯一一所专业的艺术高中，校园古香古色，红墙黄瓦，茂林修竹……

喜欢的何止这些，还有……

简简单单，不刨根，不深刻，只为喜欢。有了那么多的喜欢，眼见了那么多的景物，也接触了那么多有趣的人和事，天地宽了，何愁笔下没有无穷无尽的故事？

杨培红

2019 年 3 月，西充